ティアムーン帝国物語

断頭台から始まる、姫の転生逆転ストーリー

Written by
Nozomu
Mochitsuki

TOブックス

サンクランド王国
Sunkland Kingdom
王都
セントノエル
学園
公都
ノエリージュ湖
聖ヴェールガ公国
Principality of
Saint Veirga
王都
レムノ王国
Remno Kingdom
辺土
N
未開地

Tearmoon Empire Story World Map
ギルデン
辺土伯領
ティアムーン帝国
Tearmoon Empire
新月地区
帝都
ガヌドス港湾国
Ganudos
Port Country
初期帝国領土
（中央貴族領地群）
ガレリア海
セイレント
静海の森
ルドルフォン
辺土伯爵領
ペルージャン農業国
Perugian
Agricultural country

contents

第三部　月と星々の新たなる盟約Ⅱ

CHARACTERS

ティアムーン帝国

ミーア

主人公。帝国唯一の皇女で元わがまま姫。が、実はただの小心者。革命が起きて処刑されたが、12歳に逆転転生（タイムリープ）した。ギロチン回避に成功するもベルが現れ……!?

ミーアベル

未来から時間遡行してきたミーアの孫娘。通称「ベル」。

仇敵

ティオーナ

辺土伯家の長女。ミーアを慕っている。前の時間軸では革命軍を主導。

セロ

ティオーナの弟。優秀。

ルードヴィッヒ

少壮の文官。毒舌。信仰するミーアを女帝にしようと考えている。

仇敵

アンヌ

ミーアの専属メイド。実家は貧しい商家。ミーアの忠臣。

ディオン

帝国最強の騎士。前の時間軸ではミーアを処刑。

四大公爵家

ルヴィ

レッドムーン家の令嬢。男装の麗人。

シュトリナ

イエロームーン家の一人娘。ベルにできた初めての友人。

エメラルダ

グリーンムーン家の令嬢。自称ミーアの親友。

サフィアス

ブルームーン家の長男。ミーアにより生徒会入りした。

※ ――― 未来の時間軸での関係性　※ ……… 前の時間軸での関係性

サンクランド王国

キースウッド

シオン王子の従者。
皮肉屋だが、
腕が立つ。

シオン

助力

第一王子。文武両道の天才。
前の時間軸ではティオーナ
を助け、後に断罪王と
恐れられたミーアの仇敵。
今世ではミーアを
「帝国の叡智」と認めている。

［風鴉（かざがらす）］サンクランド王国の諜報隊。

［白鴉（はくあ）］ある計画のために、風鴉内に作られたチーム

聖ヴェールガ公国

支援

支援

ラフィーナ

公爵令嬢。セントノエル学園の
実質的な支配者。
前の時間軸ではシオンとティオーナを
裏から支えた。今世はミーアとお友達の関係に。
必要とあらば笑顔で人を殺せる。

［セントノエル学園］

近隣諸国の王侯貴族の子弟が
集められた超エリート校。

レムノ王国

アベル

王国の第二王子。前の時間軸
では希代のプレイボーイとして
知られた。今世では、
ミーアに出会ったことで
真面目に剣の腕を磨き始める。

［フォークロード商会］クロエ

いくつかの国をまたぐ
フォークロード商会の一人娘。
ミーアの学友で読書仲間。

混沌の蛇

聖ヴェールガ公国や中央正教会に仇なし、世界を混乱に陥れようとする破壊者の集団。歴史の裏で暗躍するが、詳細は不明。

STORY

崩壊したティアムーン帝国で、わがまま姫と蔑まれた皇女ミーアは処刑されたが、
目覚めると12歳に逆戻りしていた。第二の人生でギロチンを回避するため、
帝政の建て直しに奔走。かつての記憶や周囲の深読みで革命回避に成功する。
だが、未来から現れた孫娘・ベルから思わぬ一族の破滅を知らされた上に、
未来の書物「聖女ミーア皇女伝」で聖夜祭の夜に自分が暗殺されることを知ってしまい……？

イラスト――Gilse
デザイン――名和田耕平デザイン事務所

第三部
月と星々の新たなる盟約Ⅱ

The New Oath Between The Moon And The Stars

プロローグ　悲報！　例の計画、ついに動き出す！

馬術大会も終わり、季節はすっかり秋本番。

天高く、姫肥ゆる秋……。美味しいものが増えてきたこの季節。

いつもであればミーアにとっては最も楽しい季節のはずなのに……。

「ふぅ……」

ミーアの口からは、切なげなため息がこぼれた。

理由は簡単……、FNYったから甘いものが食べられないため……ではない。もちろん違う！

言うまでもなく、聖女ミーア皇女伝のことである。

いくらミーアの頭脳が都合がよくものを忘れられるようにできているとはいえ、冬に迫った死期を忘れられるほどに都合よくはない。

ミーアとは対照的に、いつまでも元の厚みを取り戻さない聖女ミーア皇女伝。馬術大会における優勝の記事は更新されているのに……である。余談だが、ヴィクトリーランの際には、観客席を妖精のように飛び回った、などという脚色までついていた。

――アンヌは、わたくしのこと、なんてエリスに話しているのかしら？

などと首を傾げてしまうミーアである。

それはさておき……、ミーアは悩んでいた。

「ふむ……、これはやはり、みなの力を借りるしかないかしら……」

馬術大会で改めて、他人の力を頼ることの大切さを知ったミーアである。

「もちろん、皇女伝のことを直接言うわけにはいきませんけれど……。例えば、わたくしに暗殺計画があるとか、そういうことを言ってみたら、どうなるかしら？」

アベルなり、シオンなり、キースウッドなり……。

腕の立つ男子が絶えず自分にピッタリ張り付いていてくれたならば……、これは十分に防げる事態なのではないか？

そう思いついたミーアであったのだが……。その企みは早々に潰えることになった。

意を決して、翌日、三人に相談してみようと思っていたミーアなのだが、朝、確認した皇女伝には、相談した際の〝死に方〟が、しっかり更新されていた。

ミーアは……護衛のためにとついていてくれたアベルの目を盗んで、セントノエルを出ているのだ。

「ぐぬぬ、こっ、この未来のわたくしは、なにを考えているんですのっ！」

頭を抱えつつ、絶叫するミーアである。

しかし、同時に薄気味悪さも覚えていた。

「これでは、まるで、わたくしが何者かに操られて、自ら死にに行っているようではありませんか……」

蛇の誘惑を受け、ふらふらと外に出ていく自分……。うつろな顔をする自分自身が想像できてしまって、ミーアは思わず震える。

「それに、よくよく考えれば……聖夜祭の夜にだけ生き残ったとしても、別の時に計画が実行されてしまえば意味のないことですし……。というか、そもそもわたくしは、本当に暗殺されるんですの？」

仮に、自らの周りを多くの護衛で囲ませて、暗殺者を牽制したとして……。それを一生続けるわけにはいかない。それでは根本的な解決にはならない。

最低限、暗殺者が誰なのかわからなければ、できることは対症療法的にならざるを得ないわけで……。

そもそも、なにが起きたのか自体がよくわかっていないのが痛かった。

当事者であるミーアが殺されてしまっているために、情報がほとんどないのだ。皇女伝を読んでも読んでも、ただ、〝死んでしまうという結果〟のみがあるだけで。

「いえ、この場合は、わたくしが護衛の目を盗んで、自分から死にに行くような真似をしたこともわかりますわ。ということは、ふむ……、その日一日、わたくしをどこかの柱にでも縛り付けておくとか？　地下牢にでも閉じ込めておくとか……？　いや、それも先延ばしにすぎないから……。ふーむ……」

そんなことをぶつぶつつぶやきながら、ミーアが図書室の前を通り過ぎた時だった。

「あっ！　ミーアさま」

図書室から出てきたクロエが声をかけてきたのだ。

「あら、クロエ。読書ですの？」

「はい。秋は読書の季節って言いますし」

クロエは、にっこにこと微笑みながら、胸に抱いた本を見せた。

「うふふ、過ごしやすいですしね。本を読むにはよい季節ですわ」

と言いつつも、ミーアはちょっぴり沈む。

――もしも、冬に死んでしまったら、エリスの小説も最後まで読めなくなってしまうんですわね……。王子と竜はいったいどうなるのか……？

未だ完成を見ない、王子と竜の物語。

ミーアが地下牢で聞いていたあの話だけでも、最後まで読みたいと思っていたのだが……。

――まぁ、そもそもわたくしがあのお話を聞いたのって、今から三年以上後のことですし、その時点でまだ完結にならないわけですから、仕方ありませんけれど……。

物語の最後まで読むことができないのは、本読みとしては痛恨の極みである。

なんとか、読みたいものだが、などと考えているミーアであったが……、

「あら……？」

ふと気付く。

クロエの差し出した本、そのタイトルが「秘境のグルメ２」であることに……。

――まぁ、クロエったら、読書と言いつつ、食欲に侵食されてますわね！　立派なわたくしの同志ですわ！

やはり、秋は収穫の季節。食べ物が美味しい季節なのだ。

「うふふ、ずいぶんと美味しそうな本を読んでおりますわね」

「そうなんです。これは、世界中の美味しい食べ物を書き記したものなんですけど、今回の第二弾では、季節の美味しい食べ物ということで……。あっ、ほら、これからの季節はキノコ鍋が美味しいって書いてありますね……」

「ほう……」

不意に、ミーアの目が輝く。

「キノコ鍋……。それは実に魅力的ですわね。ぜひ読ませていただきたいですわ！」

キースウッドの受難の日々が、再び始まろうとしていた。

第一話　ラフィーナの不安

「では、ラフィーナさま、こちらの警備計画書のチェックを生徒会でしていただけますか？」

「ええ、いつもありがとう。サンテリ」

ラフィーナの労(ねぎら)いの言葉に頭を下げたのは初老の男だった。

彼、サンテリ・バンドラーは、このセントノエル島の警備を統括する熟練の護衛神官だった。二十五の時に、この島に赴任し、以来、三十五年、この島から出たことはない。

自らの仕事に誇りを持った職人、そんな風貌(ふうぼう)の男である。

そして実際のところ、彼の築き上げた強固な治安維持の仕組みは、この島に大陸一安全な地という栄光をもたらした。

サンテリ自身も幾度も、ヴェールガ公爵から勲章を授与されている。

そんな彼が提出した警備計画書を見て、ラフィーナはわずかに眉(まゆ)をひそめた。

——昨年と、ほとんど変わらない運用みたいね……。

「なにか、問題がございましたでしょうか？」

ラフィーナの様子を見つめていたサンテリが、恭(うやうや)しく口を開いた。

「ラフィーナさまの御身をお守りするため、また、ヴェールガの栄光を汚さぬため、最善の態勢を整えたつもりですが……」

その言葉の通り、確かに警備計画は水も漏らさぬものになっていた。

もとより、この島では、入島時に厳しいチェックを設けている。不審な者が島に入り込むことはほぼ不可能であるし、外部から毒物や凶器などの持ち込みもできない。

無論、泳いで渡ることも不可能ではないが、そちらにはそちらで、しっかりとした罠がはってある。かの帝国最強の騎士ほどの実力と機転があれば入り込むことは可能であろうが、凡百の暗殺者には、まず不可能なこと。

この島の中は、文字通り外界と隔絶された楽園……、そのような認識がラフィーナにはあった。加えて、聖夜祭の当日に出される料理も、ほぼ完璧に管理されている。

生徒に供される料理は学園の奥深く、一般の者は決して立ち入れぬ場所で、調理担当の神官が作ることになっている。しかも、きちんと毒見も欠かすことはない。

普段はもちろん、聖夜祭当日は、どうあっても事件など起こりようはずもないと……、そう、信じていたのだ。ラフィーナは……、そう、かつての生徒会長をしていて余裕を失っていたラフィーナは……。

けれど、ミーアが生徒会長になったおかげで、ラフィーナにも少し余裕が出てきた。

だからこそ、気付いたことなのだが……。

——完全な警備態勢があるとして……、ずっとそれを使い続けるのは危険ではないかしら。

仮に、その警備態勢が完成された、完璧なものであったとして……。それに企みを阻まれた者は、次の機会には、その強固な警備があることを前提にして計画を練らないだろうか？

よく計算された警護の兵士の配置があるとして、何も知らぬ者であれば、なるほど、その兵士に捕まるだろう。

けれど、その者に仲間がいたとしたなら、次は「警護の兵士がよく計算された位置に配置されている」という前提のもと、それをかいくぐる形で手を打ってくるはずで……。

――思いも寄らぬ隙を突かれる……。もしかしたら、そういうこともあるかもしれない。

それは、漠然とした不安感で、曖昧(あいまい)な危機感で……、されど、どこか確信めいた切迫感だった。

なにかが、起きる気がする。そんな予感に突き動かされたラフィーナは、

「サンテリ、この警備の計画だけど、本当にこれで大丈夫かしら？」

疑問を提示する。

固定化された思考ほど、危険なものはない。

安全であるという思い込みは、「もしかしたら危険かもしれない」という正常な懸念を無視させ、思考力を低下させる。

過信は禁物、そう言おうとしたのだが……。

「どういう意味でしょうか？　今まで、この段取りで失敗したことがないことは、ラフィーナさまもご存知かと思いますが……」

サンテリは、心外だ、という顔で言った。

「それはそうなのだけれど、ね……。どこかに見落としや、見直すべき点はないかしら？」

「ございません。我ら、この島の警備に遣わされた神官一同、粉骨砕身(ふんこつさいしん)の覚悟で臨む所存です」

その上、サンテリは付け加えるようにして言った。

「もし、ご不満があれば、どうぞ、私を解任くださいますように」

やや憮然(ぶぜん)とした様子で、言ったのだ。

――うーん、困ったわね、これは……。

それは、ラフィーナにとって頭の痛い問題だった。

実際のところ、彼を抜きにして警備態勢を構築し直すのはかなり大変なことだった。長年、この島の警備を担当してきた彼の識見は、事実、大したものなのだ。逆にそれが思考硬直を招いている節もあるのだが、ともあれ、その知識は侮りがたく、なおかつ、非常に有益なものだった。

そんな彼を欠くことなど、できようはずもなく……。

――明確な問題とも言えないのが難しいところね。確かに、この警備計画はよくできているし、仮に彼を解任して、私自身が計画を立てたとしても下手をすると今のものより悪化してしまう危険性だってあるわね……。

手を加えて既存のものより悪くしてしまったのでは話にならない。

けれど、どうしても、このままではいけないような気がする。

――私が命令すれば、言葉通りに新しい警備計画を作ってくれるかもしれないけれど……。

それもまた、問題だ。

自発的にやる気をもってなされた仕事と、不本意ながらも命令に従ってなされた仕事とでは、やはり結果に雲泥の差が出る。

――むしろ、そういう心の間隙を突くのは蛇の得意とするところ、ですしね。

驚くほど巧みに、他人の心に入り込み、それを操るのが混沌（こんとん）の蛇。

サンテリとの関係がこじれれば、そこを突かれる可能性はとても高い。

ゆえに、ラフィーナがすべきことは、経験豊かなサンテリに自身の危機感を共有させることであるのだが……。

——ああ、難しいわ。私自身、危機感が具体化できているわけではないのだから……。

警備態勢のここに穴があるとわかっているならば、それを指摘して直してもらえばいい。けれど、ラフィーナの抱く危機感はそうではない。

それは、言うなれば、警備の穴を見つけるための心構えをせよ、ということ。

今のサンテリでは、恐らく自身の築いた警備の穴に気付けないだろうし、気付いても認めることができないかもしれない。

結果として、今年も例年と同じような警備態勢で進んでいくのだろうけれど……。

——蛇の者たちが、なにもしてこないとは思えない。

どうしたものか、と頭を悩ませるラフィーナである。

サンテリが部屋を辞した後も、彼女は難しい顔でうんうん、唸っていた。

っと、ふいに、彼女の目に飛び込んできたものがあった。

それは、あの日……、生徒会選挙の日にミーア応援団がつけていた赤い布だった。

「ああ、ダメね、私……ふふ」

「？　どうかなさいましたか？　ラフィーナさま」

ちょうど部屋に入ってきたモニカに不思議そうな顔をされてしまい、ラフィーナは苦笑を返す。

「またしても、自分一人で背負い込もうとしていたわ。この件は生徒会で話し合うべき事柄、ならば相談しなくてはいけないわね」

ラフィーナは軽やかに立ち上がると、生徒会室に向かった。

第二話　ミーア姫、この世の真理に開眼す！

「え……？　キノコ……、鍋…………？」

それを聞いた瞬間、キースウッドは耳を疑った。

突如降ってわいた危機に、まるで理解が追い付かない。

――なぜ、そんな話に？　いや、ついさっきまでは確かに聖夜祭の警備の話をしていたはず……。

珍しく、ラフィーナの口から出た愚痴のようなもの。それを聞いて、なるほど、注意が必要かもしれない、などと頷(うなず)いていたはずだった。

――それが、なぜ、どうして？　どんな流れで、こんなことになった？

危機は、極めて唐突にやってきた。


その日、生徒会の会議にて話し合われたのは、聖夜祭の警備のことだった。

「この日は、外からの人の出入りも多くなるの。もちろん、警備には万全を期している、と言いたいのだけど……」

議題を持ってきたラフィーナは、そこで言葉を濁した。

それから、言いづらそうにしつつも、現在の状況を説明してくれた。

――なるほど、どこの国も大変そうだ。

キースウッドはシオンの後ろに控えたまま、小さくため息を吐(つ)いた。

いずこも同じ。ベテランであればあるほど、思考硬直に陥り、重大なミスを犯しがちになる。

慣れとは恐ろしいものである。

けれど、問題なのは、思考硬直に陥っている人物も、上手く扱わなければいけないという点だ。どのような人物であれ、上手く扱い、最大限に働かせなければならない。時に、上に立つ者には、そのような資質も求められるのだ。

——ラフィーナさまも大変だけど……、実際のところなにか手段はあるだろうか……？

そんなことを考えつつも、成り行きを見守っていたキースウッドの目の前で、生徒会長ミーアは朗らかに言ったのだ。

「ふむ……、では、キノコ狩りをするのはどうかしら？」

なにが、どう「では！」なのかがわからない。

話の因果関係がまるでわからないことだった。完全に理解を絶している……。

キースウッドは言葉を呑(の)み込む以外にできなかった。

しかし、相手は帝国の叡智(えいち)である。自らの主(あるじ)であるシオンが認め、キースウッド自身も、幾度も舌を巻いた相手である。

きっとなにか……、深い考えがあるのに違いない。そうに違いない。そうであってくれ……。

心の中で切実な祈りをささげつつも、それでもキースウッドの中で一抹の不安は拭(ぬぐ)いきれなかった。

——ミーア姫殿下は……、時々、キノコのことで暴走するからな……。

心配は、それである。

なぜか、キノコに異様な執念を燃やすミーアのこと。いったい、その頭の中でどのようなロジックが展開されて、キノコ狩りという結論に至ったのか……。

――まさか、美味しいもので相手の胃袋を掴めばいい、などと思っているわけではないのだろうけれど……。

自信満々の顔をするミーアに、不安いっぱいの視線を向けつつ、キースウッドは話の成り行きを見守っていた。

「それは……、えっとどういう意味、なのかしら？　ミーアさん」

ラフィーナも困惑した顔で首を傾げている。

その目の前で、ミーアはただただ、自信満々に頷いてみせる。

「ここは、わたくしに任せていただけないかしら……？　勝利のカギは、絶品キノコ鍋にあり、ですわ！」

――胃袋を掴んでやれば、言うことを聞かせることなど可能ですわ！

ミーアは、先日、クロエに借りて読んだ本のことを思い出していた。

「食欲とは、あらゆる人間にとって最も根源的な欲求であり、それゆえに、それさえ押さえてしまえば、その相手を支配することとて可能」

ミーアは、その一文にいたく感心した。

「この本には、人間の真実が書かれておりますわ！」

感動し、本を読み込んだミーアは、今や恋愛脳からグルメ脳へと進化していた！

そんなミーアが満を持して切り札として、今回提案したものこそが絶品キノコ鍋なのである。

——その護衛担当のサンテリさん、とかいう方も、きっとキノコ鍋でイチコロですわ！

さらに、帝国の叡智(グルメ)ミーアの狙(ねら)いは二段構えである。

——そこで予行演習をした上で、聖夜祭の夜に生徒会で鍋パーティーを開催すれば……。

皇女伝によれば、ミーアは護衛をお願いしていた王子たちの目を盗んで外に出ているという。

それがどういうことなのか、ミーアは考えたのだ。

結果、一つの仮説に至る。

「……なにか、わたくしが外に出たくなるような……、そういうことが起きたとか？」

正直、あまり自信の持てる説ではなかった。ミーアは自分を知っている。一人で夜駆けに出るなんてこと、自分がやるとは思えない。自分は注意深く、思慮深い人間なのだ、と……ミーアは自分を冷静に見られる目を持っていると思っていた。まぁ、あながち外れてもいないが……。

「仮に、湖のそばに商隊(キャラバン)が来ていて、そこに世にも稀な美味しいお菓子があったとして……行くとは思えませんし……」

そうなのだ……。行くとは思えない。そんなことで、騙(だま)されるとはまったくもって思えない。

けれど……、クロエの本を読んだ時、ミーアは知ってしまったのだ。

この世界の真理……、すなわち……、

「食欲という根源的な欲求の前では、わたくしのように意志の強い者であっても、誘惑されてしまうかもしれませんわ……」

例えば、聖夜祭の前の日に、ものすごく美味しいお菓子を食べたとして……、それがもう一度、食べられると誘われたらどうだろうか？

それがとてもとても美味しかったら？　あのウサギ鍋より美味しいものだったらどうか？

ミーアは、そっとお腹を撫でる。今は、お腹は満ちている。

けれど、もしその時、ものすごーくお腹が減っていたら？

荒嵐（こうらん）を乗りこなした自分なら野盗や狼に襲われても逃げ切れると……、そんな甘いことを考えて外に出ないだろうか……？

「わたくしは、決して食いしん坊ではございませんけれど……、その自信はございませんわ。なにしろ、人の根源に関わる問題ですから。きっとわたくしに限らず、多くの人がコロッといかれてしまうに違いありませんわ……。それを突いてきたとしたら、やはり蛇は侮れませんわ！」

では、その場合の解決策はなんだろうか？

ミーアは考える。考えた結果……、

「もし、わたくしが、自分でセントノエルの外に出たのだとしたら……外に出るより、楽しいことを学園内でやっていればいいのではないかしら？　外に出るより美味しいものを学園の中に用意しておくとか……」

そして、ミーアは結論に至る。

「やはり、生徒会でキノコ鍋パーティーを開く以外に道はございませんわ！」

ここに、ミーアプレゼンツのキノコ鍋パ企画が、静かに動き出すのだった。

第三話　ミーア姫、正論っぽいフォローを入れてくる

「勝利のカギはキノコ鍋にあり、ですわ！」

ミーアの有無を言わさぬ説得力に、思わずその場の全員が流されそうになった時、

「ちょっ、ちょっとすみません」

すかさず、キースウッドが声を上げる。

自らの主、シオンが判断を誤りそうな時、止めるのが彼の仕事である。

仮に一時の不興を買ったとしても、声を上げるべき時がある！　今こそがその時だ！

そんな直感に背中を押され、キースウッドはミーアの前に敢然と立ち塞がる。

「キノコの中には毒があるものとないものとがあり、それを見分けるのはとても難しいはず。我々でやるには、いささか危険が多すぎるかと思いますが……」

「ふふん、前からキースウッドさんは、気にされておりましたわね。ですけど、問題ございませんわ。そのことはすでに解決しておりますわ」

「は……？　か、解決、ですか？　それはいったい……？」

その問いかけに、ミーアは意味深な笑みを浮かべた。

「だって、この島は神に祝福された島ではありませんの。毒のあるものは生えませんし、持ち込むこともできない。そうではなくって？」

「あっ……」

キースウッドは思わず、言葉を失った。

地上の楽園、大陸で一番安全な地、セントノエル島。

そこは神に祝福され、守られた地だ。

ノエリージュ湖の清らかな水により、この島には毒のある植物は生えず、毒を持つ生物も住まうことはない。

それはある種の常識といえるほど、人々の中に根付いた認識だった。

「いや、しかし……」

と、反論しかけたキースウッドに、ミーアは静かに微笑みかける。

「あなたの言いたいこともわかりますわ。万に一つも毒を持ったキノコがあったら大変だ、ということでしょう。その危惧(きぐ)は当然理解しておりますわ」

あくまでも穏やかな口調で、まるで幼子に言い聞かせるように、ミーアは言った。

……若干、ウザい。

「ならば、詳しい方の同行をお願いすればいいだけのこと。実はわたくし、つい最近そういう方と出会うことができましたの」

「キノコに詳しい方？　それは、いったい……？」

「帝国の四大公爵家が一角、イエロームーン公爵家のシュトリナさんが、キノコとかに詳しいらしいんですの」

「イエロームーン公爵のご令嬢が……？」

意外な名前を前に、キースウッドは考える。

「しかし、イエロームーン公爵家は、混沌の蛇との関係が疑われていたのでは？　信用できるのですか？」

そんな質問を投げかけられても、あくまでもミーアの表情は穏やかなままだった。

「そう……。疑惑がございますわね。わたくしは、シュトリナさんは無関係だと信じておりますけれど……、でも、それでは、もしも仮に彼女が蛇であったとしたら……、そんなあからさまなことをするかしら？」

「それは……」

なるほど、確かにそれは正論と言えるかもしれない。

恐らく、イエロームーン公爵は自身が疑われていることを知っているはず。その娘であるシュトリナにも疑惑の目が向いていることに気がついているはずで……。

――シュトリナ嬢を犠牲にして、生徒会メンバー全員の抹殺を狙（ねら）うという可能性もあるかもしれないが……、疑われていることがわかっている以上、全員が同時にその鍋に口をつける可能性は低いか。

そして、最初に食べた者が倒れれば、残りの者は当然それを口にしない。

遅効性の毒というのもないではないが……、そもそも都合よくそんな毒キノコがこの島に生えているかどうか……。運の要素があまりにも強すぎるように、キースウッドには思えた。

「それに、生徒会の結束を強めるためには、共に仕事をするだけでは不足なのではないかと、わたくしは思っておりますの。親睦を深めるようなことをせずに来てしまったのは、わたくしの不徳の致すところ。聖夜祭という大きなイベントの前に、みなで楽しみながら、親睦を深められればと思っているのですけれど……」

「それは……そうかもしれませんが……」

……なぜだろう、帝国の叡智が正論っぽいフォローをいちいち挟んでくるのが、若干ウザく感じるキースウッドである。これには、危険に踏み込むための理論武装を、シオンから聞かされている時と同じようなウザさがあった。

それはさておき……、

「そして、ちょうど良いことに、シュトリナさんとベルがとても仲が良くて、キノコ狩りをするならぜひ同行したいと言ってくれておりますの」

それから、ミーアはラフィーナのほうに目を向ける。

「ラフィーナさま、確かセントノエル島には、そうしたキノコ狩りを楽しめる森のような場所があったと思いますけれど……」

話を振られたラフィーナは、小さく首を傾げる。

「確かに、この島の東部には規模は小さいけれど森があるわ。キノコが生えているかはわからないけれど……」

と、わずかに不安げなラフィーナに、ミーアは、どうどうと手をひらひらさせた。

「大丈夫ですわ。シュトリナさんもおりますし……、それに、わたくし自身も少し本を読んで調べておりますのよ。ねぇ、クロエ」

「あ、はい。そうですね。先日からミーアさまは、キノコ鍋パーティーの実現に向けて、本を読んで準備を進めておられました」

——なるほど、つまり、今回の《策謀》は以前から企てられたものであると、そういうことか……。

キースウッドの頭で、微妙な翻訳がなされているのだが……。

それを知ってか知らずか、素知らぬ顔でミーアは言った。

「毒のあるものが生えない祝福の島、神に守られし安寧の島セントノエルで、シュトリナさんとわたくしという二人のベテランキノコガイドにリードされてのことです。万に一つも心配はございませんわ」

自信満々に胸を張る自称ベテランキノコガイドであるミーアを見て、キースウッドは……、なぜだろう……、逆に不安が大きく膨れ上がるのを感じていた。


「地図、もらってきましたわよ。リーナさん」

ラフィーナから首尾よく地図をせしめたミーアは、早速、シュトリナの部屋を訪れた。

キノコ狩り計画の素案を作るためである。

「これは、ミーア姫殿下、ご機嫌麗しゅう」

ドアを開けてくれたのは、シュトリナの従者の初老の女性だった。

生真面目そうな表情を浮かべる顔、その瞳には、いささか鋭すぎる光が湛えられている。

仕事はできる代わりに、自分の仕事に頑なな女性……、そんな印象を受ける女性だった。

「こんにちは、えーっと、バルバラさん、だったかしら？」

首を傾げるミーアに、その女性、バルバラは深々と頭を下げる。

「私の名を覚えていただくなど、恐れ多きことながら……」

「あら、そんな大したことではございませんけれど……」

実のところ、ミーアはバルバラのようなタイプは、あまり得意ではない。

――この方、サボってるとルードヴィッヒぐらいガミガミ言ってきそうですわ！

ということで、危険を察知して、そそくさと部屋に入っていくミーアである。

部屋の中にはシュトリナと、勉強を教わっているミーアベル、さらに、リンシャの姿もあった。

「ご機嫌よう、リーナさん。いつもベルと仲良くしてくださってありがとう」

「いえ、そんな、お礼を言っていただくことじゃありません。ベルちゃんは、リーナの大切なお友だちですから」

そう言って、シュトリナはニコニコと可憐な笑みを浮かべた。

「えへへ、ありがとう、リーナちゃん」

それを見て、ベルも嬉しそうに笑った。

ミーアとしても、孫娘とお友だちとの仲が上手くいっているのを見ると、ついつい微笑ましくなってしまう。気分はすっかりお祖母ちゃんだ。

それから、軽くリンシャのほうに視線を送る。と、リンシャは小さく頷き返してきた。

――ふむ、おかしなところはなし……、と。リンシャさんが目を光らせておいてくれるのは、心強い限りですわ。

ミーアはホッと一息吐いてから、気持ちを切り替える。

「あ、それで、お話しした例の生徒会のキノコ狩りのことなんですけど、地図をもらってきましたわ」

本題は、むしろこちらのほうだ。

野草や薬草、キノコにまで造詣が深いシュトリナと、今度のキノコ狩りの打ち合わせをするために来たのだ。

「ああ、ありがとうございます。ミーアさま。それでは早速、ルートの計画を練りましょう」

ちなみに、シュトリナの部屋はミーアの部屋と同じ造りになっていた。

家具として勉強机とベッドが備え付けられているが、特別なものはない。飾り気のない部屋だった。節約生活中のミーアの部屋と比べても、味気ない部屋だった。

「シュトリナさんは、あまりご実家から物を持ってこなかったんですのね」

「はい。うちは、四大公爵家といっても、歴史が長いだけの最弱ですから。そんなに贅沢するお金はないですから。こんな部屋にお招きしてしまい、申し訳ありません」

そう苦笑するシュトリナに、ミーアは若干気まずくなる。

「いえ、まぁ、わたくしの部屋もそんなに変わりませんわ。それより、なにか困ってることはございますかしら？　わたくしもあまり自由に使えるお金はありませんけれど……」

「ありがとうございます。ですけど、リーナは大丈夫です。知りたいことは、図書室で調べればいいですし」

シュトリナはなんでもないことのように言って、それから少し考えた。

「床に地図を広げるのもどうかと思いますし……、ちょっとお行儀が悪いですけど」

小さく舌を出しながら、シュトリナはベッドの上に地図を広げる。

「この上でしませんか？」

「まぁ！　楽しそうですわね！」

なんだか、みんなで悪戯（いたずら）を計画するような、ちょっぴり楽しい気分になってしまうミーアである。

そういうのは大好きだ！

けれど、同時に少しだけ心配にもなってしまう。

――あのバルバラさん、なにも言わないかしら？

そちらのほうをうかがうと、バルバラは入り口のところで、黙ってこちらを見つめていた。

――注意の一つもするかと思いましたけれど……、少し意外ですわね……。

首を傾げつつも、ミーアはルンルン気分でベッドに上がった。


キノコ狩りをする森は、セントノエル島の東方に位置していた。

「行ったことはありませんでしたけど、森があるんですのね」

「それほど大きな森ではありませんが、結構、キノコが群生していて楽しめると思いますよ。入ってすぐのところでも十分に楽しめますし」

「それは良いことですわね！」

あまり歩き回らずにキノコ狩りができるのであれば言うことはない。

基本的にミーアは怠惰人（サボリヤー）なのである。ご存知のこととは思うが……。

「それと、森の奥のほうになりますが、ヴェールガ茸（だけ）が群生しています」

「まぁ！　ヴェールガ茸……。ここにもありますのね。クロエの本で読みましたわ。鍋にぴったりの絶品だって」

「さすがはミーアさま。ご存知でしたか。とても深みのある味がする白いキノコなんですよ……でも」

と、そこでシュトリナは難しい顔をした。

「あら、どうかしましたの？」

「実はよく似た偽ヴェールガ茸というのもあって、こちらは毒があるんです」

「まぁ、毒が？」

「ただ、そこまで強い毒でもなくって、三日間ぐらいお腹を壊して、腹痛に苦しむだけで済むのですけど……、見分けるのは玄人でもとても難しいといわれます」

「ふむ……玄人……」

腕組みし、何事か考える顔をするミーアであったが……。

「なので、ヴェールガ茸は避けたほうがいいと思います。だから……」

シュトリナは森の南から入って、入り口付近を回るコースを提案した。

「このコースなら特に危険ということはないと思いますが、あまり森の深くには入らないほうがよいのではないかと思います」

「なるほど、そうですわね……」

ミーアは、ふむ、と鼻を鳴らした。


打ち合わせが終わったのは、夕食前の時間だった。

「ずいぶんお世話になってしまいましたわね。このお礼はいずれ、必ず」

そう言うミーアに、シュトリナはニコニコと可憐な笑みを浮かべた。可憐な……そう見えるような笑みを。

「とんでもない。リーナのほうこそ、生徒会のみなさんと一緒に、キノコ狩りをさせていただけるなんて、とっても光栄なことです」

セントノエル学園生徒会。その権威は決して侮ってよいものでもない。しかも、そこに集うメンバーもまた大変なものだった。

サンクランド王国の王子に、ヴェールガ公国の聖女、その二人とお近づきになれるだけでも、一般の貴族にとっては非常に意味があること。

だからこそ、シュトリナは、ミーアにお礼を求めるなんてことはしない。

そのほうが〝自然なこと〟だから……。

「あら、それを言ったら、ベルだって同じですわ。まして、あなたには、キノコの安全性を確認していただくために同行してもらうのですから、お礼はきっちりさせていただきますわ」

ミーアは、そんなことを言っている。

——お人好しの姫殿下……。評判は本当みたい。

シュトリナは、花が咲くような笑みを浮かべて言った。

「ありがとうございます。ミーアさま」

っと、その時だった。

「ふふふ、ミーアお姉さま、お礼を用意してないなんて迂闊(うかつ)です。ボクはきちんと用意してきましたよ」

ベルが、とても得意げな顔で言った。

想定していなかった動きに、シュトリナは少しだけ戸惑う。

ベルは、そんなシュトリナの顔を覗(のぞ)き込むと、得意げに、

「はい、これです。リーナちゃんにお礼」

なにか……、小さな毛の塊のようなものを差し出した。

よく見るとそれは、馬かなにかの形を模したぬいぐるみだった。

「えっと、ベルちゃん、これは……？」

「えへへ。馬龍(マーロン)先輩にこっそりと教わった馬のぬいぐるみです。動物の毛を使って作ったもので、騎

馬王国のお守りなんだとか」

――馬のお守り(トローヤ)ね……。確か騎馬王国に伝わる伝統的なお守り……だったかな。

シュトリナは、そのお守りのことを知っていた。

かつて騎馬王国の者に見せてもらったことがあったのだ。

動物の毛を丁寧に編み込んだそれは、作るのがなかなかに大変で……、だから、慣れていないベルが作ったものは、とてもではないが馬には見えない。

犬にも見えるし、なにか得体のしれない不気味な動物にも見えた。

もらっても嬉しいものではない。

けれど、あまりに想定外すぎるお礼に、シュトリナの心に微(かす)かなさざ波が立った。

「ありがとう、ベルちゃん。リーナ、とっても嬉しいわ」

シュトリナは小さく首を傾けて、いつも通りの笑みを浮かべようとする。感情がこもりすぎず、かといって、作り笑いにも愛想笑いにも見えないような笑み。

花が咲くように可憐で、そして、誰からも好かれる笑み……。

「えへへ、喜んでもらえて嬉しいです。リーナちゃん。今日も勉強教えてくれて、ありがと」

能天気そうなベルの笑みとは対照的な、計算された笑みを、シュトリナは浮かべるのだった。

二人を見送ってから、シュトリナは、ベルからもらったお守りに視線を落とした。

しばしそれを見つめて、それから無造作に放り捨てた。

バルバラは、それを無言で拾い上げる。

「どう？　バルバラ、上手く誘導できたかしら？」

シュトリナの問いかけに、バルバラは生真面目な顔で頷いてみせた。

「はい、シュトリナさま。あのご様子ならば、恐らく森の奥へと足を踏み入れることはないかと……」

「そう、それなら当日はリーナも一緒に行くし、これで余計なものは見られずにすむかしら」

シュトリナは、くすくす笑う。可憐な花が、そよそよ風に吹かれるように愛らしく笑う。

その声が、不意に、少しだけ不安そうなものへと変わる。

「ねぇ、バルバラ、お父さまはリーナのこと、褒めてくれるかしら？」

「はい。お館さまは、お嬢さまのことを高く評価しておられます。計画をきちんと達成すれば、必ずやお褒めの言葉をいただくことができるのではないかと……」

「そうよね。リーナはきちんとやり遂げるもの。だから、きっとお父さまは褒めてくれるに違いないわ。うふふ、今から楽しみね」

くるり、くるり、シュトリナは、ダンスをするかのように、部屋の中を回った。

そんなシュトリナを黙って見つめていたバルバラだったが、ふと思い出したように口を開いた。

「ところで、お嬢さま……」

バルバラは、先ほど拾った馬のお守りを差し出しながら言った。

「こちらは、処分してしまってもよろしいでしょうか？」

「捨ててしまうということ？　うーん……」

可愛らしく首を傾げて、シュトリナは言った。

「それはもったいないんじゃないかしら？」

「は？　もったいない、でございますか？」

怪訝（けげん）そうな顔をするバルバラに、シュトリナはあくまでも笑みを崩さない。

「お守りなんて、別に信じていないけど、あの子を通してミーアさまとお近づきになるには、十分に使える道具だと思うわ。だから、きちんととっておいて」

「……そうですか」

バルバラは、じっとシュトリナを見つめていたが、それからゆっくりと机の引き出しに馬のお守り（トローヤ）を入れた。

第四話　最古にして最弱という意味

ミーアがセントノエルで悪だくみをしている頃、ルードヴィッヒとディオンも動き出していた。イエロームーン家に対して、調べを進めるために。

後に、女帝ミーアの腹心として、親友同士として友好を深めることになる二人だが、こうして二人だけで行動するのは初めてのことだった。

ルードヴィッヒの執務室に来て早々、ディオンは言った。

「ところで、具体的にはどうするつもりなんだい？　ルードヴィッヒ殿。一人ひとり、関係者を殴り倒すというのなら協力するし、面倒だから、姫殿下に知らせずに処分してしまうというのであれば、気は進まないけど、協力はするよ」

まるでルードヴィッヒを試すように、悪戯っぽい笑みを浮かべるディオン。それに対して、ルードヴィッヒはあくまでも冷静に首を振る。

「それはミーアさまの御心を損なうことだろうな。もし、それをやるにしても最後の手段になるだろう」

あえて、その方法を否定せず、ルードヴィッヒは肩をすくめた。

「だが、まだ俺たちにはできることがあるはずだ」

ルードヴィッヒは考えをまとめるようにゆっくりした口調で言う。

「以前も言った通り、ガヌドス港湾国から戻ってからずっと、部下に監視はさせているんだ。公爵家の執事、メイドらの使用人、イエロームーンの派閥の主要な貴族にも。だが……、今のところ目立った成果はない。監視への攻撃を含めて、イエロームーン家の側からのアプローチはないんだ。もっとも、水も漏らさぬ監視というのは当然不可能だろうから、なにか裏で行動はしているのかもしれないが……」

ルードヴィッヒは一瞬黙り込んでから、

「もしかすると、ガヌドス港湾国からの情報を受けて、動きを自重しているのかもしれないな」

「まぁ、そうだろうね。しかしそれでも、まったく外との連絡のやり取りがないわけではないんだろう？　その中に紛れ込ませているのかもしれない」

ディオンの疑問に、ルードヴィッヒは首肯して見せた。

「ああ、例えば、セントノエルに通っている娘への手紙は定期的に書いているらしい」

「セントノエル……、姫さんの学校か。まぁ、攻撃の対象としては妥当だね。で、その手紙にも怪しいところはなかったと？」

ちらり、と鋭い視線をルードヴィッヒに向けるディオン。

「おいおい、父から娘への思いのこもった手紙だぞ？　それを勝手に読むなんてことをやるはずが……」

「やるだろ？　当然、ルードヴィッヒ殿なら。やらなかったなら、とんだ無能者だ」

にやり、と笑うディオンに、ルードヴィッヒは苦笑する。

「まぁ、やったんだがね……。そして、これまた予想通りというか、怪しいところのない普通の文面だった。近況を訊ねたりであったりとか、持っている能力を活かして頑張れという奮励だったりとか……」

「無能者だとか言っておいてなんだけど、えげつないことするねぇ。父から娘への手紙を盗み見るとか……」

からかうような口調で言うディオンに、ルードヴィッヒも肩をすくめた。

「ミーアさまの安全のためだ。必死にもなるさ。だが、残念ながら収穫はなしだ。なんとかしてイエロームーン家の内情を探りたいところなんだが……」

腕組みし、小さく唸るルードヴィッヒ。そんな彼の様子を楽しそうに眺めていたディオンだったが……。

「ふん、しかし実際のところ、公爵家の一部のみが陰謀に加担してる、なんてことがあるのかね？」

唐突に、そんなことを言い出した。

「そういう大きな陰謀っていうのは、一族全体で関わるものじゃないかと僕は思うんだけどねぇ」

「そうだな……。俺は公爵一人だけが陰謀に加担していたというのも十分にあり得ると考えている」

メガネの位置を直しつつ、ルードヴィッヒは言った。

「ふーん。根拠は？」

「秘密というのは、知っている者が増えれば増えるほど外に漏れやすくなる。この世の一つの真理というやつだな」

「なるほど。しかし、イエロームーン公爵家に関しては小さな噂すら聞いたことがなかった。これは、ごくごく限られた者、場合によれば公爵一人だけが陰謀に加担していて、残りの血族の者たちはなにも知らない、善良な人々であることを示唆している……と、そんなところかい？」

「ああ。もっとも、よほど特別な家柄であるならば、話は別なんだが……ふむ……」

ルードヴィッヒはそう言ってから、再び黙り込んだ。

「どうかしたのかい？　ルードヴィッヒ殿」

「いや、ふと思ったんだ……。イエロームーン公爵家の果たしていた役割がなんだったのか、と」

「果たしていた役割？　というと？」

首を傾げるディオンに、ルードヴィッヒは冷静な口調で言った。

「例えば、レッドムーン公爵家は黒月省に強い影響力を持っている。影響力を持つということは、裏を返せば、その方面に強い貴族として、有事の際には力を発揮するように期待されているということだ」

「まぁ、そういうことだろうね」

ディオンは腕組みしつつ、頷いた。

「同じようにグリーンムーン公爵家は、外国との付き合いが深い。外から入ってくる知識や物品の価値に早いうちから気付き、その方面への影響力を強めてきた。教育や学問に対して、影響力を持ちすぎるのは俺としてはあまり好ましくは思わないが、その方面での役割を担ってきたといえる」

「なるほど。とすると、ブルームーン公爵は、他の力ある中央貴族たちのとりまとめといったところかい？」

「そんなところだ。いずれにせよ、四大公爵家には、それぞれ果たすべき役割があった。だが……、それじゃあ、イエロームーン公爵家は？」

ルードヴィッヒの問いかけに、ディオンはわずかに黙り込む。

「ふん、四大公爵最古にして最弱……ね。素直に考えるなら、最も古い血筋。建国以来、皇帝一族と労苦を共にし、血を分け合った家系だから、と考えることもできるけど……？」

「今の時代ならばともかく、初代皇帝陛下は、そんなに甘い考えはしなかったのではないか？　少なくとも友情を出世にからめるタイプとも思えない。あくまで想像だが……」

自己の目的のために、国を造ってしまおうと考えるような人物である。

「そんな無駄を許容したとは思えない。であるならば、当然のことながら、あったはずなんだ。イエロームーン公爵家の果たすべき役割というのが……。あるいは、今現在も果たしている役割というのが……。もしかしたら、そこになにかヒントが隠されているのかもしれない」

「最古、ではないとするともう一方のほうかい？　最弱にどんな意味があるのか、とかそういうことかい？」

そう言ってから、ディオンは肩をすくめた。

「弱いことに意味があるとは思わないけど……」

「いや、そうでもない。最弱であるならば少なくとも下手に目立つことはない。ディオン殿のように強ければ、敵味方に知られてしまって、動きづらいということはあるだろう。同じことだ」

「なるほど……。それはそうかもしれないね」

「そうだ……。ようやくわかった。俺たちがすべきことは、知ることだ。イエロームーン公爵のこと、今だけではない。もっと昔から、この帝国において、彼らがどのような立ち位置にあったのか……。その先に、敵の正体を掴むヒントがあるのかもしれない。そして、ミーアさまが求める、一族の中で誰が蛇に関係していたのか、という情報も……」

かくて、当面の方針は決まった。

ルードヴィッヒとディオンは、帝国の歴史の闇へと再び足を踏み込み……、そして……ミーアはセントノエルのキノコの群生地に足を踏み込むのだった。

第五話　ミーアお祖母ちゃん、盛ってくる！

シュトリナの部屋を後にして、自室に戻ってからのこと。

お風呂に入り、ふわふわの寝間着に着替えて……、そうして訪れた安らぎの時間。

ミーアはふと思い出して、ベルのほうを見た。

ベッドの上に座ったベルは、着替えたばかりのもこもこの寝間着の袖口に顔を押し付けて、えへへ、と幸せそうに笑っていた。

ベルは、このふわふわもこもこの寝間着が大好きらしく、いつも着替えるたびに顔を押し付けたり、匂いを嗅（か）いだりしていた。

そんなベルの姿を見て、ミーアは思い出す。

――そう言えば、昔はわたくしも、あんな風に感動しておりましたわね……。

ふわふわな毛布と、満月羊（フルムーンシープ）の毛をふんだんに使ったもこもこの寝間着があれば、なんとも幸せな感動に包まれたものであるが……。

――若いって、素晴らしいですわ……。素直に感動できて……。

孫娘を見て、お祖母ちゃんは優しげな笑みを浮か……。

「お祖母ちゃんじゃありませんわ！　わたくしだってまだまだ若いですわ！」

お年寄り気分に侵食されそうになった自分を、なんとか鼓舞するミーア。

その声を聞いて、ベルがきょとりん、と首を傾げる。

「え？　なんですか、ミーアお姉さま？」

「いえ、なんでもありませんわ。それよりベル、最近なにか一人でやってると思ってましたけれど、リーナさんにあげたあれだったんですわね」

「あ、はい。そうなんです。馬龍先輩と仲良くなって教えてもらいました。えへへ、リーナちゃんは初めてできたボクのお友だちだから、プレゼントできてよかったです」

そう言って、ベルは嬉しそうに笑った。

「そう。それはよかったですわね」

孫娘が健やかに友情を育んでいるのを見て、ついつい温かな眼差しを向けてしまうミーアお祖母ちゃんである。お祖母ちゃん成分の浸食が激しい今日この頃である。

「それにしてもあなた、案外、手先が……」

例の《馬のお守り（トローヤ）》の出来を思い出し、ベルの手元に目をやる。全然気付かなかったが、彼女の人差し指には、白い布がまかれていた。どうやら、ケガでもしたらしい。

ミーアは見ないことにして、続ける。

「……手先が、その……器用なんですわね。意外でしたわ」

ちょっぴり評価を盛ってやるミーアである。

せっかく、手作りのお守りを友だちにプレゼントできて喜んでいるのだ。微妙な出来だった、などという事実は、この際、触れずともよいことである。お祖母ちゃんの思いやりというものである。

「ふっふっふ。そうですよ。ボク、こう見えても結構できる子なんですよ？」

そんなミーアに、ベルは偉そうに胸を張り、それから少しだけ懐かしそうに瞳を細めた。

「エリス母さまにしっかりと教えてもらいましたから。でも、なかなか教えてくれなかったから、大変だったんですよ。ボクは皇女なんだから、そんなことをやるべきじゃないって言うから……。だから、町の子どもはみんなそういうのやってるから、できないと不自然だって説得して」

「ベル……」

そんな風に論理を組み立てるなんて、この子も過酷な環境の中で懸命に考えながら生きていたんだなぁ、などとしみじみ思うミーアであったが……。

「えへへ、ルードヴィッヒ先生がこう言えばいいって教えてくれた通りに言っただけなんですけど……」

「…………ベル」

自身と同じ匂いを濃厚に漂わせる孫娘に、ミーアは微妙な顔をした。

「そうして納得してからは、いろいろなことを教えてくれました。だんだんと帝国内の状況が悪くなってきてからは、特に熱心に、お料理もお裁縫も。ボクが一人でも生きていけるようにって……」

「そうでしたのね……」

ミーアは、ベルの生きてきた過酷な環境に思いを馳せる。

ベルの手先が器用なのは（……器用？）、そうなる必要があったから。

もしも、ベルが裁縫が得意ならば（まぁ、そこまで得意でもなさそうだったが……）、そうならざるを得ない環境に彼女がいたからなのだ。

地下牢に落とされて数年を過ごした自分と、隠れ潜む逃亡生活を余儀なくされたベル。

どちらが大変だったとは一概には言えないが、それでも、この子も苦労してきたんだとミーアがじんわり目元を熱くしていると……。

「ふっふっふ、家事だって一通りできますよ。だから、乙女力に関してはミーアお姉さまより、ボクのほうが上だと思いますよー。ミーアお姉さま、料理とかしたことないんじゃないですか？」

ベルが渾身のドヤァ顔で言った。

「おっ……乙女力……？」

ミーアは、なにやら、得体の知れないものに胸を深々と貫かれた。

正直なところ、ベルの言っている乙女力なるものが、なにかはわからない……。

そもそもミーアは皇女である。高貴なる身分であり、人々から仕えられる立場だ。

料理なんかできなくてもいいし、家事やら裁縫やらができなくても、なんら恥じることはない。恥じることはないのだが……。

――乙女力……。

トゲのように刺さるのは、その言葉だった。

乙女力に劣る……そう言われてしまったことが、まるで、お前は乙女ではない！　と言われてしまっているような、そんな気になってしまって……。自分が本当にお祖母ちゃんになってしまったような気がして……。

――こっ、こんなことではいけませんわ！　アベルに見捨てられてしまうかもしれませんわ！　最近、この冬を生き残ることに必死でアピールできておりませんでしたし！

ミーア、ここにきて発奮する！

自分はまだまだ乙女！　乙女力とやらで、ベルに負けてなどいられない。

「で、でも、わたくしだってやる時はやりますわよ。この前だってサンドイッチ作りましたし？」

ミーア、懸命の反論を開始！

「え？　ミーアお姉さまが、ですか？」

ベルは、びっくりした顔でミーアを見つめる。

「ええ。楽なものでしたわ！」

さらにミーア……、ちょっぴり話を盛る。

「しかも、馬型の革新的で芸術的なサンドイッチでしたわ」

ミーア、さらに盛る！　盛る!!　盛る!!!

「うっ、馬型っ!?」

「そう。今にも走り出しそうな出来でしたわ。味もお見事なもので……」

ミーア、こうなっては後に引けないと、思いっきり盛り尽くすことを決意！　乙女力なるものが、ベルに負けていないと、自分自身にも言い聞かせる。

「宮廷料理にも負けないほどの味でしたわ。美味しく焼いた肉の香ばしさ、シャキシャキの野菜、ふわっふわのパンがそれらを包み込んで、とってもとっても美味しかったんですのよ」

「わぁ！　すごいすごい！　さすがミーアお姉さまです」

キラッキラと純粋無垢な憧れの瞳を向けてくるベル。

「ボクもミーアお祖母さまのお料理、食べてみたかったな……」

「うふふ、そうですわね……」

ベルの尊敬のまなざしに、気をよくしていたミーアだったのだが……。

「……ふむ、そうですわね。確かに、それならば、アベルにも……ふむ」

直後、なにかを思いついたような顔をした。

「ああ、これは、いいことを思いつきましたわ！」

明るい笑みを浮かべるミーアであった。

その〝いいこと〟……、苦労人の〝あの人〟に対してさらに毒を盛るような所業なのだが……。

当然、そんなことは、当の本人も知る由のないことだった。

第六話　熱き友情、芽生える！

大国サンクランドの王子、シオン・ソール・サンクランドの腹心……、キースウッドは優秀な青年である。

天才と謳われるシオンに負けない剣の腕を誇り、機転も利く。

礼儀作法も一流で、涼しげな笑顔に心を奪われる女性も数多い。

正しきことのためならば、いささか向こう見ずになる主をよく支え、よく守り……、どのような危機にも、持ち前の剣と冷静な判断力をもって乗り越えてきた。

その穏やかな笑みが崩れるような事態は滅多にない。

……いや、なかった、と言うべきか。

このセントノエルに来るまでは……。

——なぜ……、なぜだ……。どうして、こんなにも問題が次々に起きるんだ……？

キースウッドは、訪れた災厄に思わずクラッとした。

その災厄は、可憐な姫の姿をして、彼の前に現れた。

輝くような、上機嫌な笑みを浮かべながら、可憐な姫ことミーアは言った。

「また、あの時みたいなサンドイッチを、わたくしたちで作ろうと思っておりますの。お手伝いをお願いできないかしら？」

「はぇ……？」

ヘンテコな声が、キースウッドの口から零れ落ちた。

……かつてないほどの危機が、キースウッドを襲っていた。


キノコ狩りが決まった数日後、彼はミーアに呼び出しを受けた。

生徒会室に来た彼に、開口一番、ミーアは言った。

サンドイッチが作りたいから、手伝え、と……。

一瞬、聞き間違いかと思った（あるいは、そう……思いたかった）キースウッドは、改めてミーアを見つめた。

「え、えーと、どういうことでしょうか？」

「今度行くキノコ狩りで、ランチに食べるためのサンドイッチをわたくしたちで作ろうと思っておりますの。だから、そのお手伝いをキースウッドさんにお願いしようと思って……」

キースウッドは頭痛を抑えるため、こめかみの辺りを押さえながら言った。

この話、なにかが間違っている！　だが、いったいどこが間違っているのだろうか……？

衝撃のあまり、ぐるぐる混乱しそうになる思考を懸命に整理しつつ、キースウッドは言った。

「あの……大変お手数ですが、詳しく説明していただいてもよろしいでしょうか。どこがおかしいのか、少しだけ考えたいと思いますので……」

「はて？　おかしいことなど、どこにもございませんけれど……。先日、森にキノコ狩りに行くことになりましたわよね？」

「ええ、まぁ、そうですね……不本意ながら……」

キースウッドはため息を吐く。あまり納得できないことながら、とりあえずキノコ狩りに行くのは間違いない。

「森の中をゆっくり散策するのでしたら、朝出かけて、午後戻ってくるぐらいのほうがゆっくりできて良いと思いますの」

「はい。妥当な計画だと思います」

ラフィーナからもらった地図を使って綿密に立てられた計画は、確かに見事だった。これならば、運動に慣れていないミーアやクロエなども、問題なく楽しめるはずだ。

「お昼は当然、森の中ですわ。調べたところ、ピクニックにちょうどいい野原が森の中にあるらしいんですの。だから、そこでランチタイムをしようかと……」

「なるほど、この場所ですね。野原でランチタイムというのも、親睦を深める意味ではよろしいのではないでしょうか」

悪くない計画。無理のない話だ。キースウッドは納得の頷きを返す。

「だから、わたくしがサンドイッチを作って持っていこう、と……」

「それだ！」

思わず、素が出てしまうキースウッド。

「それですよ、ミーア姫殿下」

「はて？　どれですの？」

「サンドイッチを用意したいというのは理解できましたが、それをなぜ、ミーア姫殿下が作らなければならないか、というお話です」

「いえ、わたくしではなく、アンヌやクロエやティオーナさん、リオラさんもですわよ」

……前回、キースウッドが指揮した令嬢たちである。

烏合(うごう)の衆とは言わないが……、こう……なかなかのメンバーである。

あの時感じた頭痛を思い出し、再び頭がクラッとするキースウッド。

だというのに、キースウッドの苦労など「知ったこっちゃねぇ！」とばかりに、ミーアは、

「前回、初めてだったのにあんなに上手くできたんですもの。あの時の経験を活かせば、厨房の調理人にお願いするより、良いものが作れるに違いありませんわ！」

自信満々に言い放った。その、清々しいまでのドヤァッ顔に、ちょっぴりイラァッとするキースウッド。

「それに、なんと今回は、ラフィーナさまにも参加していただく予定ですわ！」

厳かに、神託を告げる聖女のような口調で、ミーアが言った。

朗報でもなんでもねぇよ！　と言いたいのをぐっと飲み込み、キースウッドは大きく深呼吸。それから、改めて、新たな要素の考察に入る。

「ラフィーナさまが……？」

「ええ。お願いしておきましたわ。心強いですわよね」

――心強い……本当にそうだろうか？　なるほど……。聖女ラフィーナは知恵に優れ、ダンスなどの運動も得意という。器用な方のようだから、料理も嗜んでいる可能性は否定できない……か。

そう、その可能性を除外することはできない。できないが……！

――そんな砂浜で砂一粒を見つけ出すような可能性に賭けることなどできるはずがない！

キースウッドの理性が告げる。それはあまりにも危険な賭けであると……。

「そ、それは、どうでしょう？　みなさんお忙しいでしょうし。やはり、ここは厨房の専門家にお任せになったほうが……。私も、なんだかんだで忙しいので、監督に行けないかも……」

自分が面倒見なければ、さすがにできないんじゃないかな……？　などと甘いことを考えていたキースウッドであったが……。

「まぁ、キースウッドさん、そんなにお忙しいんですの？　でしたら、無理しなくても大丈夫ですわ。今回は我々女子チームだけでも……」

「いえ、撤回します。いやホント、私がいない場所で勝手に行動とかしないでください！」

慌てて前言を翻す。

ミーアたちの暴走・迷走ぶりが、ありありと想像できてしまったからだ。

監視もせずに、ミーアたちだけで調理をさせるなど、あり得ぬ暴挙。

――だが、これは下手をすると、毒キノコ以前にシオンさまの危機なんじゃないか？

震え上がるキースウッド……。であったのだが、そこに助け舟を出す人物が現れた。

「話は聞かせてもらったよ、キースウッドくん」

生徒会室の入口に立っていたのは、帝国四大公爵家の一角、ブルームーン公爵家の長子にして、生徒会書記補佐である少年……。

「サフィアス殿……？」

サフィアス・エトワ・ブルームーンが、爽（さわ）やかな笑みを浮かべていた。

意外な人物の登場に、キースウッドは首を傾げる。

サフィアスは、そんなキースウッドの肩にぽんと手を置いてから、ミーアのほうを見た。

「あら、サフィアスさん、わたくしの計画になにか不備でもございまして？」

「はい。これは大変言いづらいことながら……」

サフィアスは深刻な顔をして、首を振る。

「ミーア姫殿下、その計画には足りないものがありますよ」

「まぁ！　わたくしの完璧な計画に、足りないもの？　それはいったいなんですの？」

驚きの声を上げるミーアの隣で、キースウッドは眩暈（めまい）に襲われる。

――頼むから、もう余計なことは言い出さないでくれ……。

そんな彼の祈りをよそに、サフィアスは言った。

「簡単なこと、サプライズですよ。姫殿下」

「サプライズ……？」

想定外の言葉に、瞳を瞬(しばたた)かせるミーア。そんなミーアにサフィアスは得意げな顔で言った。

「そう。サプライズ。せっかくキノコ狩りというスペシャルなイベントをするというのに、聞いたところによれば、そのサンドイッチ作りは、すでに経験済みのこととか。それでは、新鮮味に欠けます」

「新鮮味……」

「あえて誤解を恐れずに言うならば、ミーア姫殿下のお考えは、一度、紅茶を出し終えた茶葉のようなもの。いわば、出涸(でが)らしです」

「で、出涸らし……」

ミーアが、うぐぅ、っと唸る。

「なるほど、言われてみれば確かにそうですわ。あの剣術大会の時には、自分で作る場面ではないのに、手作りにしたからこそインパクトがあった。けれど、今度は、それは望めない……」

ミーアは、パンッと手を叩いた。

「言いたいことはわかりましたわ。つまり、今度はサンドイッチ以外の、もっと手の込んだものを作れと、そういうことですわね⁉」

「いえ、そうじゃありません」

サフィアスは、ちょっと慌てた様子で言った。

「前回ミーアさまたちが作ったというのなら、今度は我々、男子チームが作るのはどうか、と提案しているのですよ」

「まぁ、サフィアスさんたちが？　でも……」

ミーアは一瞬、渋る様子を見せたが……。

「ええ。もちろん、王子殿下たちにも協力していただくと思いますよ。ああ、キースウッドくん、王子殿下用のエプロンを用意してもらえるかい？」

「えっ、エプロンっ⁉」

ミーアの声が、微妙に高くなった。


「……サフィアス殿、助かりました」

二人に説得されたミーアが部屋から出て行ってすぐにキースウッドは言った。

サフィアスは、そんな彼に肩をすくめておどけて見せた。

「なに、大したことではないさ。君の様子を見る限り……アレだろう？　ミーア姫殿下の料理の腕前は、ちょっとアヤしいんだろう？」

――ああ……これは、なんということだ……。

負け戦の中で、友軍が助けに来てくれた時のような感動を、キースウッドは味わっていた。しかもその相手が、自分があまり評価をしていなかった男だというのだから、感動も一入（ひとしお）である。

危機感の共有……、まさか、それをこの生徒会の中でできるとは、思っていなかったのだ。

そう、ミーア・ルーナ・ティアムーンのカリスマに中（あ）てられた者たちは、誰もがみな、彼女に心酔し、疑うということを忘れてしまう。それは、かの聖女、ラフィーナですら例外ではない。

自らの主シオンや、アベル王子なども、ミーアへの好意から見誤っていることがある。

人間は一面的なものではない。すべてが完璧にこなせる者などいない。だというのに、ミーアにはなんでもできると、彼女が言い出したことであれば大丈夫だと、そんな無責任な肯定がいつの間にかできあがっている。

されど、ああ、されど違うのだ。

少なくとも料理という領域においては、皇女ミーアは信用に値しない。

そんな認識を共にする者、同志をこの生徒会の中に見出（みい）だせようとは……。

「いや、実は俺も、その……ね……。許嫁が一時期、調理にはまったことがあってさ。大貴族のご令嬢なんだから、そんなもの、使用人に任せておけばいいと言ったんだが、どうしても自分で作りたい、と言って意地になってね。もう、だいぶ昔のことなんだが……いや、はは、酷かったよ。今でこそ笑い話だけどね」

そう言って、快活に笑うサフィアス。

「基本的に、俺は愛する女性が作ってきた料理は残すべきじゃないと思っているんだが……、あえて強く主張したいね。そいつは、〝料理〟に限るべきだ。消し炭や生焼け肉は、料理とは言えない」

「……サフィアス殿、そのぐらいで」

キースウッドは辺りに人がいないかきょろきょろ視線を動かしつつも、頷いた。

「ああ、そうだな。まぁ、それはともかく、その時に彼女を説得したのが、今のやり方というわけだ。女というものはだね、自分で料理を作ってみたいという欲求を持つこともあれば、男が料理をしているのを眺めたい、という欲求も持ち合わせているものなのさ」

「なるほど……勉強になります」

基本的に、キースウッドはモテる。けれど、あまり一人の女性と長く深く付き合うということはしたことがなかった。というか、シオンのそばにいると、忙しくてそれどころではないことが多かった。ゆえに、許嫁である一人の女性と付き合い続け、相手の嫌な面を知ってもなお、愛していると公言できるサフィアスに、わずかばかり尊敬の念を抱いてしまった。

そのうえ……、

「まぁ、そんなわけで、その時に少しばかり凝ってしまってね……。彼女の弟ともども、料理の腕前には少しばかり自信があるんだ。なにしろ、命懸けだったからね……。下手なものを作ると、やっぱり自分が……などと言い出しかねない状況だったものだから……」

意外な特技を暴露するサフィアス。これで生徒会男子部は、料理ができないシオンとアベル、料理ができるキースウッドとサフィアスという二対二の状況になった。サフィアスの従者も、料理ができるというのであれば、援軍を頼むこともできるかもしれない。

キースウッドは、一つの心労から解放されたわけで……、思わず、ふぅう、っと大きな息を吐いてしまう。

「そういうことであれば、是非もありません。シオン殿下には私のほうから話しておきます」

「うむ。お互い、協力してこの危機を乗り切ろうじゃないか」

そうして、サフィアスが差し出した手を、キースウッドは固く握りしめた。

ここに、奇妙な友情が成立した。

国を超えた二人の友情は、サフィアスが学園を卒業して帝国に帰ってからも続くものになるのだった。帝国の叡智、ミーア・ルーナ・ティアムーンが悪役としての役割を果たした珍しいエピソードといえるかもしれない。

第七話　サフィアスの悲鳴……

話はとんとん拍子に進んでいった。

キースウッドの手配により、シオンは一も二もなく快諾。アベルもまた楽しそうに、それを了承。かくて、ピクニックに持っていくサンドイッチは、生徒会男子チームによって作られることが決定した。

——う、うぐぐ……。せっかく、わたくしの乙女力をアピールする機会でしたのに。つい、乗せられてしまいましたわ。過去のわたくしを殴ってやりたい。

などと後悔の念に囚（とら）われつつも、その朝、ミーアは調理場を訪れた。

そこを貸し切って、生徒会男子部の面々が、サンドイッチ作りをする予定なのだ。

「あら、ミーアさん。早いわね」

入ってすぐに、ラフィーナが声をかけてきた。ちなみに、すでに制服に着替えている。

キノコ狩りに行く場所はシュトリナいわく、森の中とはいっても浅いところまでだという。ハイキングのようなものだから制服で行けばいいとのことで、その助言に従って、今日はみんな、制服で行くことになっていた。

「ご機嫌よう、ラフィーナさま。ラフィーナさまこそ、お早いですわね。まだ、キースウッドさんたちも来てないのに……」

「うふふ、私だって、みんながどんなものを作るのか気になるもの。それに、前回、私は参加できなかったから。寂しいでしょう？」

「あ、もしかして、ラフィーナさま、サンドイッチ作り、楽しみにしておりましたの？」

「もちろんよ。せっかく、ミーアさんたちと楽しくお料理できると思ってたのに……」

ラフィーナは、しょんぼりと肩を落とす。

「あ、ああ、申し訳ありませんでした。ラフィーナさま。わたくしが、サファイアスさんの口車に乗ってしまったばっかりに……」

大慌てで、手をわたわたさせるミーア。それを見たラフィーナは、くすくす笑った。

「ふふ、冗談よ。ミーアさん。残念だったのは本当だけれど、別に怒ったりはしていないわよ？」

それを見て、ホッと安心するミーアであったが……。

「でも……、そう。サファイアスさんが……ね」

なぜだろう……、そうつぶやいた時のラフィーナの目は、あまり笑ってないように見えた。

なんだか、サファイアスをナニカに巻き込んでしまったような、そんな予感がしたが……。

深く考える前に、新たな人が入ってきたので、ミーアは思考を中断する。

そちらに目をやったミーアは、

「まぁ！」

思わず声を上げた。

そこにいたのは、四人の男子たちだった。

先頭に立っていたサファイアス……、はどうでもいいとして、主に他の三人にミーアは目を奪われた。

サファイアスの次にやってきたのはキースウッドだった。

いつも通りの黒い執事服の上から、白いエプロンを身に着けている。普段は、いかにも女性にモテそうな優男といった雰囲気の彼がエプロンをまとうことで、ちょっぴり家庭的に見えてしまうから不思議だ。

次にやってきたのはシオンだった。

制服の上から、同じくエプロンを着ている。

普通、ブレザーの上にエプロンを羽織っていたら、少しは違和感があるものだろうが……、シオンは完璧に……一分の隙もなく、それを着こなしていた。

どんな格好でも凛々しさを失わないシオンに、ミーアは思わず呆(あき)れてしまう。

――まったく、こいつはどんな服を着てても、憎らしいぐらいによく似合いますわね。ベルあたりが見たら、歓声を上げそうですわ。あの子が寝坊助でよかったですわ。

自分のことを棚に上げるミーアである。

そして、最後の一人……。

「やぁ、ミーア、君も見学に来てたのかい？」

軽やかな笑みを浮かべるアベル。

シオンと同じく、制服の上からエプロンを身に着けた彼を見て……、ミーア、思わず固まる。

そんなミーアを見て、アベルは一転、少しだけ不安そうな顔をしてから……、

「えーと、どこか、変だろうか？　こういう格好をするのは初めてだから、どこかおかしいところがあれば、教えてもらいたいんだが……」

わずかばかり、頰を赤らめた。

美少年の、いかにも恥ずかしげな顔を見たミーアは、ただ一言……。

「…………い……、いい」

それっきり、言葉を失う。

「ミーア？」

怪訝（けげん）そうな顔をするアベルに、ミーアは慌てて首を振った。

「だ、大丈夫。よく似合ってますわ……。あっ、でも……」

っと、ミーアはアベルのエプロンのひもが、背中のところでほどけているのを見つける。それを直してあげようと、彼の後ろに回ろうとして……、なにを思ったのか、正面から近づき、腕を背中に回して、抱きしめるようにして、直してあげた。

「はい。これで、完璧ですわ」

それから、上目遣いにアベルを見つめ、ニッコリ可愛らしい笑みを浮かべる。

……実にあざとい！　まったく小悪魔の名に恥じぬ所業である！

不意打ちには弱いミーアであるが、自分からのアプローチに関しては、さすがは大人のお姉さん、余裕があるのだ。

美少年の照れる姿をじっくり眺めていたいという、悪い大人のお姉さん丸出しなのである！

「あ、ありがとう、ミーア。頑張って美味しいものを作るよ」

そう言いながら、アベルははにかんだ。

それを見て、ミーアは思う。

——や、やっぱり、いい……。ああ、過去のわたくし、よくやりましたわ！

そんな感じで、いろいろ満喫してしまうミーアなのであった。

……ちなみに、どうでもいいと言ったサフィアスも、制服の上にエプロンを身に着けている。

まぁ、ミーア的には、どうでもいいことではあるが……。

「あら、うふふ。サフィアスさんもエプロンお似合いですよ。あ、そう言えばミーアさんに聞いたんだけど、今日のお料理会を男の子でやろうって言いだしたの、サフィアスさんなんですってね。ふーん、まぁ、別に、大したことじゃないんだけど、そうなの。へー」

「ひ、ひぃいいいいっ！」

などという、サフィアスの悲鳴が聞こえたような気がしたが、まぁ、どうでもいいのであった。

第八話　キノコマイスター　ミーア、森に呼ばれる！

「ふわぁ！　すっ、すごい！　ミーアお姉さま、あの天秤王（てんびんおう）がエプロンを着てます！」

調理場に入ってきて早々、ミーアベルが歓声を上げた。

瞳をキラキラ輝かせつつ、シオンに目を奪われている様子……。相も変わらずミーハーなベルである。ミーハーベルである。

――まったく、ベルは仕方がありませんわ。我が孫ながら恥ずかしいですわ。

などと呆れるミーアであったが……、前の時間軸において、シオンを初めて見た時、

「まぁあ！　かのシオン王子の制服姿！　ああ、あれこそまさに至高！　素晴らしいですわ！」

などとはしゃいでいたものである。ミーハー・ルーナ・ティアムーンであったのである。

もちろんそんなこと、とっくに記憶の彼方へ！　なミーアである。

続いて、残りの女子たちも調理場にやってきた。クロエにティオーナ、リオラにリンシャまで……。

実になんとも、ミーハーな少女たちなのであった。


「では、本日のランチに食べるサンドイッチ作りを始めましょう」

ワイワイ、女子たちが騒いでいる中、男子チームは作業を開始する。

「私はいつも通りシオン殿下のサポート。サフィアス殿は申し訳ありませんが、アベル殿下と一緒に作業をしていただけますか？」

「構わないよ。それで、メニューはどうするつもりだい？　サンドイッチの中身は？」

サフィアスは腕組みしつつ、キースウッドが並べた食材に目をやった。

「そうですね……。無難に、前回と同じように肉を焼いたものとホワイトソース。ああ、あとは、せっかくですから、今回はタマゴを焼いて挟みましょうか」

「そうだな。女性が多いから、野菜を多めにしたものがあってもよいかもしれないな」

「なるほど。確かに、肉はボリュームがありすぎるかもしれませんね。では、野菜と卵焼きのものを一種類と、焼き肉のものを一種類。あとは、燻製肉の薄切りと野菜のものを一種類ということにいたしましょう」

キースウッドとサフィアスとのやり取りを見て、ミーアは思わず唸る。

――ふーむ、なかなかやりますわね……、サフィアスさん。あのキースウッドさんと対等に相談できるだなんて、大した乙女力ですわ！　これは、負けていられませんわ！

ミーアは、ふんっと鼻息を鳴らし、

「手が足りないのではないかしら？　ここで黙って見ているのもなんですし、なにかお手伝いを……」

などと言い出した！

しかし、そんな危険に対する対処は思いのほか早かった。

なにしろ、いつもはキースウッド一人でやっていることを、今回はサフィアスもサポートできるのだ。刹那のアイコンタクトの後、動いたのはサフィアスだった。

「いえいえ、それはあまりにも恐れ多きことにございます。どうぞ、そちらでご照覧くださいますように」

実に迅速な対応である。さらに！

「今回は、シオン殿下とアベル殿下の見せ場ですから。それを取らないであげてください」

諭すように、キースウッドが被せてくる。

「そっ、そうですの？　そういうことでしたら……まぁ……」

見事な連携に、完全に動きを封じられたミーアであった。

そんなミーアの目の前で、王子たちの料理が始まった。

「では、アベル殿下、我々はその野菜を切りましょうか。ああ、押さえるほうの手は握りこぶしで、そうそう、そうすると指を切らずにすみます」

「ほう……」

ミーアは、思わず瞠目した。

サフィアスに手取り足取り教えられているアベル。それを見て、ミーアはニマニマ、頬を緩めてしまう。

――ふふふ、あの、アベルのちょっぴり不器用だけど一生懸命なところ、イイですわね！

などと、微笑ましく眺めていたのだが……、けれど……、しばしの後、ミーアは気付いてしまった。

野菜を切るアベルの手つき、それが、徐々にさまになってきて……。

――あ、あれ、わたくしより上手いのでは？

気付いてはいけないことに、ミーアは気付いてしまったのだ。

そして言うまでもなく手先が器用なシオンもまた、そつのない手際で、パン生地を作っていく。女子たちの視線はシオンにくぎ付けだ。

さらにミーアにとって誤算だったのは、サフィアスの料理上手ぶりだ。明らかに、ミーアを上回っている。

つまり、ミーアは……、というか、この場に集う名だたる女子たちのほとんどは……。

――生徒会男子部に……負けておりますわ！

恐るべき事実を前に、ミーアは愕然とした。

今回の課題は、乙女力なるものをアピールすることである。その点では、この状況は絶対的にまずかった。

「あっ、そ、そうですわ。でしたら形を凝るというのは……。やはり、料理とは目をも楽しませるもの。前回は馬の形でしたし、今回はキノコの形とか……」

などと提案を始めるミーアだったが……、今回もキースウッドらの反応は早かった。

「いえ、大丈夫です。ミーア姫殿下」

疾風のキースウッド。

「でも……」

「本当に大丈夫ですから」

鉄壁のサフィアス。

さらに……

「ああ、ミーア、心配してくれるのはありがたいんだが、もう少しだけボクたちにやらせてくれるかい？」

愛しのアベルにまでそう言われてしまえば、ミーアとしてはもう何も言えない。

その後も、ミーアは王子たちの腕前を大いに見せつけられて……、敗北感に打ちひしがれた。

――こっ、これは明らかに、わたくしより手際が良いですわ……。

超人なシオンならばともかく、努力の人であるアベルと比べても、明らかに劣る自らの手腕。

自分ではとても太刀打ちできない……。そう察したミーアは、なんとか自己の存在を誇示しようと、頭をひねり……ひねり、やがて……、一つの真理へと到達した……、してしまった……！

それは……。

――そうですわ。勘違いをしておりましたわ。わたくしは帝国の食道楽（グルメ）ではない。わたくしは帝国の叡智。乙女力などという言葉に乗せられるべきではなかったのですわ。わたくしがアピールすべきは溢れる知識量。そして、ベテランキノコガイドとしての手腕だったのですわ！

……その場合でも、結局、アピールしているのは食べ物のことなのでは……などとツッコミを入れてはいけない。

触れてはならぬことというのがこの世にはあるのだ。

「やってやりますわよ！　美味しいキノコ鍋のために！」

男子たちの乙女力に触発され、ミーアの中のナニカが燃え上がる。その熱情に背中を押されるように、ミーアは自室へと戻った。

「アンヌ、着替えますわよ。こんな制服で森に入るなど、キノコマイスターの名に相応しくないですわ！」

「はい。わかりました。ミーアさま！」

まるで、なにかに誘われるかのように、ミーアの心も姿も森の奥深くに一直線に向かっていくのだった。

第九話　怪奇！　キノコ皇女！

さて、ランチのサンドイッチ作りも無事に終わり、キノコ狩りの準備は整った。

生徒会のメンバーは各々準備を整えて、学園の校門のところに集合した。

残るは生徒会長、ミーアを待つのみというところで……。彼らは――――見たっ！

遠くから接近してくるシルエット……、その形は、まさしく………キノコだった!!

その小さな頭にかぶるのは、キノコのかさのような白い帽子だった。その体には、分厚い長袖での服と同じく厚みのあるズボン。足にはくのは、山を行く猟師がはくような、無骨なブーツだった。

「え……？」

愕然としたその声が、いったい誰のものであったのかは定かではない。定かではないが、誰が出したものであっても、不思議ではないだろう。

それほどに衝撃的な、ミーアの服装だったのだ。

「ご機嫌よう、みなさま。最高のキノコ狩り日和ですわね」

ニコニコ、上機嫌な笑みを浮かべるミーア。そんな彼女に、シュトリナが代表して口を開いた。

「あのミーアさま……、そ、その格好は……？」

「ああ、リーナさん」

ミーアはシュトリナのほうに目を向け、その服が普通の制服であることに、ちょっぴり勝ち誇った笑みを浮かべる。

「実はね、リーナさん、わたくし、この夏、無人島で過ごすという貴重な経験をいたしましたの」

「え？　えっと、無人島、ですか？」

「そう、エメラルダさんと遊びに行ったのですわ。あれは………なかなか大変な経験でした。まぁ、それはいいですわ。それで、その時に学んだことですけれど、山とか森で肌を出しているのは、あまり賢明なことではございませんの」

ミーアは、まるで子どもを諭すかのような穏やかな笑みを浮かべる。

「森の中で肌を露出させていたら、虫に刺されるかもしれませんし、傷を負う可能性もないとは言えないでしょう？　ですから、森に入る時に長袖、長ズボンをはくことは、理にかなったことと言えますわ」

「で、でも、今日行くのは森の入口近くで……」

「入口といえど、森は森ですわ。油断は禁物。低い山だからと準備を怠り、油断して足を踏み入れれば思わぬことに足をすくわれるもの。しっかりとした備えは必要なのですわ」

……などと、正論めいたものを吐くミーアであるが……、そのいかにもベテランキノコガイドといった風貌のミーアに、何人かの者が心の中でツッコミを入れる。

「こいつ、絶対、森の奥まで入っていくつもりじゃねぇか！」っと。

そして、シュトリナもまた、そのことを察した一人だった。

彼女は、一瞬、すとん、っと表情を消したが……、すぐにまた、いつも通りの笑顔を取り戻した。

「そうですね。さすが、ミーアさま。準備は大事ですよね」

「ええ、その通りですわ。しっかり準備をして臨まなければ、キノコに失礼というものですわ」

まるで、キノコの化身の女神さまのごとく、神々しささえ感じさせる顔で、ミーアは言う。

そんなミーアを見て、シュトリナは迷った。

——ミーア姫殿下が、森の奥まで行くつもりなのは確実みたいだけど……、それは、リーナが話したヴェールガ茸を見に行きたいから？　それとも……あのことに気付いたから？

華やかな笑みを浮かべつつ、シュトリナは考える。

——いや……、それはないかな。やっぱり、リーナが余計なこと言ったから、好奇心を刺激されてしまったのかしら……。だとしたら、失敗したな。

これは警戒すべきもの、これは注意すべきものと特別に名前を挙げることは、そのものに注意を向けさせることでもある。意識の外に置いておいたほうが、むしろ隠し通すことができるということも往々にしてあるわけで……。

——まぁ、一緒についていくんだし、ミーア姫殿下が森の奥に行きそうになった時に、さりげなく注意を逸らすようにすればいいかな……。それに、あれがあるのは確か崖みたいになってるところの下だったから、普通に行っても見つからないはず……。

などと考えていたところで、

「えへへ、リーナちゃん、楽しみですね」

すぐそばで、ベルがにこにこと笑みを浮かべていた。ちなみに、ベルのほうはシュトリナと同じく、普通の制服姿である。

「キノコ狩りって、ボク、したことなくって。リーナちゃんはどうですか？」

「んー、リーナも、こんな風にみんなでワイワイ行くのは初めてかな」

そうして、シュトリナはベルの鞄に目をやった。

「あっ……、それ」

ふと気付く。ベルが鞄につけていたもの、それは、先日、シュトリナがプレゼントされた馬のお守りだった。

「あ、えへへ。リーナちゃんと同じのを作ってみたんです。お揃いになるかなって」

「ああ、あのお守りね。リーナもつけてくればよかったかな。汚したらいけないと思って、大切に机の中に入れてあるんだけど……」

「あはは、リーナちゃんは心配性ですね。どんなに大切にしてても汚れたりなくしたりするものですから、気にしないで使っても大丈夫ですよ。ダメになっちゃったら、また、ボクが作ってあげますから」

にこにこ、無邪気な笑みを浮かべるベル。そんなベルを見ていると、なんだか少しだけ……。

――どうでもいい、そんなの……。

シュトリナは、首を振って、

「ありがとうね、ベルちゃん。じゃあ、今度から、つけるようにするね」

いつもの通り、花が咲くような可憐な笑みを浮かべる。綺麗な、とても綺麗な……笑みを浮かべるのだった。

第十話　キノコファースト！

学園を出て歩くことしばし。目的地である森に到着して早々に、一同は感嘆の息を吐いた。

眼前に広がったのは、美しい黄色に染まった森だったからだ。

木漏れ日の降り注ぐ黄色の道。鮮やかな明るさに包まれた森の黄色は、目を奪うような華やかさで、ミーアたちを迎えてくれた。

「不思議な森ですわね……」

思わずつぶやいたミーアに、すぐ後ろで、ラフィーナが微笑みを浮かべる。

「あら、ミーアさん、もしかして紅葉を見るのが初めてかしら？」

「こうよう？　それは、この木の種類ですの？」

前の時間軸、森になどまるで興味がなかったミーアだが、摩訶不思議な木に、ついつい目を奪われそうになる。

「うふふ、紅葉というのは、秋になると木の葉の色が変わる現象のことよ。赤くなる種類もあるけれど、ここに植わった木は黄色く染まるの」

「まぁ、そんな不思議なものがあるんですのね……」

言いつつ、ミーアはちょっぴり妄想する。

——ふむ、この森であれば、学園からも近いですし……。今度、アベルと二人きりで来るというのも、悪くないですわね……。そこで、手を繋（つな）いで、ふむ……、悪くない！

などと、考えていたところで……。

「……黄色の森」

不意に、ミーアの耳に声が聞こえる。

目を向けると、そこにいたのは、森を見つめるシュトリナだった。

いつでも華やかな笑みを浮かべている彼女だが、今は完全にその表情が消えていた。

「どうかなさいましたの？　リーナさん」

不思議に思い、声をかけてみるミーアであったが……。

「あ、いえ、なんでもありません。ただ、色合い的に、我がイエロームーン公爵家とご縁がありそうな木だなって思ってしまいました」

まるで言い訳するように言ってから、シュトリナは普段通りの笑みを浮かべる。

「ふふふ、そうですわね。わたくしもイエロームーン公爵家の関係者でしたら、黄色く染まる森に興味を抱かずにはいられなかったと思いますわ」

「わかっていただけて、嬉しいです。それでは行きましょうか」

そう言って、シュトリナは歩き出した。

森は、全体が美しい黄色に彩られていた。頭上だけでなく、落葉によって、足元の地面にも黄色い絨毯（じゅうたん）が広がっている。

「ふわぁ！　すごい！　すごいですね、ここ！」

ミーアベルがぴょんぴょん跳ねながら、森の中に駆け入っていく。

「あっ、ベルちゃん、気をつけて。この落葉は、踏むと滑るから」

まるで、お姉さんのように、シュトリナがその後を追い、さらにその後からリンシャが、やれやれ、と肩をすくめつつ追いかけていく。

「これが、紅葉というんですね。私も初めて見ました」

クロエが黄色い葉っぱを物珍しげに拾えば、

「本当、黄色い葉っぱなんて珍しいな……。あ、セロにお土産に押し花にして送ってあげようかな」

などと、ティオーナも葉っぱを拾う。

「ああ、森、懐かしい、です。こんなところがセントノエルにもあったなんて……」

ティオーナの後ろでは、リオラが上機嫌に鼻歌を歌っていた。

男子たちも、物珍しそうに、森の中を眺めていた。

「美しい場所ですね、ミーアさま」

ミーアの傍らで、アンヌが気持ちよさそうに瞳を細める。実に、和やかな空気が、一行の中に流れていた……のだが。

「楽しい一日になるといいですね」

そう話しかけられたミーアは、

「ええ、そうですわね……」

などと相槌を打ちつつも、その声は、どこか上の空だった。

ミーアは他のメンバーとは違い、鋭い目で周囲を見回していた。その視線の向かう先は、頭上の木の葉でも、足元を飾る落葉でもない。木の根元に生えているキノコのみだ！

どこまでも、キノコ至上主義（キノコファースト）なミーアである！

す、す、っと……。切れ味鋭い視線で、辺りを警戒していたミーアであったが……、不意に、何かを見つけたのか、無言で走り出した！

——あれは……間違いございませんわ、キノコっ！

獲物に向かう猛獣のごとく、キノコに駆け寄るキノコハンター・ミーア！　どこまでもキノコファーストなミーアである！

今のミーアの目には、もはや、キノコしか入らない！　キノコ以外、何も目に入らないのだ！

だからっ！　当然、足元も目に入らなくって……つるんっ！　と、踏み出した足が滑った。

「はぇ？」

びゅんっと上がった足。それを追うようにして、黄色い落ち葉が舞い上がる。そうして、気付いた時にはミーアの体は宙に浮いていた。

「……はぇ？」

視界がものすごい勢いで回り……、体がものすごい勢いで後ろに倒れていって……、ミーアは思わず、瞳をギュッと閉じて……。

「っと、危ない。気をつけて」

直後、そんな優しげな声とともに、ミーアは何者かに抱き留められた。

「…………はぇ？」

間の抜けた声を出し、瞳を開けたミーア。その視界に映りこんだのは……、

「大丈夫かい？　ミーア」

ミーアの顔を覗き込むアベルの顔だった。

だが……、今日のミーアは、キノコハンターモードである。キノコファーストなのである！

だから、アベルに抱き留められようが、どうということはない。

そう！　今のミーアの目には、キノコ以外のものが入らな……。

——ああ、アベル……、実に凛々しい顔ですわ……。先ほどのエプロン姿とのギャップが、実に

……イイですわね！

………全然キノコファーストじゃなかった。

「ミーア、大丈夫か？　どこかケガでも……」

「あ、ああ、いいえ、大丈夫ですわ。全然、問題ございませんわ」

ミーアは慌てて、アベルから離れた。

「と、とんだ醜態を……」

っと、頬を赤くするミーアに、アベルは小さく首を振り、

「別に、醜態ということはないが……、ふふ」

それから、悪戯っぽい笑みを浮かべて、ミーアの髪に手を伸ばした。

「え……？　あ、え……？」

混乱するミーアの目の前で、アベルは、ミーアの髪についていた落葉を取って、

「ふふ、ミーアはどんな髪飾りをつけても似合うな」

そんなことを言ってから、行ってしまった。

後に残されたミーアは……。

「…………はぇ？」

キノコのことが頭から飛びかける、エセ・キノコ至上主義者（キノコファースト）なミーアなのであった！

第十一話　老ルードヴィッヒの神学的推論

「ルードヴィッヒ先生、神さまは本当にいるんでしょうか？」

その日、やってきて早々にミーアベルが投げかけた質問に、ルードヴィッヒは首を傾げた。

「ふむ……突然、どうされたのですか？　ミーアベル姫殿下」

とりあえず、なんとか手に入れた茶葉を用意して紅茶を淹れつつ、話を聞いてみる。と……、

「実はここに来る途中で、先祖の叡智が手に入る《神の壺（つぼ）》というものが売ってたんです。値段がちょっぴり高かったけど、これを使えばミーアお祖母さまのお知恵が借りられるのではないかと思って……」

期待に瞳をキラキラさせつつも、そんなことを言うミーアベル。ルードヴィッヒは、彼女のチョロさが若干心配になりつつも、しばし黙考する。

答えを出すのは簡単なことだ。帝国は、中央正教会の築いた宗教圏の中にある。だから、そこに住まう者たちは素朴に、神がいることを信じている。

だから「いる」と言ってしまえばいいし、もし仮にミーアベルが、皇女に返り咲くことができた時のためにも、そう教えておいたほうが良いはずだった。

けれど、とルードヴィッヒは思い直す。型通りの答えを伝えるのは簡単なことだが、それでは彼女のためにならない、と。

「思考をする」ことは貴重だ。ゆえに、ただ答えを与えるのではなく、ミーアベルに考えさせることを目的として、ルードヴィッヒは論理展開を組み立てる。

「そうですね……。私は神という存在はいると思っています」

そこまでは、ごく普通の見解だ。が、そこに根拠を付け加える。

「そうでなければ、説明がつかないことが世界にはたくさんありますから」

「例えばどんなことですか？」

きょとん、と首を傾げるミーアベルに椅子を勧めつつ、ルードヴィッヒは眼鏡の位置を直した。

「そうですね……。例えば、わかりやすいのは人間でしょうか。ミーアベル姫殿下や私のような」

「へ……？　ボクやルードヴィッヒ先生ですか？」

不思議そうに瞳を瞬かせるミーアベル。ルードヴィッヒは悪戯っぽい笑みを浮かべると、眼鏡を外して、ミーアベルの前に置いた。

「この眼鏡、よくできているとは思いませんか？　なぜ、これで目がよりよく見えるようになるか、ミーアベル姫殿下は考えたことがありますか？」

ベルは、それを手に取り、レンズを覗いてみたりしながら、小さく首を振った。

「この眼鏡という道具は細かい原理は置いておくとして、大昔の賢者が知恵を絞り、人間の目の構造を考え、どのように見えているかを調べ、そして、ズレを調整するという〝意思〟を持って仕組みを考えたもの。これは、知恵を持つ者が、『こういうものを作ろう』という想いを持って生み出したものです。例えば、この眼鏡の材料である硝子(ガラス)や鉄を無造作に置いておいたからといって、意思を持たぬ雨が削り、知恵を持たぬ風が形を整える、ということはないでしょう？」

ルードヴィッヒは眼鏡をかけ直して、続ける。

「では、この眼鏡を作り、使う人間はどうでしょう？　多くのからくり細工や芸術品より、さらに繊細で完成された人間というものは……、いったいどのようにして作り出されたのだと、ミーアベル姫殿下は思いますか？　風や雨が土を削り、作り出したものであると思われますか？」

「いいえ、思いません」

そう言って、ミーアベルは小さく首を振った。

ルードヴィッヒは神、すなわち人間よりも力を持ち知恵を持ち、世界を設計した存在がいると、思考の末に確信していた。

その方法はわからないまでも、ルードヴィッヒは信じているのだ。人間、そして、この世界は少なくとも、知恵を持つ者が「作ろうという意志」を持って作り出したものであると……。

そうでなければ説明がつかぬものが、この世界には多すぎるのだ。人間だけではなく、動物も植物も、虫も……。

誰かが綿密に設計し、作り出したと、そう考えざるを得ないと……彼は判断していた。

不意に、かつて師に言われたことを思い出す。

『この世の事象すべてを、なにも考えることなく神と悪魔のせいにしてしまうことは、〝人間を思考するもの〟として設計した神の御心に背くことになる。それは神の御業を素晴らしいものとする信仰と矛盾する。されど、この世の事象すべてと、神と悪魔が無関係であるという方向性をもって思考することもまた、視野を狭め、我らが思考の自由を阻害することになる』

それ以来、ルードヴィッヒは、できうる限りバランス感覚を持って物事を見られるように、自身を律してきたつもりだった。

できることならば、ミーアベルにも、そのように考える癖を身につけてほしいと願う彼であったが……。

「では、やっぱり神の奇跡の壺も、本物ということですか⁉」

ウキウキ顔で今にも買いに飛び出していきそうなミーアベルを、ルードヴィッヒは慌てて止めた。

「落ち着いてください。ミーアベル姫殿下。神がいたとして、奇跡の壺などというものがあるかは別問題です」

「へ？　なぜですか？　ルードヴィッヒ先生」

再び、きょとん、と小首を傾げるミーアベル。

どこからどう聞いても怪しいだろう！　というツッコミを飲み込んで、ルードヴィッヒ、しばしの黙考。その後に再び口を開く。

「仮に世界を作ったのが神だとします。綿密に《世界を律する理》を、神が組み上げたとします。しかし、奇跡とは、その世界を律する理を覆すもののことではないですか？」

死んでしまった先祖の知恵は手に入らない。それは世界の理だ。壺の起こす奇跡とは、その理を覆すものである。

ミーアベルは小さく首を傾げてから、

「はい、そうです！」

などと……、わかっているのか微妙な、ちょっぴり元気のいい返事をした。

苦笑しつつ、ルードヴィッヒは続ける。

「自身が丁寧に作った理を覆すような真似を、そうそう神がなさるでしょうか？　私であれば、自分が大切に作ったルールをそう簡単に破ろうとは思いませんが……」

奇跡とは、滅多に起きないもの。もしそれが起こるとするならば、それこそ、世界全体が壊れるほどの危機が訪れた時ではないか？　とルードヴィッヒは考える。適当に作った理であれば、簡単に破るのかもしれないが、この世界を律する理は、調べれば調べるほど完成している。

――しかし、そうなると、あながち今この時に奇跡が起きても不思議ではないような気もするな……。司教帝ラフィーナの暴挙、サンクランド、ティアムーンの危機。多くの人が死に、歴史が壊れてしまうかもしれないこんな時だからこそ、あの方の叡智を借りるなどという奇跡が、もしかしたら起こるかもしれないが……。

ルードヴィッヒは首を振って、その考えを頭の端に追いやる。それから、ミーアベルを見つめた。

「奇跡とは、必要があってこそ起きるもの。決して安直に手に入るものではございません。だからこそ、この世の理を大きく外れるような奇跡を謳う者がいた時には深い注意が必要です。都合よく神の名を騙り、こちらを騙そうとする者はいくらでもいるのですから……」

その日の勉強の途中、いつものように気持ちよさそうに居眠りするミーアベルを横目に、ルードヴィッヒは先ほどの会話を考えていた。

「すべての物事は論理づけることができる。そして、神の奇跡などというものは、容易に起きるものではない……。神の奇跡……そして、祝福された地もまたしかり、か……」

〝神の祝福〟によって、毒を持つ植物が一切存在しないセントノエル島。

厳戒な警備を敷き、外部から毒を持ち込むことも不可能なはずの学園内で起きた大量毒殺事件……。

大陸を揺るがした重大な事件に対しては、様々な憶測や推論が存在している。

警備の不備を突いて外から持ち込まれた説や、なんらかの条件下でしか毒性を発揮しない特殊な毒であった説など。いくつかの有力な説はあれど、未だ定説と呼べるほどのものは存在していなかった。

その後に訪れた大陸の動乱期のせいで、事件の記憶は薄れて、真相の解明は不可能といわれていた。

恐らく後の歴史家たちは、世紀の謎などと言って書き記すことだろう。が……、

「思い込みとは、恐ろしいもの。結局、そういうことなのだろうな……」

ルードヴィッヒ・ヒューイットには、そのやり方の見当がついていた。

それは、警備の隙を突くわけでもなく、なにか複雑な毒を使ったわけでもなく……。

もっともっとわかりやすいこと、ちょっとした思い込みを利用したトリック。

すなわち……、

「〝神の祝福〟によって、清浄なる水が流れるセントノエルには、毒性の植物は育たない……。その前提が、そもそもの間違いだ……」

セントノエル島には神の祝福を受けるような、特別な伝承は存在していない。だから、セントノエル島が仮に祝福を受けていたとしたら、それは、〝祝福を受けた国である神聖ヴェールガ公国の一部だから〟という理由以外にはない。

だが、それでは祝福を受けた国、ヴェールガには毒草の類は存在しなかっただろうか？

それは否、である。偽ヴェールガ茸は、その名の通り、ヴェールガ公国内に広く存在する毒キノコ

だ。つまり、神が祝福した土地であったとしても、毒を持つものは厳然と存在するのだ。

だというのに、セントノエル島にだけ毒草の類が存在しないというのは、論理的矛盾だ。

「理屈で考えるならば……、セントノエルに毒草の類は生えないというのは、ウソということになる」

では、それがウソだとすると、それは果たしてどういうものだったのか？

害意のない迷信、特に意味のないウソという考え方はもちろんできる。

だが、積極的な目的を持ったものという可能性も十分にある。

《神の壺》の場合、その『目的』は高く売りつけるためだが……、では、セントノエル島の場合にはどうか？

「警備の目を誤魔化すため……というのは、有力な候補だろう……」

毒物を「持ち込むこと」ができなくとも、もともと、島に毒性の動植物が存在していたのでは何の意味もない。にもかかわらず、警備にあたっていた者たちは油断した。

外から持ち込ませなければいいのだと、そこに力のすべてを注ぎ、島の中のことを考えに入れていなかった。

「盲点は、その奇跡に対する信仰……」

大陸の動乱期にあって、ルードヴィッヒはその事件について調べていた。

結果、一つの奇妙な事実を発見した。

それは、セントノエル島に対するその風説が……意外にも、そこまで古いものでないということ。

いつの時点か、はっきりとしたことは言えない。けれど「セントノエルに毒草は生えない」という噂は、セントノエル学園が開校した当初には存在しないものだったのだ。

初期の生徒の中には、危険かもしれないので、不用意に島の植物に口をつけるな、との注意がなされていたという記録が残されている。

いつの時点からか発生した奇妙な迷信。もしも、それを流したのが、セントノエル島内に強力な毒草を見つけた者だったとしたら……？ 〝些細なきっかけ〟で偶然にも足を踏み入れた場所で、強力な毒物を発見してしまった者だったとしたら……？

そして、その迷信が、警備の目を外から入ってくる毒物のみに向けるために、意図してバラまかれた噂であったとしたら……。

「その当時の警備責任者、サンテリ・バンドラーという男は、三十五年間、島の警備についていた。彼が赴任するより前から、その情報が流されていたとしたら……」

はたして、誰がその噂を流したのか……。

彼はすでに調べ、推論を立てていた。その当時、セントノエルに通っていた人物、そして、暗殺事件があった頃、偶然にも、年老いてから授かった娘が同じくセントノエルに通っていた、そんな人物のことを……。

「イエロームーン公爵……、最弱にして最古の貴族……。いったい何を考えていたのだろう……」

ルードヴィッヒは過去を見通さんとするかのごとく、瞳をそっと細める。けれど、すぐに疲れたため息を吐いた。

「もっとも、仮にわかったところで詮無きこと、か。あの方は逝ってしまわれたのだ。今さら、司教帝ラフィーナに真相を明かしたとて、彼女が止まることはないだろう。口惜しいことだ」

そんな苦いつぶやきを、ベルが聞くことはなかった。

第十二話　至福！　ミーア、ついにキノコを……採る！

さて……、アベルとちょっぴり……ほんのちょっぴーりだけイチャついた後にも、ミーアには幸福な時間が待ち受けていた。

「お、おお……」

改めて、先ほど見つけたキノコに歩み寄るミーア。

それに手を伸ばそうとして……ふと、不安を覚える。

どこかから邪魔が入らないかと……心配になったのだ。

レムノ王国の時には、猟師のムジクから横槍（よこやり）が入った。

無人島でも、なんやかやで、キースウッドが野草しか採らせてくれなかった。

帝国でも、料理長からキノコには手を出すな！　と止められた。

それが、ようやく……ようやくっ！

ミーアは震える手をキノコに伸ばす。と、キノコに触れる寸前、その手が止まる。それから、ミーアはシュトリナのほうを振り返った。

以前に出合った、赤くてヤバイキノコ……火蜥蜴茸（サラマンドレイク）のことを思い出したのだ。

——あのキノコは、たしか、触れただけで大変なことになったはず……。

確認するようにシュトリナを見つめる。と、シュトリナはミーアの手元を覗（のぞ）き込み……、そっと頷いた。

瞬間、ぱぁっ！　とミーアは笑みを浮かべた。

それから思い切って手を伸ばし、キノコに触れる。

——ああ……キノコとは、こんな手触りなんですのね……。ひんやり冷たくて、ちょっぴりザラザラしておりますわ。

感動に打ち震えつつも、ミーアはそのキノコを優しく摘み取った。

茶色くて、ごつごつ、岩のような見た目をしたキノコを……。

「おめでとうございます。ミーアさま。それは、茶岩茸（ちゃいわたけ）ですね」

「茶岩茸……。食べられるんですの？」

「少しエグみがありますけど、食べられないことはないと思いますよ」

その言葉を聞いて、ミーアの中にジンワリと感動が湧き上がる。

——ああ、わたくし……ついに自らの手で食べられるキノコを採りましたわ！

苦節一年と少し……、ようやく禁じられたキノコ狩りに興じることができたミーアは、大層ご満悦だった！

「さっ、じゃんじゃん採りますわよ！」

張り切るミーアは、一心不乱にキノコを刈り取っていく。

黄色い葉っぱに埋もれるようにして顔を出していた青いキノコを手に取る、と……。

「あっ、それは茶岩茸に近い種類で、青岩茸ですね。とても硬いですが、じっくり煮込めば多少軟らかくなりますから、食べられないことはないと思います。毒もありません」

すかさず、シュトリナが説明してくれる。頼りになるキノコガイドである。

「ふむ、なるほど。これが青岩茸……。本で読んだ覚えがありますわ」

などとつぶやきつつ、次のキノコへと向かう。

シュトリナのアドバイスのもと、選んだコースは絶妙だった。いろいろな場所に生えるキノコを見て、ミーアのテンションは天井知らずに上がっていった。

「あっ、こんなところにも……！」

次にミーアが見つけたのは、ミーアが被る帽子ほどもある巨大なキノコだ。

「あ、すごい！　ミーアさま。それは、鬼岩茸（きがんたけ）ですね。そんなに大きいのはなかなかないですよ。ちょっとだけ大味でエグみがありますけど、食べられなくはないです」

さらに、青い巨大なキノコに手を伸ばすミーア。すかさず、シュトリナがやってきて、

「それは青鬼岩茸（あおきがんたけ）です。鬼岩茸の仲間で、やや苦いですが、頑張れば食べられますね」

などと解説してくれる。大変、優秀なキノコガイドっぷりである。

「うふふ、大戦果ですわ」

そうして思う存分キノコをむしり取って、幸せそうな笑みを浮かべるミーアであったが…………ふと、そこで我に返る。

――あら……？　妙ですわね……。なんだか、わたくし、あまり活躍できていないような……？

思い返してみると、ただ好き勝手にキノコを採っていただけのような気がする……。帝国の叡智を披露しようと、せっかく気合を入れたというのに、まったくもっていいところを見せられていない。

その原因をミーアは、自分より先に解説を入れてしまうシュトリナに求めた。

――ふむ……、わたくしがキノコに多少詳しい森の熟練者（モリガール）とはいえ……、本職とは言いがたいです

し、知識において負けてしまうのも無理からぬことですわね……。

……まぁ、シュトリナも別に、本職というわけでもないのだが……。

ともあれ、ミーアは自らの森の熟練者としてのプライドを守るため、シュトリナに言った。

「あの、リーナさん？　わたくしだけではなく、他の方のガイドもしてくださって構わないんですのよ？」

「はい、わかりました。ミーアさま」

ニコニコ、可憐な笑みを浮かべるシュトリナであったが、一向に離れていく様子はない。自分でキノコを採ろうともしない。

なぜか、ミーアにがっちりと張り付き、見張っているかのように、目を離さない。

もちろん帝国貴族の令嬢として、皇女のそばに付き従うという姿勢は、間違ってはいないのであろうが……、これではまるで、専門家を伴って森に狩りに来た大貴族の子どもである。お子さまである。

ミーアの〝キノコの熟練者(キノガール)〟としてのプライドは大いに傷ついた！　……いやまぁ、別にミーアはキノコの熟練者ではないのだが……。

さらに、一度冷めた頭で考えて、ミーアはあることに気が付いた。

――しかも、わたくしが採ったキノコって、エグかったり苦かったり大味だったり、なんだか、微妙なキノコばかりのような……？

よくよく考えると、シュトリナはずっと「食べられないことはない」と微妙な解説を入れていたような気がする！

――いえ、違いますわ。きっとこの辺りに生えているのが微妙なキノコばかりで……、場所が悪いだけですわ！

「リーナちゃん、このキノコ、どうでしょう？」

「あっ、ベルちゃん、すごい。それは鮫卵茸（キャビフ）ね。とっても美味しいキノコよ。お鍋に入れると、もう、ほっぺがとろけちゃうんだから」

――場所が悪いんですわっ！

ミーアお祖母ちゃんのプライドは大いに傷ついた！

――こうなったら、やはり、行かなければならないようですわね……。森の奥地……、絶品キノコの群生地に……！

「ミーアさん、そろそろ、お昼にしない？」

そうラフィーナに声をかけられるまで、ミーアは一心不乱にキノコを採り続けていた。その鬼気迫る姿に、誰も声をかけられなかったのだ。

結果、アンヌに背負ってもらっていたカゴにはキノコが山のように入っていた。

そのうち、六割は『なんとか岩茸』という、ちょっぴりエグみの強いキノコである。二割は、苦みの強いキノコで、残りの一割が普通に食べられるものである。

微妙な戦果に、ミーアは渋い顔を見せた。ベテランキノコガイドとしては、納得のいかない戦果である。

「もう少しだけ……」

と言いかけるミーアに、ラフィーナは困ったような顔をした。

「企画を立てた者として成果を上げなければいけないという気持ちはわかるけど……、でも、ほら、アンヌさんが疲れてしまうわよ」

言われてミーアは、はたと気付く。

確かに、好き勝手にキノコを採るだけならまだしも、それを持たされているアンヌはたまったものではないだろう。

「言われてみればそうですわ……。アンヌに無理をさせてしまいましたわ」

ミーア、ちょっぴり反省する。

「ごめんなさい、アンヌ。疲れたでしょう？」

「なにをおっしゃいますか。ミーアさま、こんなの全然大したことないですよ」

朗らかに笑い、どんと胸を叩くアンヌ。それから一転、

「ですけど、私のことはともかくとして、ミーアさまは一度、休憩を取られるのがよろしいと思います。無理は禁物ですから」

ミーアを気遣うような顔をする。

それを見て、ミーアは少しだけ感動する。

――アンヌはやっぱり忠義の人ですわね……。わたくしに文句一つ言わないなんて……。

感動して……、

――アンヌは森の素人……、わたくしのような森の熟練者（モリガール）ではないのに、こんなに無理をして……。

感動して…………？

――この忠義に応えるためにも、精一杯、美味しいキノコ鍋を作らなければなりませんわ！

ブレないミーアの決意である。

そうしてミーアたちは、野原にやってきた。そこではすでにランチの準備ができていた。地面に敷かれた敷物には、みなが思い思いに座って楽しげに談笑している。

意外なことにミーアが口から出まかせで言ったこと、すなわち生徒会の結束を強めるという目論見は、意外なことに見事に成功していた……意外なことに！

共に料理を作ることで、結束を強めた男子チーム。特に、今までは微妙に距離があったサフィアスは、見事にその中に溶け込んでいた。

女子チームのほうも、森の中の楽しい雰囲気ですっかり盛り上がっている。

「こういうのも悪くないですわね」

それを見たミーアも、なんだか楽しくなってきた。言うまでもないことではあるが、前の時間軸、こんな風に楽しく森でランチタイムを過ごしたことなど、一度もなかった。

「そうね。貴族も平民もなく、みんなで野原に座ってサンドイッチを食べる……。さすがはミーアさん、とっても素敵なランチタイムだわ」

すぐそばでは、ラフィーナがなにやら感動した様子で微笑んでいた。

「ミーアお姉さま、こっち、こっちです」

そんな時、ベルの呼ぶ声が聞こえた。誘われるがままにミーアは敷物の上に腰を下ろした。ちなみに隣にはアベル。反対側にはシオンが座っている。

両手にイケメン状態である。

我が世の春を謳歌するミーアである！

……もっとも、お忘れかもしれないが、その格好は微妙に残念なキノコルックである。

両側にイケメン王子を従えたキノコ姫ミーアなのである！

ちなみにちなみに、シオンの隣はベル、その隣がシュトリナになっている。

ベルはベルで、ちゃっかりご満悦であった。

「そちらの戦果はどうだったんだ？　ミーア。帝国の威信は保たれたかな？」

座るや否や、シオンが話しかけてくる。珍しく、おどけた様子のシオンを見て、ミーアは微笑ましい気持ちになった。

――うふふ、いかにシオンといえど、しょせんはまだまだ子ども。この程度ではしゃぐなんて、とんだお子さまですわ！

自身のことは棚上げにしつつも、ミーアは挑戦的な笑みを浮かべる。

「ふふふ、まぁ、少なくともサンクランドには負けませんわよ、シオン」

「そうかな？　あまり大口を叩かないほうがいいと思うが……」

そう言ってシオンが視線を向けた先……、そこにはかごいっぱいに入ったキノコの山があった。しかもミーアの記憶が正しければ、シュトリナが「美味しいキノコだ」と言っていたものばかりである。

ミーアはぐぬ、っと唸りつつ、自らのキノコの山を見た。ミーアの記憶が正しければ、シュトリナが「食べられないことはない」と言っていたものばかりである。

「……勝負はまだ……、まだまだ、これからですわ」

絞り出すように、負け惜しみを言うミーア。それを見て、シオンは楽しげに笑って、

「ふふ、そうだな。しっかりと英気を養って、午後の時間に備えるとしよう」

余裕の態度で言った。

と、そんなやり取りをしているミーアの目の前に、すっと水の入ったグラスが差し出された。

「お疲れさま。ミーア。その格好では暑かったのではないかね？」

「まぁ、アベル、ありがとう。助かりますわ」

確かに、全身を覆う服は、少しばかり暑かった。汗をぬぐいつつ、アベルからもらった水を口にする。

冷たい水が喉を潤す感覚に、ミーアは、はふぅっと小さく息を吐いた。

――自分では意識してませんでしたけど、疲れてたみたいですわね。お昼はゆっくり休まないといけませんわ。

などと思いつつ、ミーアは改めて目の前に並べられた料理に目をやった。

――それはさておき……、ふむ、男子たちのお手並み拝見といきますわよ。

まるで、親の仇でも見るかのように、ミーアは鋭い視線でサンドイッチを観察。

「では、さっそくいただきますわね」

そう言いつつ、サンドイッチを手に取った。

――ふむ、形はごく常識的なもの……。普通にパンの形ですわね……。独創性が足りませんわ。減点。

などと、偉そうに評しつつ、ミーアはパンをちぎって口に入れる。

「ふむ……、なかなか美味しいパン生地ですわ。このしっとりした甘味が実に素敵ですわね……」

基本的に、お子さま味覚なミーアである。甘いものは無条件に美味しいものと認識してしまうのである。

「はは、お褒めにあずかり光栄だな」

爽やかな笑みを浮かべたのは、シオンだった。

「……そういえば、パン生地を練ったのは、シオンでしたわね」

「さすがですね、ミーアお姉さま！」

歓声を上げるベルに、ミーアは冷めた目を向ける。

——まったく、ベルのミーハーぶりにも困ったものですわ。まぁ、確かに美味しいですけれど、でも、それはしょせんパンの味に過ぎませんわ。わたくしが食べているのは、サンドイッチ。そう、中身とパン生地の調和こそが大事。その完成度が問題ですわ！

などと……小生意気な評論家めいたことを思いつつ、今度は中身ごと、サンドイッチを口に入れる。

瞬間っ！　カッとミーアの瞳が見開かれた。

——う………、うまぁ！

しゃくり、という葉野菜の音、と同時に口の中に広がるのはコクのある卵焼きの味。まろやかな酸味を持つホワイトクリームと、塩気の効いた燻製肉の香ばしさが口の中に広がり……、

——な、なぜ、初めてでこんな味が出せますの？　ズルいですわ……。

「どうだろうか？　精一杯、頑張って作ったつもりだが……」

ふと顔を上げると、アベルが不安そうな顔で見つめていた。少し視線を動かせば、シオンも、キースウッドも、サフィアスも、ミーアの感想を聞こうと、ジッと待っていた。

それを見て、ミーアは、敗北を悟った。

そう、乙女力に勝った負けたとか……、そういうことはどうでもよかったのだ。

今日のこの日を素直に楽しめている彼らの勝ちは、ミーアの目には明らかで……。

だから……、

「……美味しい。とっても美味しいですわ」

ミーアは素直に感想を口にする。それを聞いて誇らしげに笑みを浮かべあう男子チーム。

そんな彼らがちょっぴりうらやましいミーアである。そして、

——美味しいものを作ってくれたみなさんのためにも、やはり、美味しいキノコ鍋を食べていただかなければなりませんわね。絶品キノコを探しに行く必要がございますわ！

少しもブレないミーアの決意なのである！

——というか、そうでしたわ、思い出してみれば、今回のキノコ狩りには、わたくしの命が懸かっていたんでしたわね……。

もぐもぐサンドイッチを頬張りながら、ミーアはようやく思い出す。

サンドイッチによって栄養補給したことで、ようやくミーアの脳みそが活動を始めたのかもしれない。

そもそもの話、ミーアはなぜ、キノコ狩りをしようなどと言い出したのか？

美味しいキノコ鍋を食べるため？　いや、違う！

聖夜祭の夜、食べ物の誘惑を受けないためである。

生徒会で美味しい美味しい絶品キノコ鍋パーティーをして、それによって、混沌の蛇が用意した食べ物の誘惑から、身を守ろうという作戦なのだ。

極めて真面目な理由があるのである！　命が懸かっているのである。

では、どうだろうか？　先ほどまでミーアが採ってきたキノコにそこまでの魅力があるだろうか？

蛇が絶品スイーツを用意した時、それを退けることができるだろうか？

エグかったり、苦かったりするキノコで……、ミーアの胃袋を掴むべく、敵が用意してくる食べ物の誘惑を退けるキノコ鍋を作れるだろうか？

残念ながら……答えは否である。

もっともっと美味しいキノコが必要なのだ。

そう、森の奥にあるあのキノコ……ヴェールガ茸がやはり必要なのだ。

問題は、どうやって森の奥に行くかであるが……。

――みなさんに提案しても却下されそうですわね。むしろ、監視が厳しくなる恐れもございますし、なんとかわたくしだけで行けないものかしら……。とすると……、なんとかしてみなさんの目を誤魔化す必要がございますわ。特に……。

ミーアはちらり、とベルの隣にいるシュトリナに目をやった。

――シュトリナさんが気を使って、わたくしに張り付いてくれてますし……。なんとかして、撒く必要がありますわね。ふむ、どうしたものか……。もっと美味しいキノコを採ってくるためにはどうすれば……。

「ミーアさん？」

「……そう、美味しいキノコが必要……もっと、もっと……」

などと、ぶつぶつつぶやきつつ、気付けばミーアは立ち上がっていた。なんの考えもなしに、ついうっかりと……。

「ミーアさん、どうかしたのかしら？」

そうラフィーナに声をかけられて、それで、ミーアは我に返った。

いつの間にか、立ち上がったミーアに、みなの視線が集まっていた。

「あ、ええ、ええっと？　わたくしは、その、ちょっと……」

あわあわと、言葉にならない声が口から出る。

――し、しまった。つい、気持ちが森の奥に行きすぎてしまって……、体が勝手に！

ミーア、焦る。

焦り焦り、焦りに焦って……、結果、咄嗟に口をついて出たのは……、

「ちょっ、ちょっと、キノコ摘みに行ってこようと思いまして……」

そのまんま、何一つ偽ることのない本音が出てしまった。

大失態である！

――って！　そのまんまですわ！　森の奥に一人でキノコ摘みに行くとか、絶対に止められてしまいますわ！

ミーアの脳みそが食事によって活動を始めた、というのは、どうやら錯覚だったようだ。

ミーアの頭脳には、やはり美味しいサンドイッチではなく、甘いものが必要だったのだ。

――うう、駄目ですわ……。こっ、ここから挽回する方法がまったく思い浮かびませんわ……。

悲嘆に暮れかけるミーア。だったのだが……。

「キノコ摘みって…………ああ」

ミーアの言葉を聞いて、その場にいた全員は、なにやら察したかのように頷いた。

それから、

「じゃあ、気をつけて」

と、微妙に気まずそうな顔で言ってくれた。

「あ……あら？」

意外な反応に、ミーアは首を傾げる。

唯一、アンヌだけがついてこようとしたが、

「ああ、アンヌは休んでいて大丈夫ですわ」

ミーアは、慌てて言った。

——アンヌはわたくしとは違って、森の素人ですし。無理はさせられませんわ。

そう考えて、ミーアは安心させるように笑みを浮かべる。

「一人で大丈夫ですから」

そうして、ミーアはその場を後にするのだった。


ちなみに……、その場にいた者たちは、みな察したのだ。

ミーアが言っているのは、いわゆる用を足しに行く際の常套句（じょうとうく）「お花を摘みに行ってくる」を、キノコ狩りに合わせて、ちょっぴりシャレた言い回しにしたものだ、と……。

まさか、ランチの最中におもむろに立ち上がって、一人でキノコ狩りに行くなどと……、そんなことを言うわけがないだろうと……、そんな常識が、みなの判断を迷わせたのであった。


「ふふふ、上手くいきましたわ！」

ともあれ、上手く生徒会のメンバーを撒いたミーアは、鼻歌を歌いつつ、森の奥へずんずん進んでいく。

目指すは絶品キノコ、ヴェールガ茸の群生地である。

「それにしても、みなさん、快く送り出してくださいましたけど、どうしたのかしら？」

しきりに首を傾げるミーアであったが……、すぐにピンときた！

「いえ、そうですわね。別に驚く必要などありませんわ。わたくしは、森の熟練者。味はさておき、あれほどのキノコを集めたこのわたくしの手腕が、ようやく認められたということですわね！」

そう考えると、がぜんやる気が出てくるミーアである。

「ふむ、確か、地図によればあの野原から……」

などと、鼻息荒くつぶやきつつ、ミーアは木々をかき分けながら道なき道を進んでいく。

ほどなく、ミーアの行く手を遮るようにして、ちょっとした崖が姿を現した。

「崖……ですわね。ふーむ……、これは地図にはございませんでしたけれど……」

腕組みしつつ、ミーアは崖下に目をやる。けれど、その斜面にも黄色い木の葉が繁茂しているため、それがベールのようになっていて下までは見通せない。

「下が見えないのは問題ですわね。なんとかして崖を降りるべきか……、それとも、迂回して進むべきか……。この崖を下った場所に、キノコの群生地があるか、それとも、迂回した先にあるのか……」

見たところ、崖はそこまでの高さはなさそうだった。頑張れば降りられそうである。

しばし、黙考。その後、ミーアは己の直感を信じることにする。

「ずばり、迂回が正解ですわね！　このわたくしのベテランキノコガイドの勘が告げておりますわ！」

…………別に、崖を下るのが大変そうだから、とか、そういう情けない理由ではない。あくまでも、ミーアは自らの勘に従ったまでのことである。

「ふむ……それでは、崖に沿って左に進んでみようかしら……」

そうして、ミーアは崖を右手に見ながら歩き始めた……のだが、

「ミーアさまーっ！」

いくらも歩かないうちに、そんな声が追いかけてきた。

「あら……あれは？」

立ち止まり振り返ると、そこには、小走りにやってくるシュトリナの姿があった。

見つかってしまっては仕方ない、とミーアは、彼女がやってくるのを待った。

やがて、すぐ目の前までやってきたシュトリナはいつもと変わらない、花のような笑みを浮かべて……、

「もう、ミーアさま、ダメじゃないですか。一人でこんなに森の奥に入ってしまったら……」

笑みを、浮かべて……

「……ねぇ、なにかあったらどうするおつもりだったんですか？　ミーアさま」

浮かべたまま……、かくん、と首を傾げる。人形みたいに唐突に。

その顔は、変わらない。笑みを浮かべたままだ。

その仕草だとて、子どもっぽい、愛らしい、あどけないもので……、そのはずで。

なのに……、なぜだろう？　ミーアに、ゾクッとした寒気が走った。

――あ、あら？　鳥肌？　どうしたのかしら……、わたくし、なんだか背筋が寒いような……。

「ねぇ、ミーアさま、どうするおつもりだったんですか？　なにか、あったら……」

上目遣いに見つめてくるシュトリナ。ミーアは反射的に一歩後ずさりそうになって……。

「ミーアお姉さま、リーナちゃん！」

っと、次の瞬間、シュトリナの背後から、ベルが走ってくるのが見えた。こちらに手を振りながら、嬉しそうにやってくる。

「もう、ベルちゃん……。待っててって言ったのに……」

それを見て、シュトリナがつぶやいた。と同時に、ミーアを襲っていた寒気が薄らいだように感じた。

——い、今のは、いったい……？

などと首を傾げるミーアだったが、すぐにその思考は断ち切られる。なぜなら、

「きゃあっ！」

走ってきていたベルが、突如、前方にすっ転んだからだ。一面を覆う黄色い葉、それに足を取られたのだ。

「あっ……」

誰かの口から、声が漏れる。

盛大に転んだベルから、ひゅーんっとなにかが、宙に投げ出されるのが見えた。

「あれは……？」

呆然（ぼうぜん）とそれを眺めるミーアの目の前、ゆっくりと放物線を描いて飛ぶそれは……、ベルが精魂込めて作っていた小さな馬（トローヤ）のお守りだった。

馬のお守りはそのまま崖のほうへと向かって飛んでいき、落ちるかと思われたが……、その直前、崖に斜めに生えている木の枝に、なんとか引っかかった。

「あ、ああ……、よかった」

息を詰めていたミーアは、思わず、ほう、っと息を吐いた。

それはどうやら、そばにいたシュトリナも同じようで、ほとんど同時に息を吐く音が聞こえた。

それから気を取り直したように、シュトリナはベルに言った。

「よかった。あれぐらいなら、取れそうね、ベルちゃん」

けれど、ベルは、木に引っかかったお守りを見て、少しだけ黙ってから、小さく首を振った。

「いえ、危ないです。失敗したら崖から落ちてしまいますから」

そう言って、ベルは笑みを浮かべた。

「別に、また作ればいいだけですから、大丈夫です。大切に握りしめていても、なくなってしまう時にはなくなってしまう。ただそれだけのことです」

そんなことを言って、でも……、ちょっとだけ寂しそうな顔をする。

それを見たミーアは、微妙な罪悪感に囚われた……。

そもそもの話……、ミーアが無理をして一人で森の奥になど入らなければ、こんなことにはならなかったわけで……、小心者の良心が、ずきずき痛んだ。

それに、ミーアは知っている。ベルが頑張って、シュトリナとお揃いのものを作っていたということを。

なるほど、確かに、また作ればいいのかもしれない。けれど、

——あれは、ベルが心を込めて作った唯一無二のもの。であるならば、そう簡単に諦めるべきではございませんわ。

幸いにして、お守りは、太い木に引っかかっている。

頑張れば、十分に取れそうに思えた。なにしろ、ミーアは森の熟練者（モリガール）なのである！

満を持して、ミーアはベルに言った。

「ベル、確かにその通りですわ。どれだけ大切にしていても、離さないように握りしめていても、なくなる時にはなくなるもの。それは正しいですわ。でも……」

そうして、ミーアはお守りが引っかかっている木に手をかけた。木は、崖に斜めに伸びていて、登るのは、それほど難しくないように見えた。

「ミーアお姉さま……なにを？」

びっくりした様子で目を見開くベルに、ミーアは言った。

「それは、最初から諦めることの理由にはなりませんわ。それがなくならぬように、力を尽くして握りしめること、その努力を怠る言い訳にはならないのですわ！」

そう言い放って、ミーアは木の上に乗る。

――大丈夫ですわ。わたくしは森のベテラン。キノコのベテランは、木登りだって簡単にできてしまうはずですわ。

奇妙な自信を胸に、ミーアお祖母ちゃんは格好いい笑みを孫娘に見せて……、次の瞬間、

「ひゃあああああっ！」

足を滑らせて、崖の下へと落ちていった。

第十三話　最古にして最弱の忠臣

ルードヴィッヒは、自身の持つツテを最大限に活かして、情報収集にあたっていた。

同門の者たちに秘密裏に声をかけ、イエロームーン公爵に関する話を片っ端から拾い上げていったのだ。

「まずは、イエロームーン公爵家、並びに、その派閥が果たしてきた役割を調べ直してみようと思ったのだが……、その結果、青月省にいる後輩が話したいことがあると言ってきたんだ」

「相変わらず、顔が広いな、ルードヴィッヒ殿は」

どこか呆れた様子のディオンにルードヴィッヒは笑みを返した。

「変わり者ばかりだが、こういう時には役に立つんだ」

待ち合わせ場所は帝都の一角。比較的大きな酒場の一室だった。

店に入って早々、

「どうもお久しぶりっすね、ルードヴィッヒ先輩」

人懐っこい笑みを浮かべて、一人の青年が声をかけてきた。

「相変わらず、上手く立ち回っているようだな」

昔と変わらぬ様子の後輩に苦笑いを浮かべつつ、ルードヴィッヒはそちらの席に向かった。

「先輩も相変わらず、面倒ごとに首を突っ込んでるみたいっすね。おや？　先輩の後ろにいるのは……、もしかして、噂の姫殿下の剣っすか……？」

ルードヴィッヒの後ろに立つディオンに目を向けて、青年は言った。

ディオンは小さく肩をすくめる。

「まぁ、いつまでかは保証しかねるけど、今のところはその認識で合ってるよ。ディオン・アライアだ」

そう言って、値踏みするように鋭い視線を青年に向ける。

「ははは、噂に違わぬ怖そうな人っすねー。ルードヴィッヒ先輩、よくこんな人と付き合ってますねー」

さらりと、ディオンの殺気を受け流してから、青年は手を差し出した。

「ジルベール・ブーケっす。気軽にジルと呼んでもらえると嬉しいっすね」

差し出された手を握りつつ、ディオンは興味深げにルードヴィッヒに目を向けた。

「ルードヴィッヒ殿のお仲間には、本当に興味深い人材が揃ってるみたいだね」

「いやいや、俺なんか、しがない青月省の一文官に過ぎないっすよ」

ティアムーン帝国青月省。

帝国に五つある月省の中で、その部署が受け持つのは、帝都の行政に関わるものだった。

一口に帝都の行政と言っても、その仕事は多岐にわたるわけだが……、その中には、帝国中央貴族との折衝というものも入っていた。ゆえに、帝国の門閥貴族の事情を詳しく聞きたければ、青月省の者に聞くのが一番というのは、よく知られたことだった。

「いやー、しっかし、大貴族、帝室嫌いなルードヴィッヒ先輩が、まさか、ミーア姫殿下に仕えることになるとは思わなかったっすね。いったいなにがあったんすか？」

「はは、お前も共に仕えてみればわかるさ。ミーア姫殿下は仕えがいがある方だ。師匠も今ではすっかり、ミーア姫殿下のために尽力されているしな」

「そうそう。それも意外だったんすよね。ルードヴィッヒ先輩だけでなく、あの頑固者の師匠まで心を許すなんて」

ルードヴィッヒの力強い啓蒙活動に、心を揺らされている様子のジルベールであった。

敏腕スポークスマン、ルードヴィッヒの活動に休日はないのである。

「んで、イエロームーン公爵家に関することでしたっけね」

注文した酒が来たところで、ジルベールは話を戻した。

「そうだ。なにか気になる情報があるということだったが……」

「いやー、気になるっていうかっすねー、ちょっとだけ先輩に忠告しようと思って来たしだいっす」

と、そこでいったん言葉を切って辺りを見回してから、彼はひそめた声で言った。

「そのディオン殿に護衛についてきてもらってるのは正解っすね。イエロームーン公爵を嗅ぎまわろうってんなら、最大限の警戒が必要っすよ」

「それほどなのか？　今までの経緯からそれなりの警戒は必要かと思っていたが……」

「……まぁ、先輩の〝それなり〟は俺らのする警戒と桁違いっすけど、それでも、一段階、警戒のレベルを上げることをお勧めするっす」

ジルベールは肩をすくめつつ首を振った。

「まったく、俺としてはあんな連中に喧嘩を売る先輩の気が知れないっすけど……。えーと、どこから話せばいいっすかね……、そもそも先輩、なぜ、イエロームーン公爵が最弱の貴族と呼ばれるようになったかご存知っすか？」

「もちろんだ。ゲオルギア公の謀反からだろう？」

今から二百年近く前、それはティアムーン帝国始まって以来の大規模な内乱となりえるかもしれなかった事件。

当時のイエロームーン公爵家の当主、ゲオルギア・エトワ・イエロームーン公爵は、いくつかの有力貴族とともに、帝室に反旗を翻したのだ。

その規模も勢いも、決して侮ることができるものではなく、帝国を二分する大きな内乱が起きることは確実とされていた。

けれど、その結末はいささか呆気なく、意外なものだった。

ゲオルギアは、その弟、ガルディィエの手によって斃れ、反乱軍はあえなく瓦解することになったのだ。

ゲオルギアをはじめ、協力した貴族たちは全員処刑され、その者たちの家の名声は地に落ちた。

さらに、本来、反乱を防いだ功績を称えられる立場の弟、ガルディエもまた、苦境に立たされる。

そもそもが問題を起こした公爵家。その問題を自家で解決しただけではないか、と揶揄する者が現れたのだ。

そして、それ以上に大きかったのは、ガルディエが陰謀に加担した家の者に対して、助命嘆願を行ったことだった。本来であれば、一族郎党皆殺しの憂き目にあっても仕方のない立場の者たちをかばい立てした彼に対する非難は小さくはなかった。

最終的に、兄のほうは帝国に反旗を翻すほどに覇気に溢れる人物、弟のほうは裏切り者の小心者、などという評価まで受けてしまう始末。

それでも、かばわれた家の者たちはガルディエに感謝し、イエロームーンの派閥に身を寄せることになる。

以来、イエロームーン派閥には抗争に敗れた敗北者や、中央貴族から疎外された辺土伯などが次々に訪れるようになる。

かくて、敗北者の集団、最古にして最弱のイエロームーン派閥の完成というわけであるが……。

「んじゃあ、その事件がすべて計算されたものであると考えると、どういうことが言えるっすかね？」

まるで、なぞなぞを出す子どものように、楽しげな口調でジルは言った。

「ただの謀反ではなく、それ以上の思惑があったとするならば……、か」

ルードヴィッヒはしばし腕組みして、考え込んでから……。

「もしかすると、虫寄せということか？」

その答えに、ジルベールはパチパチと拍手する。

「言いえて妙っすね、さすがは先輩。こいつはちょいと調べればわかるんすけど、イエロームーン派閥に属する貴族の中には、抗争に敗れる前から、公爵が懇意にしていた者たち、というのもいるんっすよ。例えば、その当時、皇帝に迫る権勢を誇っていた侯爵がいたんっすけど、後継ぎの息子が相次いで病死して……。貴族の社交界からもハブられたところを、たまたま仲が良かったイエロームーン公爵が仲間に入れてやったって話があるんっすけど……」

ジルは葡萄酒（ぶどうしゅ）を一口すすってから、ニヤリと微笑む。

「この話、ちょっと臭わないっすか？」

「なるほど、侯爵の権勢を殺（そ）ぐために、その息子たちを暗殺したということか……。帝国にとって邪魔になる者たちに近づき、信用させた上で、その勢いを削る。侯爵自身ではなく、後継ぎを狙ったことに加えて、帝室から距離を置かれた存在であることで、大きな疑いをかけられることもない、か」

「そうやって考えると、イエロームーン公爵家が植物学、薬草学に詳しい家柄ってのも、少しばかり引っかかるところがあるんじゃないっすかね？」

「……園芸に造詣が深い、などという平和な話ならばいいんだが……。違うな。薬は毒にもなるということか」

「そう。毒による暗殺で、帝国に仇（あだ）なす者を葬ってきた一族、それがイエロームーン公爵家であると、俺は考えてるっすよ」

ジルはさしたる感慨もなさそうに、そう言った。

最弱に堕（お）ちたがゆえに、皇帝の手の者とは見られづらく、されど、派閥としては成立しているゆえに後ろ暗い願望を持つ者たちが集まってくる。

帝国に仇なす害虫を引き寄せる虫寄せの役割。

なるほど、それは帝国が〝普通の国〟であれば、重要な役割であっただろう。

けれど、ルードヴィッヒは初代皇帝の思惑を知っている。その上で考えると……、

「最弱であり、中央貴族から距離を置かれているがゆえに、反農思想に染まっていない新参者……、辺土伯らにも近づきやすく……必要があれば暗殺も容易……。そういう仕組みということか……」

帝国が反農思想を広めるための、ある種の仕組みであったとするなら、イエロームーン公爵家の果たしてきた役割は非常に大きい。それをこなしてきたがゆえに……、

「なるほど、最古にして最弱の忠臣か……」

「まぁ、気をつけたほうがいいっすよ。暗殺はイエロームーンお得意のものっぽいっすから」

ジルベールはそう言うと、にやりと笑みを浮かべた。

第十四話　黄色くて、白くて……そして……赤い

「う、うーん……」

小さく吐息を吐いて、ミーアはゆっくり瞳を開いた。

ぼやーっと霞む視界……、こしこしと両手で目元をこすり、こすり。

それから体を起こして、辺りを見回した。

「あら……、ここは……？」

そうして、ミーアは思わず絶句する。そこは、なんとも美しい場所だったのだ。

頭上には、繁茂した黄色い葉、その葉がひらり、はらりと落ちてくる。その先の地面の色は、まるで雪が降り積もったかのごとく真っ白で……。

「これは……、白い……キノコ？」

ミーアは、自らの周りを見て、小さく息を呑んだ。

そう、ミーアは、白いキノコが一面を覆った場所に寝転がっていたのだ。

体の下を見れば、まるでミーアを優しく受け止めるかのように、軟らかなキノコの絨毯が広がっている。

「ああ、そうでしたわ……。わたくし、崖から落ちて……このキノコたちがわたくしの体を受け止めてくれたのですわね」

ミーアは、ちょっぴり愛しげに、白いキノコを撫でた。それからふと右の手が握りしめているものに気が付いた。

それは、ベルが作った馬のお守り、トローヤだった。

「ふぅ、なんとか、なくさないでよかったですわ……。ここで落としでもしていたら、探すのが大変でしたわ」

それから、ミーアは恐る恐る立ち上がった。幸いケガはないらしく、どこにも痛みはなかった。

分厚いキノコスーツもまた、ミーアの体を守るのに一役買っていたようだった。

そう、ミーアは今まさに、キノコの加護厚き姫、キノコプリンセスとして覚醒しようとしていたのだ。

……キノコプリンセスってなんだろう？

「それにしても、ケガの功名とはまさにこのことですわね……。図らずも見つけてしまいましたわ……ヴェールガ茸」

ミーアは一面の白いキノコたちを見て、思わずニンマリと笑みを浮かべた。

「なんということですの……、これは、採り放題ではございませんの」

シュトリナは、群生地があると言っていたが、ここはまさにヴェールガ茸（仮）の群生地だった。

「ああ、素晴らしいですわ。早くみなさんをお呼びしないと……」

と、辺りを見回していたミーアは、ふと、あることに気が付いた。

「あら……？　あれは……」

白いキノコの絨毯には、よく見ると、点々と色が変わっている場所があった。

さながら、純白の雪原に零れ落ちた血の雫（しずく）のように……、ぽつり、ぽつりと散った赤い色。不吉な赤色の正体……、かつて見たことがある、それは……。

「ミーアさまっ！」

「ミーアお姉さま！」

可愛らしい声とともに、ガサガサと、なにかが崖を降りてくる音がした。

「ああ、あなたたちも来てくれましたのね……」

やがて、現れたベルとシュトリナの姿を見て、それから、ミーアは視線を上に向けた。

――ふむ、この二人が来られるということは、高さ的には問題なさそうですし、他の方も降りてくることはできそうですわね。キノコ狩りには問題ございませんわ。むしろ、問題は、ここにあるキノコですけど……。

っと、考え事をしていると、次の瞬間、ぼふっという音とともに、体に衝撃が走った！

「うひゃあっ！」

悲鳴を上げて尻もちをつくミーア。見ると、自らにタックルを決めてくれたベルの姿があった。

「うう、無事で、よかったです、ミーアお姉さま」

ぎゅううっと、ミーアに抱きついてくるベル。

「もう、ベルは甘えん坊さんですわね……」

ミーアは、その頭を優しく撫でてから、

「ほら、ちゃんと、あなたの大切なものは取り戻しましたわよ」

ベルの小さな手に馬のお守りを返してやった。

「あ……これは……」

「あなたが頑張って作ってたお守りですわ。簡単にほどけないように、しっかりと結んでおきなさい。いつも取り戻せるとは限らないですわよ」

偉そうにお説教する口調で、ミーアは言った。

とても木登りに失敗して崖から落ちた人の言葉とは思えない、威厳に満ちた言葉だった。

「……ありがとうございます、ミーアお姉さま」

ベルは再びぎゅうっと、ミーアに抱きついてきた。

「ふふふ……」

孫娘に懐かれて、満足げなミーアであった。

ひとしきりミーアに甘えて、それから改めて辺りを見回したベルは、歓声を上げげた。

「それにしても、とっても綺麗な場所ですね、ミーアお姉さま」

走り出そうとしたベルをミーアは慌てて止める。

「こら、ベル。そんな風にキノコを踏み荒らしてはいけませんわ。このキノコは美味しいということですから」

　せっかく見つけたヴェールガ茸を踏みつぶされては大変と、ミーアは大慌てだ。

「はい、わかりました」

　と、いったんは立ち止まったベルだが、すぐにでも走り出しそうな勢いで、辺りを見回している。と……、

「あ、リーナちゃん、あれ、あの赤いキノコはなんですか？　あれも美味しいキノコなんですか？」

　ベルは、早速、白いキノコに隠れた赤いキノコを見つけたらしい。近くにいるシュトリナに尋ねた。

　……自分に聞いてくれなかったことが、ちょっぴり悲しいミーアお祖母ちゃんである。だから……、

「さぁ、ちょっと忘れてしまったけれど、確か、美味しくないキノコだったんじゃないかな」

　シュトリナの答えを聞いて……、にんまーりと笑みを浮かべた。

「まぁ！　リーナさん、あのキノコのことは、さすがにご存知なかったんですわね」

　得意げに言ってから、ミーアはベルのほうに顔を向けて、

「あれは、火蜥蜴茸（サラマンドレイク）という猛毒キノコですわ」

　胸を張って言った。どやどやの、どっやどや顔で言い放った！

　得意満面、言い放ってやった！

「ちなみに、触るだけでも危ないから……ベル……」

　そろーっと、赤いキノコに近づこうとしていたベルの襟首（えりくび）を掴む。

「ダメですわよ。キノコは危ないのが多いんですから、わたくしたちのような熟練者の言うことを、きちんと聞かなければいけませんわ。ねぇ、リーナさん……、あら、リーナさん？」

　返事がないのを不審に思い、シュトリナのほうに目を向ける。っと、なぜだろう……、シュトリナ

はうつむいていた。その顔は、前髪に隠れ、表情はうかがい知れない。けれど……。

――あっ、あら？　変ですわね……さっきと同じで、なんだか寒気が……。

ミーアの背筋に、なんとも言えない悪寒が走った。

けれど、それもすぐに消えてしまい、

「うふふ、ミーアさまは、本当にキノコのことにお詳しいんですね。リーナ、驚いちゃいました」

後に残るのは、すべてを塗りつぶすような、可憐なシュトリナの笑みだ。

その完璧な笑みが、なぜだろう、ミーアにはちょっぴり怖く感じられた。

「なんにしても、いったん戻ったほうがよさそうですわね」

いつまでもここにいても仕方がない、とミーアは仲間たちのもとへと戻ることにした。

ミーアたちを捜していた生徒会のメンバーは、三人が戻ると一様に安堵の表情を浮かべたものの、

「実は、森の中に毒キノコを見つけましたの」

そんなミーアの言葉に、すぐに眉をひそめた。

「それは、本当なの、ミーアさん……」

なかでも、最も深刻そうな顔をしていたのはラフィーナだった。

このセントノエル島で起きることに対して、ヴェールガ公爵令嬢であるラフィーナには絶対的な責任がある。

生徒会長を降りた今でも、それは変わることがない。当然、この島の警備に関わるようなことに、無関心でいられるはずもない。

「ええ、間違いありませんわ。火蜥蜴茸（サラマンドレイク）という、とても毒性が強いキノコですわ。赤くて、とても綺

麗なキノコで……」

「まっ、まさかと思いますが、ミーア姫殿下、それを持ち帰ってきたりはしていませんよね？」

慌てた様子で、キースウッドが口を挟んでくる。

「もちろんですわ。触っただけでも、酷い目に遭うという話でしたし……」

レムノ王国の猟師、ムジクにすごい勢いで止められたことを思い出す。

きっと素手で触ったら、大変なことになるのだろう……。

大男との相性が比較的いいミーアである。忠告にも素直に耳を傾けるのである。

「あ……ああ、そうですよね。さすがに、ミーア姫殿下でも、そんな危ないものを持ち帰ってくるなんてこと、ありませんよね」

思わず、といった様子で安堵のため息を吐くキースウッド。その様子に、ミーアは微妙にムッとしつつ……、

「とっても綺麗なキノコですから、手袋があれば採ってきたところですけどね」

などと、軽めのジョークを飛ばすと……、

「ぜっ、絶対にやめてください！」

キースウッドが顔を青くして言った。

その反応を見てミーアは内心で「うふふ、ちょっぴり面白いかも……」などと悪い笑みを浮かべた。

若い男をからかって遊ぶ、小悪魔ミーアである！

「ああ、思い出した。あれか……。確かに、あの時の猟師はそんな話をしていたが……」

ミーアの話を聞いていた、シオンが頷く。

「あの、そのキノコなら私も図鑑で見たことがあります。ものすごく強力な毒で食べたらもちろん、触っただけでも、そこから毒を吸い込んでしまって死んでしまうこともあるんだとか……」

クロエが横から補足してくれた。

「そう……、そんなキノコがこのセントノエルに……。この島は、毒をもつものは生えないはずなのに……」

うつむき、何事か考え込むラフィーナ。次に口を開いたのはキースウッドだった。

「だとしたら、みなで採ったキノコも危なくはないですか？　万が一ということもありますし……」

「大丈夫ですわ。そのために、リーナさんのチェックを入れていただいたわけですし。ねぇ、リーナさん？」

ミーアが話を振ると、シュトリナは小さく頷いた。

「そうですね。さっきまで採ったものは、似た種類の毒キノコはないはずですから、食べても大丈夫だと思います。でも、一応、厨房の、専門のスタッフにもチェックしていただいたほうがいいと思いますけど」

「なるほど……。まぁ、専門家の方に見ていただけるなら……」

などというやり取りを見ながら、ミーアは、小さくため息を吐いた。

──ああ、せっかくヴェールガ茸を見つけましたのに……。これでは、採りに行くという感じにはなりませんわね。このまま、森から学園に帰る形になるでしょうし、森には当分、立ち入り禁止になるんじゃないかしら……。

それはとても残念なことだった。

せっかく、あんなにヴェールガ茸があったわけだし、絶品だというあのキノコを食べられないのは、とてもとても残念だった。

ふぅ、とため息を吐きつつ、ミーアは座ろうとして……、ふと気付いた……気付いて、しまった！

――あら……？　あらあら？　これ、は……？

自らの服にあった違和感。不自然に膨らんだポケットに、気付かぬ間に紛れ込んでいた異物、それは、崖から転がり落ちた時にたまたま紛れ込んでしまった白いキノコ……。

――これは……ヴェールガ茸……？　でも、いつの間に？

先ほどのことを思い出しつつ、ミーアは首を傾げる。

――あの崖から転がり落ちた時に、ポケットの中に紛れ込んだみたいですわね……。ふむ……、しかし、これを食べるのは、やはり危険ですわね……。

白いキノコスーツを着たミーアが耳元で囁（ささや）く。

『そうですわ。リーナさんは言っておりましたわ。ヴェールガ茸には、よく似た毒キノコ、偽ヴェールガ茸というのがあると……。それに、この島にだって毒キノコが生えるということは、すでに、火蜥蜴茸（サラマンドレイク）によって、証明されてしまっておりますし。ここは危険は冒せませんわ』

しかし、これに赤いキノコスーツを着たキノコアクマミーアが反対する。

『何を言っておりますの？　せっかく見つけた絶品、ヴェールガ茸をみすみす捨てるだなんて、あり得ぬ愚行ですわ。それに、もしも、毒キノコである偽ヴェールガ茸であったとしても、少しお腹が痛くなるだけですわ』

それに、と、さらに畳みかけるように囁くキノコアクマミーア。

『わたくしは、すでに名実ともにキノコ熟練者（キノガール）。なにしろ、知識に加えて、実際のキノコ狩りを経験し……あまつさえ、ヴェールガ茸を見事に見つけましたわ。そう、わたくしは、すでに、キノコプリンセスを自称してもよい程度には熟練者のはずですわ。そんなわたくしから見て、そのキノコ……どう見えるかしら？』

ミーアは改めて、その白いキノコを見つめた。じっと、その真贋（しんがん）を判別するかのように見つめて……。

「ふむ……これは、食べても大丈夫なやつですわ！」

ミーアの直感は早々に結論を下した。さらに、

「それに、こんな風にポケットに紛れ込むこと自体が奇跡のようなもの。これは、神がわたくしに、『やれ！』と言っているに違いありませんわ。であるならば、わたくしは天命に従うのみですわ！」

どこか遠くのほうで、「奇跡はそう簡単に起こらないものですよ！」などと言うルードヴィッヒの声が聞こえたような気がしたが……。今のミーアには届かない。

そうして、ミーアは何食わぬ顔で、森を後にするのだった。

第十五話　ミーア姫……投入する！　そして、食べる！

かくして……、ミーアの悲願であった、キノコパーティーが始まる。

セントノエル学園の食堂には、いくつかの個室が存在している。そこに、厨房で作ったものを運び

込んで食事会を催すのだ。

生徒会のみならず、事前に予約をしておけば、誰でも使うことができるようになっている。

ミーアたちが採ってきたキノコは、厨房に運び込まれた。そこで、専門の職員のチェックを受けたうえで、鍋に入れ、煮込まれるのだ。

厨房に入ると、そこには、セントノエルの警備責任者、サンテリの姿もあった。

生真面目かつ頑固そうな目付きで、ミーアたちのほうを見つめてきてから、彼は深々と頭を下げた。

「お疲れさまです、みなさま。キノコ狩りはお楽しみいただけましたでしょうか？」

「ええ、ふふ、もう、大満足ですわ」

一同を代表して、ミーアが言った。

「そうですか。それは、島を管理する者として、無上の喜びにございます。しかも、此度は、このわたくしめも、生徒会の鍋パーティーにご招待いただきまして……。このサンテリ、恐悦至極にございます」

「いえいえ、あなたのような方がいらっしゃるから、わたくしたちは安心してこの学園で生活できているわけですから労うのは当然のこと、今日は楽しんでいっていただけると嬉しいですわ」

などと、一通りサンテリとのやり取りを終えてから、ミーアはそそくさと厨房の中を移動する。できるだけさりげなく……。目立たないように……。

「あっ、お帰りなさい、ミーア姫殿下」

と、顔見知りの厨房職員のお姉さんが話しかけてきた。

「ただいま戻りましたわ。準備、お手間をかけますわね」

愛想よく料理人たちを労うミーア。

ちなみに、たびたび厨房を訪れるミーアは、すっかり料理人たちと顔見知りになっている。来るたびに、ささやかなつまみ食いをやらかすミーアだったが……、意外にもその評判は悪くない。それはひとえに、アンヌが常日頃から人脈作りに励んでいるが故のことだった。

基本的にミーアは、アンヌに対してのみ、お金をケチるつもりはなかった。だから、街で気晴らしができるように、定期的にお金を渡すようにしていた。

けれど、アンヌはそのお小遣いをもらうたびに、いつも街に出て、なにこれと買ってきては、学園の職員に贈っていたのだ。ミーアからの差し入れとして。

ゆえに、ミーアはすっかり、気遣いのできる皇女殿下として知られるようになっていた。

当の本人は知らないのだが、学園に勤める平民たちからも結構な人気者になりつつあるのである。

さて、優しい笑顔で迎えてくれる料理人たちに挨拶しつつ、ミーアは、キノコが山ほど入ったかごに歩み寄った。後ろからついてきたお姉さんが、キノコの山を見て苦笑いした。

「それにしても、ずいぶん採ってきましたね。これを一度の鍋料理にしてしまうのは、ちょっと大変ですね。ミーア姫殿下の持ってこられたキノコは、少し下処理が大変ですし……」

「ああ、そうみたいですわね……、ところで、ちなみにですけど……、これはあくまでも知的好奇心に促されて聞くのですけど、ヴェールガ茸を料理する時にはどうすればいいんですの？」

「え？　ヴェールガ茸も採ってきたんですか？」

お姉さんがびっくりした様子で声を上げた。

「いえ、もちろん採ってきておりませんわ。あくまでも、知的好奇心からの質問だと……」

「あ、そうなんですね。んー、そうですねー」

お姉さんは少し考えてから、ちょっこりと首を傾げた。

「ヴェールガ茸は美味しいですから、ちょっと洗って、二つか三つに割って煮込んだらいいんじゃないでしょうか」

「ほう……。そんな簡単でいいんですのね……。それは朗報……。あ、失礼。手が汚れてしまっておりますわね……。どこぞで、手が洗えるかしら？」

ミーアはわざとらしく、ぽこん、と手を打った。実にしらじらしい態度であるが……。

「ああ、森の中に行ったんでしたら手を洗われたほうがよろしいですね。どうぞ、こちらに……」

「ちなみに、わたくしの手は繊細ですから、きれいなお水じゃないとダメなのですけど、大丈夫かしら？　食材を洗えるぐらいにきれいじゃないとダメですわよ？」

「はい、大丈夫ですよ。いつも食材を洗っている水がございますから、それをお使いください」

「そう。助かりますわ」

ミーア、にっこにこと笑みを浮かべつつ、ポケットの中にすすす、っと手を突っ込む。

――ふむ、きれいに洗って、大きめに割って鍋に入れる……。簡単なようで、なかなかに難しいですわ。

ミーアは、手を洗うふりをして、手の中に隠したキノコを洗う。丁寧に、生で食べても大丈夫なぐらいに念入りに……。それはさながら、熟練の手品師のような巧みさだった。

普段は、それほど器用でもないミーアなのだが、キノコに関してのみ、その器用さが跳ね上がっているかのようだった。やはり、キノコプリンセスとして覚醒しつつあるのかもしれない。

……キノコプリンセスってなんだろう……？

洗い終わると、ミーアはそのまま、ちらり、ちらり、視線を左右に走らせつつ、鍋に近づいていき……。もう一度、ちらりちらり……。こそこそ……。

——もっとも警戒すべきは、あのサンテリさんですわね……。あの方の目の動きを読みつつ、三……、二、一……、今っ！

刹那、ミーアは動く。その動き、まさに神速！

鍋の中に、四つに割ったキノコを投入。それから、素知らぬ顔で、そこから離れる。

ふしゅーふしゅーと、できもしない口笛を吹きながら……。

後に残るのは、なにかをやり遂げたような……得も言われぬ達成感だった。

そうして、いったん鍋から離れたミーアは、個室に移動する。そこでしばし談笑して後、タイミングを見計らって厨房に戻る。

最後の仕上げ作業に入るために……。

——もしも、先に見つかってしまったら、きっと食べるのを止められてしまいますわ。わたくしは、あのヴェールガ茸が本物だって知っておりますけど、きっと聞いていただけませんわね。なんとかするには、これしかございませんわ！

ミーアは、調理場にそそくさと忍び込むと、さっさと鍋に近づいた。

「あっ、ミーア姫殿下、ダメです。まだ調理中で……」

「うふふ、ただの味見ですわ。味見。一口だけ、一口だけですわ」

そう言って、ミーアはさっと鍋のふたを開けると、止められる前に真っ先に目についた白いキノコの欠片を素早く口に入れた。

もぐもぐ、こりこり……。

なんとも言えない歯応え、口に広がる瑞々しく芳しい香り……。

ミーアはうっとりと、頬をほころばせた。

「……ふむ、これは、なかなかのお味……。深みがあって、実になんとも……。ああ、やはり、とても美味し……⁉」

異変は……、唐突に襲ってきた！

お腹に生まれた微妙な感覚、
ぐきゅるる……、という、なんともいやぁな音とともに、それがやってきた。

「いた……、あ、あら？　なっ、お、お腹が、ひっ、いっ、いたぁっ⁉」

刺すような、お腹の痛みに、ミーアはその場にしゃがみこむ。

「ひ、ひぃ、こ、ここ、これは……、あ、ダメ、ですわ……」

と同時に、喉の奥、何かがせり上がってくるような、嫌な不快感があって……。

「う、うぷ……」

強烈な吐き気と腹痛に、ミーアの意識は遠くなっていくのだった。

第十六話　キノコ食い聖人、ミーアの沙汰

毒キノコを食べて昏倒(こんとう)したミーアは、その後、三日間の安静を言い渡された。

幸いすぐに嘔吐(おうと)薬を処方されて、胃の中身をすべてひっくり返したので、毒の影響は最低限で抑え

られた。

乙女的にはいかがなものか？　というあれやこれやがあったものの、ミーアはすぐに健康を回復した。

そのおかげで、今回の出来事は自分の不注意で起きたことだから、周りの者に累が及ばないように、ということもラフィーナに伝えることができた。そうでなければ、今頃は、混沌の蛇用に〝専門家〟たちを集めて、尋問部隊を編成、送り出している頃だっただろう。

まぁ、それはよいのだが……。

「んー、暇、暇、暇ですわー」

ベッドの上で、ミーアが退屈そうに言った。

なまじっか元気になってしまうと、横になり安静にしているのが苦痛になってくる。

まして、食事は味気ない病人食になってしまったために、ミーアの日常は一気に楽しみのない、灰色なものになってしまっていた。

まぁ、同情の余地などまったくなく、完全無欠で自業自得なわけだが……。

ということで、暇を紛らわすべく、ミーアはお抱え作家のエリスが送ってきた原稿を読み直そうと思ったのだが、あえなく、アンヌに見つかり取り上げられてしまった。

こうなってくると、ミーアとしてはなにもすることがなく、今まさに退屈で体が腐ってきそうになっていた。

「あ、そうですわ……。ねぇ、アンヌ、なにか、楽しい話をしていただけないかしら？」

そうして、ミーアは部屋の掃除をしていたアンヌに話しかけた。

唐突に楽しい話をしろというのは、なかなかの無茶振りである。けれど、ミーアは、このぐらいならば、甘えても大丈夫と思っていた。

忠臣アンヌは、このぐらいならば許してくれると……。

だから……、

「あ……あら？」

返事がいつまでもないことにミーアは一瞬戸惑う。それから、アンヌに目を向ける。と、アンヌは、一瞬だけミーアのほうに目を向けてから、つい、と顔を背けてしまった。

「……え？」

明らかに様子がおかしい……。

そのことを敏感に感じ取ったミーアは、慌ててアンヌに言った。

「ちょっ、どうかしましたの？　アンヌ」

そう話しかけても、こちらを振り返らないアンヌ。どうやら、なにか怒ってるみたいだぞ？　と、ミーアは気付く。だが……、その理由がわからない。

「ど、どうなさいましたの？　わたくし、なにかあなたにしたかしら……？」

まったく心当たりがないものの、ミーアは慌てて、ベッドの上に起き上がり、正座する。

――どうしましょう、いったいなぜ……？

普通であれば、主君に対して従者が、こんな形で不満を露わにすることなどあり得ない。

確かにミーアとアンヌの関係は普通の主従ではない。ミーアはアンヌのことを特別な従者として大切に思っているし、この程度の無礼はなんとも思わない。

けれど、アンヌがミーアの恩情に甘えることも今まではなかったのだ。

しっかりと従者の礼を尽くしてきていたのだ。

そんなアンヌが、無視をした。怒って、ミーアの呼びかけに応えようとしないのだ。

これは、よほどのことだ、と、ミーアはオロオロするばかりである。

しばしの重たい沈黙……、その後……、アンヌは口を開き、

「ミーアさま……、また……、私を置いていきました」

ミーアと目を合わさないまま、絞り出すように言った。

「へ？　あ、ああ……それは……」

あなたが、疲れていたようだったから……、そう言い訳しようとしたミーアだったが……、アンヌの顔を見て、思わず息を呑んだ。

「森の奥で崖から落ちたって……、私は心臓が止まってしまうかと思いました」

アンヌがミーアのほうに顔を向ける。その瞳は潤み、うっすらと涙が浮かんでいた。

「……アンヌ」

それを見て、再び慌てるミーア。思えば、こんな形でアンヌを泣かせてしまうことは、初めての経験で……、だから、どうすればいいのかわからなかったのだ。

「それに……、鍋もそうです……。ミーアさまには、きっと深い考えがあるんだって、私は信じてます。だから……、どうして毒キノコを採ってきて鍋に入れたのか、どうして、それをご自分で食べたのかは、聞きません……でも……」

と、そこで、アンヌの顔がくしゃり、と歪む……。

ぽろぽろ、ぽろぽろ、止めどなく流れる涙。

震える声で、アンヌは言った。

「もし……、もしも……、次に危ないことがある時には、私も絶対についていきます。どこまでだって、一緒に行きます。どんなに危ない場所にだって行きます。馬にだって乗れるようになりました。剣だって、必要ならば覚えます。だから……、だから、私を……、置いていかないでください」

深々と頭を下げるアンヌに、ミーアは、

「アンヌ……あなたは……」

一瞬、言葉に詰まる。鼻の奥がツーンとしてしまい、声が震えないように気を付けなければならなかったからだ。

少しの間、黙り込んでから……、ミーアは言った。

「あなたは……、本当にわたくしの腹心ですわ……アンヌ」

彼女の示した忠義に、ミーアの心は深く、深く、感動して……。でも……、

「ええ……、あなたの気持ちはよくわかりましたわ。その忠義、わたくしの心の中にとどめておきますわ」

曖昧なことを口にして……、約束しなかった。

なぜならミーアは知っていたからだ。このままでは自分の命が、この冬までで終わることを……。

そして、その死に方は、アンヌを巻き込みかねないようなものであることを……。

――万が一、もしもわたくしが死んでしまうのであれば……、それにアンヌを巻き込むわけにはいきませんわ。

彼女の示してくれた忠義に、優しさに、そんな形で応えることはできないと……、ミーアは、心の中で首を振った。

――それに、ベルのこともございますわ……。

もしも、自分が死んでしまったら、誰に大切な孫娘を任せればいいというのか……。

不意に、ミーアは未来の自分のことを思った。

毒殺されたという自分も、きっと娘や孫のことを託す相手がいたから、安心して死んでいくことができたのではないか、と。割と苦しい死に方だったとはいえ……。

――ま、まぁ、ともかく、別に危ない目に遭おうとしているわけじゃありませんし？　当日は寮の部屋に閉じこもっていればいいだけで、うん、大丈夫ですわ。きっと……。

そんなミーアの心情を知ってか知らずか、アンヌは涙で赤くなった瞳で、じっとミーアを見つめていた。まるで、ミーアの胸の内を透かし見るかのように。

「ふふ、そんな目で見ないでくださいまし、アンヌ。わたくし、そうそう危険に突っ込んでいったりはいたしませんから」

はぐらかすように笑うミーアを見ても、アンヌは黙ったままだった。

……………ちなみに、この〝ちょっぴりいい話風〟の主従の会話……、ミーアがノリノリで毒キノコを食べてしまったことにより、生まれたものなのだが……。

ツッコミを入れるような無粋な者は、この場にはいないのであった。

三日が経ち、完全復調したミーアであったが……、再びお腹が痛くなるような出来事が待っていた。

ラフィーナからお茶会に誘われたのだ。

このタイミングでのお茶会である！　これはお茶会という名目の呼び出しなのだ、ということを、ミーアは瞬時に理解した。

しかもその場には、なんと島の警備責任者であるサンテリも同席するという。

「……これは、怒られますわ……。絶対、怒られてしまいますわ！」

選挙の際に見た、ラフィーナの赤く染まった瞳を思い出し、ミーアは震え上がった。

そうなのだ、最近はすっかり油断していたが……、ラフィーナ・オルカ・ヴェールガは、基本的には怖い人なのである。

今回のように、自分勝手な振る舞いでみなに迷惑をかけて、怒られないはずがないのだ。にもかかわらず、やらかしてしまったのである。

一応、厨房の誰かが責任を問われるということは回避できたものの、それはあくまでも最低限。咎（とが）められずにいられるはずもない。

「う、うっかり、獅子（しし）の尾を踏んでしまいましたわ……。うう、なんとか、言い訳を考えなければなりませんわ……。なんとか……」

などと、ぶつぶつつぶやきつつ、ミーアはお茶会の会場を訪れた。

奇しくもそこは、先日、鍋パーティーを開こうとしていた食堂の個室だった。

「失礼いたします、ラフィーナさま……」

部屋に入り、ミーアは少し身構える。

そこにはすでにラフィーナと元風鴉（かざがらす）のモニカ、それに警備担当のサンテリの姿が揃っていた。

ミーアが入るや否や、険しい顔をしたサンテリがジロリと睨んできた。

——ああ……、やはりこれは楽しい話ではありませんわね……。うぐ、またお腹が痛くなってまいりましたわ……。

思わずお腹を押さえたミーアを見て、ラフィーナが心配そうに眉根を寄せる。

「もしかして、まだ、お腹が痛むの？」

「あ、ええ、いえ、そんなことは……」

と、途中まで言いかけて、ミーアはふと思う……。

——あ、まだ調子が悪いとか言ったら同情されて、あまり怒られなかったかもしれませんわね。それとも逆に、なんでもなかったと言っておいたほうが大した被害が出なかったということになりますから、そちらのほうが怒られずにいられたかしら？ うう、難しい舵取りですわ。

加害者にして被害者のミーアの立場は実に微妙なのである。

わずかにうつむき、黙り込んだミーアに、ラフィーナは思いのほか優しい声で言った。

「無理せずに座って、ミーアさん。病み上がりに申し訳なかったわね。今日はお腹にいいお茶とお菓子にしたから、無理のないように食べてね」

「で、では……、お言葉に甘えて……」

ミーアは、とりあえず椅子に座って小さくため息……。それから、メイドのモニカが淹れてくれた、変わった香りの香草茶を口にする。

——ああ、とても……、落ち着きますわね……。

ほふぅ、っとため息を吐きつつも、ミーアは今日の方針を決める。

——ともかく、謝罪ですわ。今回のことは、どうにも言い逃れができぬこと。ならば、真摯に謝って謝って、謝り倒す。その中で、なんとか、切り抜ける手段を探すしかありませんわ。

かくして方針は定まった。ミーアは改めてラフィーナのほうを見た。

「このたびは、わたくしが勝手な行いをしてしまいまして……、なんとお詫びをすればいいか……」

それから深々と頭を下げる。

「……そうね。ミーアさん、あなたは勝手だったわ」

ミーアの謝罪を聞いて、ラフィーナは頷いた。けれど、すぐにその顔が悲しげに歪んだ。

「でも、それをさせてしまったのは、私たちのほう。ごめんなさい、ミーアさん」

ともかく謝り倒してこの場を乗り切る算段だったミーアなので、この反応には、いささか虚を突かれる。

「きっとすごく悩んで、考えて、やったのよね？」

「え？　あ、ええ、まぁ……」

小さく頷きつつ、考える……。

――まぁ、確かに……。ラフィーナさまたちに見つかったら止められるから、こっそり入れて、こっそり一人で食べたわけですし……。そういう点では〝ラフィーナさまたちにさせられた〟という考え方もできますわね……。それに、あれが毒キノコかどうか、わたくし、結構悩みましたけれど……。

ラフィーナがなにを言いたいのか、一瞬、考えてしまうミーアであったが、次の瞬間、ピンときた！

それが、どうしたというのかしら？

――ははぁん、なるほど！　読めましたわ。つまり、ラフィーナさまは、わたくしがみなさんに美味しいキノコ鍋を食べてもらうために独断専行した、そのことに対して責任を感じておられるのですわね？

確かに、みなに止められないとわかっていたら、きちんとシュトリナに鑑定をお願いしていただろうし、自分が先行して味見をすることもなかった。

ミーアは目の前に活路が開けたように感じた。細く曲がりくねり、頼りない道ではあったが……。

——行くしかありませんわ……。この細い道を、全力で駆け抜けるほか、ありませんわ！

ミーアは覚悟をして、重々しく頷いてから、

「とてもとても悩みましたわ」

まずは、安直にキノコ・毒キノコを判断したのではないことをアピール！ さらに！

「しっかりと、みなさまのことを考えて、やったつもりですわ」

みんなのことを考えてやりましたよー！ 自分が食べたかったからじゃないですよー!! とアピール！ アピール!!

そうして、情状酌量（じょうじょうしゃくりょう）を狙っていくスタンスである。

実に姑息である!!

そうして、ちらりとラフィーナの顔を見たミーアは手応えを感じる。

——思っていたより、ラフィーナさまは怒ってなさそうですし、こっ、これはいけるんじゃないかしら!?

などと、ミーアが安堵しかけた、まさにその時……。

「まったく、面倒なことをしてくださいましたな。ミーア姫殿下」

厳しいサンテリの声が響いた。

見れば、サンテリが冷たい目でミーアを睨んでいた。

帝国内であれば、ミーアにこのような態度をとることは許されるものではないが……、残念ながらここはヴェールガ公国。聖女ラフィーナのお膝元なのだ。ミーアのわがままが通る場所ではない。

さらに言うならば、普通に考えて、ミーアの行いは咎められて当然、弁護の余地がないほどの大失態なのである。

批判は甘んじて受け入れるしかないミーアは、口をつぐんで、できるだけ反省している〝風〟の表情を作る。

「なるほど。恐ろしい毒キノコを見つけたのは姫殿下のお手柄。その毒キノコを把握していなかったのは、我々の落ち度でございましょう。されど、此度のあなたさまのお振る舞いは、伝統あるセントノエル学園生徒会の名誉を著しく損なうものです。下手をすれば、ヴェールガとティアムーン、双方の国家的問題にもなりかねぬ事態ですぞ？」

ミーア的には、ごもっともです、としか言えない状況である。恐らくルードヴィッヒあたりも、同じようなお小言をぶつけてきたことだろう。

一部の人間以外には、今回の事件の情報は伏せられているとはいえ……、もしミーアの父に知られていたら大変なことになっていたのだ。

ちょっとした戦争が勃発していたであろうことは、疑いようがない。

だからこそ、ミーアは肩を落として、ただただその批判を甘んじて受け入れる構え……だったのだが……。

「このセントノエル島の治安の責任を負う者として、セントノエル学園の名誉を守る者として到底看過できるものでは……」

「黙りなさい。サンテリ」

意外な方向から飛んできた声。

見れば、ラフィーナが鋭い怒りを宿した瞳で、サンテリを睨んでいた。

「あなたにはわからないのですか？　ミーアさんのお考えが……」

「…………へ？」

予想外の言葉に、ぽっかーんと口を開けるサンテリ…………とミーア。

特に、ミーアの驚きは大きかった。

いったい全体、ラフィーナがなにを言い出したのかまるで理解できないミーアである。

「此度のミーア姫の行い……、それは聖人にも匹敵するもの。あなたには、それがわからないのですか？」

「…………はぇ？」

想定外の流れに、ミーアはただただただ、瞳を瞬かせるのみである。

「せっ、聖人ですと？　それは、いったい……？」

解せぬ、という顔をするサンテリ（……とミーア）にラフィーナは静かな口調で言った。

「サンテリ、あなたは本気でミーアさんが、利己的な目的のために、あんなことをしたのだと思うの？」

「そうではない、と……、ラフィーナさまはそうおっしゃるのですか？」

ラフィーナは重々しく頷いて、

「もちろん、違うわ。そうよね？　ミーアさん」

話を振られたミーアも重々しく頷く。

正直なところ、ラフィーナがなにを言っているのか、まったく理解できないミーアであったが、それはそれ……。波に逆らわず、長いものには抵抗なく巻かれていく、ミーアらしさが光る行動である。

ミーアの神妙さを装った顔を見て、満足げな笑みを浮かべるラフィーナ。

「そう。ミーアさんがそんな愚かで、自分勝手なことをするはずがない。悪ふざけや冗談でやったというのも違う。そもそも、おかしいとは思わない？　キノコ狩りに行った先で猛毒キノコを見つけたこと、そこから、わざわざ弱毒性のほうのキノコを持ち帰り、誰にも知られずに、それを秘密裏に鍋に入れたうえに、入れた本人が……、本人だけが、食べる？　こんな偶然があるかしら？　まるで、わざと自分が毒を食べようとして行動したみたいじゃない」

「それは、まぁ……、普通の行動とは思いませんが……」

ミーアさんの異様な行動はサンテリも認めるところである。

「ミーアさんの行動には、しっかりとした目的があったはずだわ」

確信に満ちた口調で、ラフィーナは断言する。

「もっ、目的……。それは……」

ミーアは、固唾を呑んでラフィーナの言葉を待った。今明かされる、〝自分自身〟の行動の裏に隠された驚愕の目的を知るために！

「その目的は……、聖夜祭の警備態勢を改善すること……」

「なっ!?　それはどういう意味でしょうか？　我々の警備に不備が？」

憮然とした顔をするサンテリ。その態度からは、自己の仕事に対する揺らがぬ自負が感じられた。

「ない……とは言えないのではないかしら？　ミーアさんは、毒を〝持ち込めないはず〟の島で、毒を混入させられないはずの場所で作った鍋に毒を入れ……、そして食べたのよ？」

「それは……」

サンテリは一瞬言いよどむも、すぐに首を振る。

「なるほど。確かに、この島の中に毒キノコが生えていたことを見つけたのはお手柄であったでしょう。我々の想定外のことではありました。しかし、たとえこの島で致死性の毒キノコを入手できたとして、それを聖夜祭の警備を破って入れられたとは思いません。状況が違うではないですか？」

サンテリの言を受けても、ラフィーナは厳しい表情を崩すことはなかった。

「そう……、確かに生徒の食べるもの、宴会にて供されるものに入れることは不可能かもしれない。今日以上に厳重な警備態勢が敷かれるでしょう。けれど……、それでは従者の方たちに出されるものに対してだったらどうかしら？」

ラフィーナは上目遣いに、サンテリを見つめる。

「私たち、生徒会の役員に今日ふるまわれたものと、従者たちに聖夜祭の日にふるまわれるもの、どちらのほうが、厳重な監視の下で作られるかしら？」

暗殺が行われるのは、なにも聖夜祭の日に限ったことではない。普段のラフィーナたちに対する警備だとて、十分に厳重なものなのだ。

だから、聖夜祭の日の従者たちへの警備と、どちらが厳重かと問われれば前者としか答えようがないサンテリであるのだが……、

「しかし、従者……でございますか？」

怪訝そうな顔で、サンテリは言った。

「それは、確かに、従者の者たちに供されるものであれば、毒物を混入することも可能かもしれませんが……、その者たちに毒入りの料理を出すようなことを、下手人がいたしますでしょうか？」

「国の要人を殺害し、その国に混乱を引き起こすという目的なら、それをする意味はないでしょうね。

けれど、我がセントノエル学園の評判に傷をつけるためだったら、どうかしら？」

それはサンテリ自身が言ったことだ。今回のような不祥事は、セントノエル学園生徒会、栄えあるその名誉に傷をつけることになる、と。

「もしも、これで各国の従者たちが、このセントノエルで殺されたとしたら？　混沌の蛇と戦うために、みなをまとめ上げる立場のヴェールガ公国が、そのような失態をしてしまったら団結に亀裂が入ってしまう……。そうは思わないかしら？」

ラフィーナは静かに瞳を閉じて言った。

「ミーアさんは、その危機を証明してくれたのよ。体を張ってね」

「まさか……。大帝国の姫君が、そのようなことをするはずが……」

サンテリは驚愕の表情で、ミーアを見つめる。突然、視線を向けられて、油断していたミーアは、一瞬混乱。手でも振っておこうかしら……、などと手を上げかけたところで……、ラフィーナの声が遮った。

「いいえ、ミーアさんならば、やるわ……。他の誰かが傷つくぐらいならば、自分が傷つくことを選ぶ。ミーアさんは、そういう人よ……」

そういう人ではないミーアとしては、「そ、そんなに持ち上げられても……」などと思わなくもなかったが……、当然、口にはできない。

長いものには巻かれるのがミーアの基本戦術なのである。

ラフィーナがそう言うなら、そうなのだ！

「あなたもよく知っているでしょう、サンテリ。大切な友のために命を捨てる。これ以上に大きな愛はないと、中央正教会の聖典には、そのように書かれているわ。けれど、それを躊躇（ちゅうちょ）なく実践できる者が、はたしてどれだけいるかしら？　警備の不備、毒殺の危険性を明らかにするために、自ら毒キノコを食べる……。誰かのために……従者のために、平民のために……、それができる人がいるかしら？」

なんだか、自分に対する評価が危険な水域まで上昇しているのを感じないではないミーアだったが……、反論などしない。

ラフィーナがそう言うなら、そうなのだ！

――ミーアさんという方は、誰かのために毒キノコを進んで食べる、自己犠牲の人……。どこのミーアさんか知りませんけれど、ラフィーナさまが言うことに間違いなどございませんわ！

自分にそう言い聞かせるミーアである。

「実は、生徒会で相談していたの。聖夜祭の警備に不安がある、と。そうしたら、ミーアさんが、この件は任せるように言ってくれた、そして、あなたをあの鍋パーティーに呼ぶように進言してくれたの」

そっと胸に手を当てて、ラフィーナは、

「だから、今回の騒動はすべて私のせい……。もしも責められるべき人がいるとするなら、私よ」

静かな、穏やかな声で言うのだった。

――自己犠牲、か……。懐かしい、言葉だ。

ラフィーナの話を聞きながら、サンテリ・バンドラーは、ふと遠い昔のことを思い出していた。

彼は、もともとは公国の衛兵だった。

幼き日より、聖典を固く信仰していた彼は、将来は聖職者になることを嘱望されていた。けれど、彼が選んだのは公国軍の衛兵という道だった。

聖典の教えである《自己犠牲の精神》が、自らの身を盾として貴人を守る衛兵と重なるように、彼には思えたからだ。

そうして、彼は衛兵となり、栄えあるセントノエル島の警備主任にまで上り詰めた。

この数十年、誠心誠意、自己の仕事に邁進してきたという自負はあった。けれど……、いつからだろう？　そこに、驕りの心が入ってきたのは……。

――神の教えに従って人々を守るために仕えてきたつもりだったが……、いつの間にか、自らのなしてきた仕事を神としていたのか……。

まさか、年端もいかぬ少女に自己犠牲を強いてしまったのが、自分自身だったとは……。

どこか、悄然とした顔で、サンテリは、ミーアに頭を下げた。

「私が頑迷なばかりに、ミーア姫殿下に多大な苦痛を強いてしまったこと、謝罪のしようもございません」

それから、サンテリはラフィーナに顔を向け、やはり深々と頭を下げた。

「ラフィーナさま、私を、どうか警備から外していただきたく……。また、必要とあらばいかなる罰も受ける覚悟にございます」

「ダメよ、サンテリ。残念だけど、それは認められない」

サンテリの覚悟の言葉は、けれど、ラフィーナによってあっさりと却下された。

「なぜです……？　ミーア姫殿下に、毒キノコを食べることを強いてしまったのです。責任を取らなければ……」

「確かに身を引くことは潔い態度といえるでしょう。自らの行動に罪の意識をもってしまったのなら、罰を求めようという心情も理解はできます。けれど……、ミーアさんは、そんなことを望んでいないわ」

そうして、ラフィーナはミーアに顔を向けた。

「え？　ああ、ええ……。そうですわね……」

完全に置いてけぼり状態だったミーアは、急に話を振られてわずかに慌てる。

気分を落ち着けるために、目の前のお茶に手を伸ばして一口。

ほふぅっと息を零しつつ、考えをまとめる。

――まぁ、わたくしが勝手に毒キノコを食べてしまったせいで、この方を辞めさせるのは、後味が悪そうですし……。後で、もしも適当な考えで毒キノコを食べたことがバレたら……、それこそ大変なことになりますわ。

常に最悪な事態に備える。それこそが、小心者の戦略というものである。

自分勝手な理由で忠臣を解雇させられたと知ったら、ラフィーナはきっと怒るに違いない。

それは怖い！　想像しただけで、お腹が痛くなってくる。

――ここは、後でバレても大丈夫という形を作っておいたほうが、きっと心休まるというものですわね。同時に、あまり掘り返されないよう蓋をしてしまえれば、なおよいというもの。

となれば……。

素早く計算を整えて、ミーアは聖女のごとく穏やかな笑みを浮かべた。

「わたくしは、〝勝手に毒キノコを食べた〟という罪を、ラフィーナさまに許していただきました」

まず……、自らの勝手な行動を不問に付すことを〝既成事実〟としてしまう。それに加えて、

「わたくしは、別にそうだと思いませんが、ラフィーナさまは、わたくしに罪悪感を覚えておられる

ご様子。ですから、わたくしは、あえて、ここに宣言いたします。ラフィーナさまのわたくしに対する罪を許すことを」

ラフィーナが今回のことを気に病んで、おかしなことをしないように釘を刺す。この話は、これでおしまいにして蒸し返さないように！　という配慮である。

不都合な真実に、「それはもう終わったこと」という、蓋をしてしまおうというミーアの力業が光る。

そして、その仕上げとして……。

「わたくしも、ラフィーナさまも許されるのであれば、あなた一人に罪を背負わせることはフェアではないと考えますわ。だから、あなたもまた、許されるべきですわ」

サンテリのせいにしてこの場を乗り切れば、きっと後に禍根を残す。

責任を取らされた者には後々まで不満が残り続け、それに突き動かされて、なにかのきっかけで過去を掘り起こそうとするかもしれない。

それではまずいのだ。ミーアの理想は、みんなで有耶無耶にすることである。

仮に、掘り起こされても問題にはならないようにしつつ、掘り起こす気にもさせないようにする。

二重三重に蓋をして、それから、やりきった顔でミーアはサンテリを見た。

そして、ふと気付く。

サンテリの頑固そうな顔が、わずかばかり崩れていることに。それは、たとえて言うならば、そう……、固い雪が溶け、その下から柔らかな土が覗いているかのような……そんな印象だった。

もしかしたら、今ならば……。

ミーアは急遽、ここで付け足すことにする。

「ただ、一つだけ言わせていただけるならば……、わたくしは、あなたの仕事に敬意を払っておりますわ」

まず、ヨイショ。これが基本である。そのうえで、

「そして、これからも、その仕事に全身全霊をかけて邁進することを期待いたしますわ」

種を蒔く。

サンテリの仕事は、ミーアたちの命に直結する大切なものだ。だからより一層、熱心に励んでもらえるなら、それに越したことはない。

――今ならば、警備に手を抜くなと言っても素直に聞いてもらえそうな雰囲気ですし……、それにもしかしたら、サンテリさんの警備に気合が入ることで、わたくしの暗殺が防がれることだって……。

聖夜祭における、自らの死亡を防ぐべく、打てる布石はすべて打つ。

小心者の戦略である。

「ああ……なるほど。確かに……」

ミーアの言葉を聞いたサンテリは、一瞬、呆けた顔をした後、

「確かに、あなたは聖人の名に相応しい方だ。であれば、このサンテリ、そのお言葉を胸に刻み、職務に当たろうと思います」

ミーアの前に片膝をつき、誓いの言葉を述べたのであった。

サンテリ・バンドラーは、その生涯をセントノエル島の警護のために費やすことになった。

この老警備主任は、常々、若い者の意見を聞きたがり、決してそれを軽んじることがなかったという。

「私は、自分より知恵のある者がいることを知っている。経験を重ね、老年になった自分の思考が硬

直しがちであることも知っている。だからこそ、経験が不足していようとも、柔軟な思考を持った若者の考えを真剣に聞かなければならない。あらゆる不測の事態に対処できるよう、あらゆることを検討し、常に視野を広くもたなければならない」

その老人の信条は、セントノエルの警備の礎となり、島の治安はより一層、強固なものとなっていくのであった。

第十七話　シュトリナにはお友だちがいない

シュトリナ・エトワ・イエロームーンは、可憐な少女だった。

いつでも花が咲くような笑みと、鳥が歌うような声で、心が弾むような話をしてくれる。

たくさんの人に囲まれて、可愛がられる、愛らしい少女だ。

事実、社交界に顔を出せば、彼女の周りにはいつでも人がいた。

……でも、彼女には友だちはいなかった。なぜなら……、それは。

「まさか、ミーア姫殿下ご自身が、偽ヴェールガ茸を食べるなんて、予想外だったわ」

一日の終わりが近づく夜の時間。

それは、日の光を恐れる悪人が、悪だくみをする時間……。

シュトリナは、自室で髪を整えてもらっていた。

しゅ、しゅっとリズミカルに、髪をすく音が響いていた。

椅子に腰かけたシュトリナ、その美しい髪を従者であるバルバラが丁寧に手入れをしていた。ベテランのメイドに相応しく、その手際は見事なものだった。

「まったく、最悪ね。まさか、火蜥蜴茸が見つかってしまうなんて……」

手鏡で、自らの髪が整えられていくのを見ながら、シュトリナは、ふと思う。

そういえば最近は、お風呂に入る回数が増えたな、と。

皇女ミーアに近づくため、入浴に適した薬草を探したり、ミーアの妹分であるベルと一緒に、お風呂に入ったり……。

そんなことをしていたせいか、シュトリナの髪は今まで見たことがないぐらいにキレイに輝いていた。

——まぁ、そんなのは、どうでもいいけど……。

シュトリナは、瞳を閉じて話を続ける。

「お父さまから、なにか連絡は？」

「最近は、皇女ミーアの手の者の監視が強化されているらしく、迂闊に連絡を取れないとのことです。手紙なども、恐らくは監視の対象でしょう」

「あら、失礼な人たちね。愛娘からお父さまへのお手紙も覗かれているなんて……」

もちろん、手紙に危険なことを書く際には、イエロームーン家に古くから伝わる暗号を用いて書くようにはしているが……。それでも油断はできない。

相手は、かの帝国の叡智の配下なのだから。

「お父さまが、その者たちを始末してくださるまで手紙でのやり取りは危ないかな。ああ、面倒くさい」

ため息をこぼすシュトリナ。そんな彼女に、バルバラの感情のない声が尋ねる。

「なぜ、あの場でミーア姫殿下を始末してしまわなかったのですか？」

「あの場で？　あの二人を、リーナ一人で殺せばよかったって、そう言うの？」

「シュトリナお嬢さまであれば、それも可能であったのではないかと……」

探るような上目遣いで見つめてくるバルバラに、シュトリナは笑みを浮かべた。

「殺すだけならもちろんできるわ。でも、あそこで殺してしまったら、捜索に来た者たちに火蜥蜴茸（サラマンドレイク）が見つかってしまうでしょう？　それにリーナが疑われてしまうわ。それは、意味がないことでしょう？」

あの時、シュトリナにできたことは、ほとんどなかった。

生徒会のメンバーに火蜥蜴茸（サラマンドレイク）を見つけさせないこと、あるいは見つけたとしても、それが猛毒のキノコであると知られないこと……。

それ以外に、聖夜祭における毒殺テロを成功させる道はなかったのだ。

帝国の皇女、ミーアを殺してしまえば、その死は必ずや注目を集める。

仮に崖からの転落死を装ったところで、辺り一帯を調べられることは目に見えている。皇帝は愛娘、ミーアの死に怒り、悲しみ、公国に徹底した調査を要求するだろう。

その結果、シュトリナに疑いの目が向くかもしれない。

もし、そうなれば……、暗殺計画を実行することなど、できるはずもない。

「それでは意味がないって、リーナは思ったのだけど、間違っていたかしら？」

小首を傾げるシュトリナに、バルバラは無言で視線を送っていたが……。

「なるほど、ご賢明な判断であったかと……。さすがはシュトリナお嬢さま」

小さく頭を下げると、バルバラは、無言でシュトリナの後ろに回った。そうして、彼女の美しい髪を櫛で整えていく。

「しかし、やはり皇女ミーアは邪魔ですね……。このままでは、我々の計画の邪魔になることは確実でございます」

「そうね、なんとかしないといけないって、リーナも思ってるわ」

歌うような、朗らかな口調で、シュトリナは言った。

「おや……、お嬢さまもそうお思いですか？」

対して、バルバラは、わずかながら意外そうな顔をした。

「あら、当たり前でしょう？　帝国の立て直し、レムノ王国の革命阻止に続いて、今回のことですものね。計画をこれだけ潰されたんですもの。なんとかしなきゃって、誰でも思うわ」

「そうでしたか。それは好都合。であれば、聖夜祭の暗殺の標的を皇女ミーアに変える、ということにも、ご同意いただけますか？」

その言葉には、さすがのシュトリナも驚いた顔をした。

「簡単に言ってくれるわね。毒を手に入れる手段もなくなったし、いったいどうやって、ミーア姫殿下を手にかけろというの？」

肩越しに振り返るシュトリナ。すると、バルバラが、抱きすくめるように、首筋に腕を回してきた。

「これを……お使いになればよろしいではないですか」

なにかをシュトリナの首に巻き付けた後、バルバラは身を離した。

あとに残されたもの、シュトリナの首にかかっていたもの……、それは、ベルがプレゼントしてくれた馬(トローヤ)のお守りだった。

「あの少女は、皇女ミーアのお気に入りなのでしょう？　利用するつもりだと、お嬢さまも言っておられたではないですか？　それをつけたところを見せて、喜ばせて……甘い言葉で心を操ればいい。心を支配するは、我々、蛇の得意とするところ……そうではありませんか？」

「でも……」

なにかを言いかけたシュトリナだったが、まるで、それをかき消すように、バルバラが言った。

「今までだって……幾度もやってきたことでしょう？」

それを聞き、すとん、とシュトリナの顔から、表情が消える。

対照的に、バルバラはねっとりと笑みを浮かべた。

「大丈夫、上手くいきます。この、バルバラがついております」

まるで、蛇が笑うかのように……。


シュトリナ・エトワ・イエロームーンは、可憐な少女だった。

誰からも愛され、大切にされるはずの少女には、けれど、友だちが一人もいなかった。

なぜなら彼女が、お父さまに言われて親しくなる子は……彼女のお友だちは、みんな破滅していったから。

父親が死に、母親が死に、時にはお友だち自身が……。

でも、シュトリナは別に悲しいとは思わなかった。相手は自分と同じ貴族だ。友誼(ゆうぎ)を結ぶのには、必ず裏があるし、贈り物には打算がある。きっとそうだ。そうに違いない……。

だから……、いなくなったって気にしない。

悲しくもないし、つらくもない……。

お友だちが彼女の前からいなくなった時、その子からもらったプレゼントを捨ててしまうのが、いつしか、シュトリナの習慣になっていた。

――今までも幾度もやってきたこと……。また、捨ててしまえば、なんとも思わない。

そうしてシュトリナは、首にかけられた馬のお守りをギュッと握りしめるのだった。

第十八話　死闘！　……死闘？

一方、ミーアが毒キノコでうんうん唸っている頃……。

ルードヴィッヒとディオンは馬車の中にいた。

ジルベールとの会合の後、イエロームーン公爵家の危険性を実感したルードヴィッヒはすぐさま行動を開始した。

情報収集と同時に分断工作を仕掛けるのだ。

それは巨大な集団に敵対する際の常套(じょうとう)手段だった。その集団が大きければ大きいほど、一枚岩ではあり得ない。圧力をかけるにしろ、友好関係を築くにしろ、アプローチのしようはいくらでもある。

イエロームーン公爵家が、帝国に敵意を持つ者たちに対する誘因装置なのだとしたら……、そこに集うすべてを敵として扱うことは愚かなこと。

そうしてルードヴィッヒが一番に目を付けたのが、中央貴族から疎外されている辺土貴族たちだった。

味方がいないがゆえに、イエロームーン公爵家に身を寄せる者たちであれば、ほかに受け皿を作ってやれば、離反させることも可能なはず。

そして、辺土貴族に呼びかけるべく、ルードヴィッヒが協力を求めたのが、ルドルフォン辺土伯だった。

「日が落ちてしまったか……」

馬車の外を覗き見たルードヴィッヒは、小さくため息を吐いた。

目的地までの道のりは、そこまで険しくはないとはいえ、月明りを頼りに進むには危険が伴う。

夜営するのが普通という状況ではあったが……。

「少し速度を落としてそのまま進もう。今は時間が惜しい」

御者に指示を出すルードヴィッヒにディオンが頷いて見せた。

「ああ、そうだね……。そうしたほうがいい。ついでに言うと……」

それから、ディオンは、わずかに瞳を細めて……。

「速度も落とさないほうがよさそうだけどね」

「どういう意味だ？」

ルードヴィッヒが眉をひそめた直後、遠くで荒々しい獣の咆哮が聞こえた。

「なんだ、今のは？」

思わず口にした疑問に答えるように、馬車の横に護衛の騎兵が馬を寄せてきた。

「どうした？」

鋭く端的なディオンの質問に、答える兵の声もまた短く、誤解のしようのないものだった。が……。

「どうやら、狼が襲ってきたようです」

ルードヴィッヒは思わず、耳を疑った。ついつい、聞き間違いではないか、と聞き返してしまう。

「狼？　こんなところでか？」

兵士は頷いてから、後方に火矢を放った。

綺麗な軌跡を残して飛んだ矢は、地面に刺さる一瞬、周囲のものを照らすように爆ぜた。

その瞬間、確かに見えた。

黒く巨大な狼の影……、その数は三つ。

「帝国内に人を襲う狼の群れがいるとは……、聞いたことがなかったが……」

怪訝そうにルードヴィッヒが眉をひそめた。

「……いや、ただの狼じゃなさそうだ。微かだが……、馬の足音が聞こえるよ」

ドアを開け、馬車から半身を乗り出したディオンは後方に目をすがめる。と、次の瞬間、流れるような動作で弓を構えた。きりきりと弦を引き絞り……放つ！

続けざまに三本。

夜闇を切り裂き矢が向かう先、狼たちの間、そこに、ギラリと、鈍い光が瞬いた。

それが、月明かりを反射して輝く刃であることに、刹那の後に気が付いた。

再び、護衛の騎士が火矢を放つ。それが、空中で真っ二つに切り落とされた。

「黒い馬に乗った男……か？」

馬車の中から後方をうかがっていたルードヴィッヒが小さくつぶやく。

「へぇ、やるなぁ。この闇の中で、矢を弾くか……」

上機嫌に口笛を吹きながら、ディオンが笑った。

「敵は一人か？」

「たぶん。まぁ周りを操った狼に固めさせてるっぽいから、厳密には一人とも言えないけれど……」

「狼使い、ということか。変わっているな……。しかし……こちらが邪魔になっていよいよ暗殺者を送ってきたということか。一人で来るというのは、いささか不自然な気もするが」

首を傾げるルードヴィッヒに、ディオンは小さく肩をすくめた。

「別に不思議なことじゃない。僕でも十人程度なら、護衛を皆殺しにして邪魔者の首を切り落とせるからね。敵にも同じような実力者がいても、まぁ不思議はないさ」

それから彼は、馬車の周囲にいた三人の護衛兵に声をかける。いずれも、元ディオン隊に所属していた腕利き揃いの兵士たちであったが……。

「お前たちは、ルードヴィッヒ殿を守りつつ、ルドルフォン辺土伯領に退避。伯に保護を求めろ。この御仁に、傷一つ、つけるんじゃないぞ」

「ディオン隊長は、どうされるので？」

「ははは、ここで楽しい楽しい足止めだよ。ああ、馬を一頭借りていこうか」

「お一人で、ですか？」

心配げに尋ねてくる兵に、ディオンは小さく首を振った。

「敵は手練（てだ）れだ。正直、僕以外だと、厳しいよ」

馬車の隣を走っていた護衛騎士から馬を譲り受けると、ディオンは笑いながら言った。

「では、ルードヴィッヒ殿、しばしのお別れだ」

「貴殿のことだから、大丈夫だとは思うが……」

「無論さ。というか、本当のことを言うとね、楽しそうな相手だから、僕が相手をしてやろうというだけの話なんだよ」

ニヤリと皮肉げな笑みを浮かべて、ディオンは言った。

「だから、むしろ気をつけてもらいたいのは、ルードヴィッヒ殿のほうでね。僕がいなくても討ち取られたりしないでくれよ」

それから、ディオンは剣を引き抜き、意気揚々と馬首を返した。

すぐさま、疾走する三匹の狼が、ディオンに向かい一斉に飛びかかってくるが……。

「すまないな、生憎と獣との戦いはさんざんやってきて飽きてるんでね」

その牙を難なくかいくぐり、ディオンが向かうはその陰。狼たちをディオンにぶつけ、自身は馬車に向かおうとしていた黒馬の暗殺者のほうだった。

夜闇を身にまといし黒馬、その上に騎乗した男もまた、漆黒のローブを身にまとい、黒い覆面で顔を隠していた。

表情のうかがい知れぬ暗殺者に、ディオンは狙いを定めて、剣を一閃(いっせん)！

鉄の鎧(よろい)ごと切り裂くような重たい斬撃！　敵は、それをかろうじて回避する。

自らの体の一部のように馬を駆る男に、ディオンは楽しそうに笑いかける。

「やぁ、いい腕だ。僕の剣をまともに受けなかったのは、特に賢明な判断だね」

笑いながら馬首を返す。と、暗殺者も、動きを合わせるように綺麗に方向転換してくる。

一合、二合、三合、四合。

刃が交わされ、火花が散る。

打ち合ってみて、ディオンは……、すぐに自らの不利に気付いた。

——へぇ。驚いた。馬上では僕のほうが不利か。力ではこちらが上だけど、速さと馬の扱いは完全に負けて……っ！

直後、唐突に暗殺者の剣が突き出された。

流れるような華麗さで放たれた刺突は、ディオンの脇腹を深々と貫き通し、背中から刃が飛び出した——ように見えたのだが……。

ニヤリ、と笑みを浮かべて、ディオンは言った。

「まぁ、なにも相手に有利な環境で戦ってやることはないよね」

よく見れば、刃はディオンの脇腹をかすめたのみ。むしろ、暗殺者の腕はがっちりとディオンの脇に固められていた。

「しばしお付き合いいただこうか？　なぁに、お互い軽装だし、まぁ、馬から落ちたぐらいでケガをするほどヤワでもないだろう？」

そうしてディオンは、真後ろに身を投げ出した。暗殺者の腕をこれ以上ないぐらいにがっちりと掴んだまま……、その体は大地へと落ちていき……。

もつれあうようにして落下した二人であったが、そのまま地面に叩きつけられるようなことはなかった。

空中で身を離して互いに着地。すぐさま、斬撃を交わして、一歩距離を取る。

「さ、それじゃあ、人間らしく、この大地の上で切り結ぼうじゃないか。互いに命尽きるまで、心ゆくまで殺しあおう」

ディオンは、もう片方の剣を抜き放ちながら、笑みを浮かべる。

「それで、暗殺者くん、名乗り上げは必要かい？」

直後、覆面の男が動く。

工夫のない正面からの突撃、繰り出された斬撃を刃で受け止めつつ、ディオンは上機嫌に口笛を吹く。

「背後に回らせた狼から目を逸らすために馬鹿正直に突撃してきた、か。よく考えられてるね」

後方から、ざくっざく、とすさまじい速度で迫ってくる狼たちの足音。

荒々しい息遣いを聞きつつ、ディオンは笑った。

「連携が取れた動きだ。どうやって獣を操っているのやら……」

直後、ディオンは目の前の相手に向かって前蹴りを放つ。その反動で後方に飛び、反転しつつ、剣を横薙ぎに一閃。

月明りを反射して閃く斬光、それは、獣である狼たちさえ怯ませる研ぎ澄まされた殺気。

立ちすくんだ狼たちを一瞥し、ディオンは小さく肩をすくめる。

「やれやれ、さすがは獣というべきか、それとも、しょせんは獣というべきかな。僕の間合いに入らなかったのはさすがだけど……、あのまま突っ込んでいれば、一匹は僕に食いつけていたかもしれないのにね。身の捨て所を知らぬ……、しょせんは獣だ」

ディオンは右の剣を肩に担ぎ、左の剣を、びゅんと振って見せた。

「まぁ、でも、もし捨て身できたら、すべて切り捨てられた可能性ももちろんあるわけだけど、ね……」

睨みつけると、狼たちが一歩引いた。

これにて、どちらが強者かの格付けは済んでしまう。獣にとって、その上下関係は大きな意味を持つ。

絶対的強者に意志の力で挑もうなどという無謀をやらかせるものは、人間以外にはいないのだ。

「さて、それじゃあ、続きをやろうか」

そうして、ディオンが視線を戻した……直後、男が不意に、後ろに引いた。

「あれ？」

一瞬、きょとんとしてしまうディオンだったが、豪速で走ってきた黒馬に男が飛び乗るのを見て、額を叩いた。

「ああ、しまった。馬のことを忘れてたな……狼を使って戦おうなんてやつだから、馬にだって、そのぐらいの芸当をやらせるか」

ふと見れば、狼たちの姿もすでになかった。

「見事な引き際だな。まぁ、このぐらい時間を稼げば、ルードヴィッヒ殿も逃げきっているだろうけど。それにしても無口なやつだったな……。声ぐらいは聞いてやろうと思ったのに一言もしゃべらなかったか……。それに……」

ディオンは辺りを見回して、小さく肩をすくめた。

「さてさて僕のほうの馬はどこに行ってしまったのやら……」

第十九話　愚か者で、弱虫な詐欺師の述懐

帝都近郊、中央貴族領地群の東に位置する場所。

イエロームーン公爵領、その領都の一角に、領主の館は建っていた。

帝国を代表する四大公爵家のものにしては、いささか小さめなれど、それでも、一般的な貴族とは比べるべくもない大きなお屋敷。

その中庭の、数多の花々に囲まれた庭園に、一人の男がたたずんでいた。

年の頃は五十代の半ばといったところだろうか。その体は年相応に丸みを帯びて、腹などは、ぽんにょり突き出ている。

どこかのFNY皇女がサボった末の姿を、思わず幻視してしまいそうになるFNY体型である。

きょときょとと、落ち着きなく動く小さな目、その下には色濃く隈ができていた。

「……しかし、それは……、だが、ぐむ……毒キノコ……」

ぶつぶつと何事かつぶやきつつ、その男、ローレンツ・エトワ・イエロームーン公爵は、庭園の中をウロウロと、落ち着きなく歩き回っていた。

不意に、こつ、こつ、という固い足音が近づいてくる。

現れたのは老境の執事だった。姿勢正しく自らの主のそばまでやってきた執事は、恭しく頭を下げた。

「失礼いたします。お館さま」

生真面目な呼びかけに、主たる男……ローレンツは、ビクリと肩を緊張させる。けれど、すぐに相手の正体に気づき……。

「あ、ああ……ビセットか。驚いた。ついつい考え事にふけってしまっていた……」

バツの悪そうな笑みを浮かべるローレンツに、執事、ビセットは厳格な表情を崩さない。

「それは、ご思索にふけっておいでのところ、申し訳ございません。急ぎでご報告したきことがあり参上いたしました……。失礼ですが、もしや、昨晩からずっと、ここに？」

「う、うん、まぁ、ね。なにせ、一大事だから、悠長に寝てなんかいられないよ」

気弱そうに言って、ローレンツはふわぁ、っと欠伸をした。

「では、眠気覚ましにお茶を淹れて参りましょう。報告は、その後で……」

「ああ、すまないな……、ビセット」

そう言って踵を返す執事に、ローレンツは深々とため息を零すのだった。


「しかし、お館さま。少しはお眠りになりませんと……、お体に障ります」

戻ってきて早々、ビセットは苦言を呈した。けれどローレンツは、それに苦笑いを返すばかりだ。

「あ、ああ、そうしたいのだけどね……。私は詐欺師だからね。それも、あまり優秀じゃない詐欺師だから、欲しいものを手に入れるには知恵を絞らないといけないんだ」

目元をぐりぐりと拳で押しながら、ローレンツは言った。

「なにせ、聖夜祭までに時間がない。頭を使える時間は限られている……」

「実は、その聖夜祭のことでご報告がございます」

執事の言葉に、ローレンツはビクッと肩を震わせた。

「どうした？　なにか、状況に変化が……」

「はい。実は、例の森にある毒キノコ……、火蜥蜴茸が、ミーア姫殿下によって発見されたとのことです」

「あー……」

ローレンツは天を仰ぎ……、その後、気弱な笑みを浮かべた。

「まいったな……。そうか、帝国の叡智……。ミーア姫殿下とは、それほどなのか……」

笑うしかないと言った様子で、ローレンツは言った。

「やれやれ、本当にすごいな。ミーア姫殿下は……。私など、知恵を振り絞っても、ただただ、先延ばしにすることしかできなかったのに……。しかも、その尻拭いを娘にさせるなんて、最低なことまでやっているのに……。本当に、大したものだ……。それで、それ以降の情報は、まだ入ってきていないか？　バルバラは、どうするつもりなのだろう？」

「残念ながら、不明です。ミーア姫殿下の家臣団が、なかなかに優秀なようで。それに、帝国内の鳳鴉が一掃されてしまったことが痛手でした」

「あ、ああ、そうだった。あれも、ミーア姫殿下がやったことか。いや、すごいな、本当に」

首を振りつつ零す、ローレンツのため息は深い。

「それと、どうやら、狼使いは、失敗したようにございます」

「連戦連敗じゃないか。まぁ、ミーア姫殿下の剣は優秀だという話だから、驚くには値しないだろうけど……。しかし、蛇ご自慢の〝狼使い〟が失敗するとは……。それはさぞや彼らも慌てているのだろうな」

「危うく討ち取られるところだったとかで……。どうやら、狼使いを一度呼び戻したいとのことですが……」

「そう……か」

おどおどと、視線を彷徨(さまよ)わせつつも、ホッと安堵の息を吐くローレンツ。だったが……。

「まぁ、その決定を我々がどうこうできるわけでもなし。きちんと協力して国外に出して……」

不意に、その顔に真剣な色が宿る。

「呼び戻す……、方向としては……、セントノエル、ヴェールガを経由して……」

ぶつぶつとつぶやきだしたローレンツを、ビセットは黙って見つめていた。

そんな視線に気付いたのか、ローレンツは、再び、普段通りの気弱な笑みを浮かべた。

「しかし、いつも苦労をかけるね。ローレンツは、君も、そろそろ故郷が恋しいんじゃないかい？　本当なら、あの時に、彼らと一緒に帰ってもよかったんだけど……」

「あなた様から受けたご恩をお返しするまでは、帰ることはないでしょう。それに……」

ビセットは、わずかばかり、表情を緩めて言った。

「いえ、お館さまのもとで働けることを誇りに思っております」

「お世辞はいいよ。私は、弱虫で愚か者で、嘘つきだ。だから、ちっぽけなものを手に入れるためですら……、すべての知恵を傾けなければならないんだ」

ローレンツは、再び考え込んで……。しばらくしてから言った。

「私の頭では、とてもではないが情勢は読み切れない……。だが、セントノエルで事が起きるかもしれない。こちらも打てる手は打っておくとしようか……」

第二十話　ミーアの憂鬱～ミーア姫、背徳の限りを尽くすことを決意する！～

秋も深まり、徐々に冬の足音が聞こえるような寒い一日。聖夜祭を一週間後に控えたある日のこと。

ミーアの部屋には、友人のラーニャ・タフリーフ・ペルージャンが訪れていた。

ペルージャン農業国では、毎年、聖夜祭に、自国の果物で作ったお菓子を提供している。各国の王侯貴族の子弟が集まるセントノエルである。クロエなど商会の関係者も多いため、目をつけてもらえれば、大きな商売に発展する可能性が高い。

そんなわけで、ペルージャンの姫君たちは気合を入れて、例年、新商品のお菓子を売り込んでいくのである。

この日、ラーニャは聖夜祭に出す予定のお菓子を持参して、ミーアの部屋に来ていた。ミーアに食べてもらって、アドバイスをもらうというのが表向きの理由であったが……、本当の目的は別にあった。

それは……。

「あの……、アンヌさん、少しよろしいですか？」

つつがなくお茶の時間が終わり、ミーアの部屋を出たところで、不意にラーニャが立ち止まった。

見送りに出てきたアンヌに、ひそめた声で尋ねる。

「はい、なんでしょうか？」

首を傾げるアンヌに、一瞬、躊躇した様子を見せたラーニャだったが、やがて意を決して口を開いた。

「ミーアさま、お元気がなさそうでしたけど、どうかされたんですか？」

実のところ、ラーニャがお菓子を持参してきたのも、ミーアを心配してのことだった。

最近、ミーアは元気がないのだ。

いつも沈んだ顔で、気付けば憂鬱そうにため息を零している。

今日も、お菓子で元気になってもらおうと、選りすぐりのものを持ってきたラーニャであったが……。

「ミーアさまが、お菓子を残されるなんて初めてだったから……私、動揺してしまって……」

そう、先ほどミーアのお皿には、きわめて珍しいことにお菓子が残されていた。

いつも完食し、器用にも欠片も残さずに平らげていたミーアが……、である。

ちなみに、本日出されたのは、フルーツをふんだんに使ったパイだった。ミーアが残したのは、パイ生地の端っこの部分、ちょっぴり固くなってる部分である。甘くて柔らかい部分はちゃっかり食べているあたりは、さすがミーアである。

まぁ、それはさておき、最近、ミーアに食欲がなさそうだということは、すでに周囲の者たちも知るところとなっていた。

食堂でも必ず一口分程度は、いつでも残すようになってしまい、厨房のスタッフも心配していた。

「もしかして、毒キノコでお腹を壊した影響がまだ残ってるんじゃ？」

などと気を利かせて、消化に良いものを作ってくれたりもしたのだが、その追加の料理も、やっぱり一口分程度残してしまっていた。

パンの一欠片も残さない主義のミーアにしては、これはとても珍しいことだった。

ちなみに、すでにお気付きのこととは思うが、通常の料理九割と、追加の料理を九割食しているので、食べている量としては増えているのだが……。

食べ物を残さないはずのミーアが残したというイメージが強すぎるため、その真実に気付く者は、残念ながら一人もいなかった。

「お心遣い、感謝いたします。ラーニャ姫殿下」

アンヌは深々と頭を下げて、それから、苦しげに顔を歪めた。

「ですが、私にもわからないのです。情けない話ですが……、ミーアさまが、なにかに悩んでおられることは確かだと思うのですが……、私にお話しくださらないんです」

「そう……ですか」

ラーニャは、心配そうにアンヌの顔を見つめていたが……。

「きっとなにか理由があるんだと思います。ミーアさまのことですから。だから、あまり気落ちしないでください。私のほうでも、元気を出していただけるように、いろいろと考えてみますから」

そう言って去っていくラーニャに、アンヌは深々と頭を下げた。


部屋に戻ると、ミーアがぼんやり、窓の外を眺めていた。

はふぅ、と切なげなため息を零すミーアに、アンヌは悲痛な表情を浮かべる。

「ミーアさま……」

思い出すのは、ミーアが毒キノコを食べて倒れた時のことだ。

——あの時、ミーアさま、約束してくださらなかった……。死地に赴く時に、私の同行を許してはくださらなかった。

アンヌは、ちゃんとミーアの言葉を聞いていた。一言一句、聞き逃さないように聞いていて、そして、ミーアが、あえて言及を避けたことにも、きちんと気が付いていたのだ。

——もしかしたら……、近々、あの時みたいに危険なことが起こるのかもしれない。それで、ミーアさま、不安で……、でも、私のことを巻き込まないようにって、一人で抱えこんでおられるのかもしれない。

さらに、ここ最近、アンヌには気になることがあった。それは……。

——最近、ミーアさま、少しお肌が荒れてる気がする。もしかして……、なにか心配事があって、寝てないのではないかしら……？

そのことに気付いてから、何度か夜中に様子を見に行ったことがあったが、その時にはぐっすり眠っているように見えた。でも……。

——ミーアさまのことだから、私に心配させないようにって、弱ってるところを見せないということだって考えられるわ。ミーアさま、そういうところあるから……。

……そうだっただろうか？　割と、アンヌには弱味を見せまくっているような、そんな気がしないではなかったが……。

それはともかく、アンヌはミーアのことを大変心配していたのだ。心から心配していたのだ。

だが……、ミーアが、本当に夜も眠れぬほどに悩みぬいていたのかというと……。

実はそんなことはなかったりするのである。

さて……、周囲にさんざん心配をかけているミーアなのだが……。実のところ元気がない……、というわけではないのだ。

「ふぅ……」

などと切なげなため息を吐いているが、決して！　元気がないわけではないのだ。

なぜなら、ふぅ、とため息を吐きつつ、その手はお腹のあたりをさすっているのである。

そう、つまりは食べすぎである！

もちろん、精神的にも平常でないと言えばないのだ。

なにしろ、死期が近づいてきているのだから当然、いつもと同じというわけにはいかなかったが……。それでも、いつまでもビクビクしていても始まらないと吹っ切れていた。

――そうですわ。死を回避するための備えは、おおむね済んでおりますし……。

聖夜祭の夜、すなわちミーアが死ぬはずの時間には予定通り、生徒会のパーティーを予定に入れておいた。警備も強化してもらった。やれることはやったのだから、後はもう仕方ない。

切り替えが早いのがミーアの良いところなのだ。

ではなぜ、ミーアの様子がおかしいのかと言えば、理由はとても簡単で……。

――でも……、万が一、死んでしまった時のために、悔いを残さぬようにすることも大切ですわ。どうせ死んでしまうのですから……好き勝手に生きたっていいんじゃないかしら⁉

そうしてミーアは聖夜祭の日まで、この生活を謳歌することに決めたのだ。

いわゆる「明日、世界が滅びるんだったら何やったっていいじゃない！」理論である。

そうなのだ、ミーアは、刹那的に生きようと決めたのだ。

さて、そんなミーアがやり始めたこと、それが食事における贅沢である。

――美味しいところだけを食べて他を残す……。もったいないなどと言わずに、美味しいところだけ一口かじって残す……、それこそが究極の贅沢というものですわ！

お忘れかもしれないが、ミーアは一応は大帝国の姫君である。

長らく忘れていたが、贅沢の仕方はしっかりと知っているのだ。

――ふっふっふ、ああ、背徳の限りを尽くしてやりますわ！　やってやりますわよー！

そうしてミーアは、実際にそれをやってみたのだ。そう……やってはみたのだが……。

――やはり、これを残すのは……ちょっとだけもったいないような……？　も、もう少しだけ食べて残そうかしら……？　でも、これも十分に美味しいですし……、やっぱり残すのはもったいないような……。

などと、すっかり吝嗇家が肌に馴染んでしまったミーアである。

結果、料理の美味しいところだけつまみ食いするぐらいで、ちょうどいい量になるように注文した（ちょっぴり多めに注文した）のに、それをちょこっとだけ残して平らげた上に、心配されて特別メニューまで出してもらう始末……。

その食べた量は、お腹のＦＮＹがちょっぴり心配になるレベルであった。

さらに、肌荒れの原因もその乱れた食生活だったりする。

食生活のバランスが崩れてしまった結果、肌に如実に影響が出るようになってしまったのだ。

それはちょうど、贅沢に慣れない人が無理して美味しいものをたくさん食べてしまった結果、お腹を壊すことに似ている。

いつの間にかミーアは、贅沢ができない健康的な体になってしまっていたのだ。

「食事は、やっぱりいつも通りが一番ですわ……」

そう結論付けたミーアである。

「しかし、あと背徳の限りを尽くすとすると、ほかには……」

そうして、ミーアは考える。

まず、教室に落書きをして回るなどというしょうもないアイデアが浮かぶが、すぐに却下する。

世界が滅びると思い込んで、実際には滅びなかった時の悲劇……。その危険性をミーアはしっかりと認識しているのだ。

教室を壊して回った際、もしも、皇女伝の通りにならなかったら、せっかく生き残れたとしても、ラフィーナに別の意味で殺されるだろう。

あまり無茶はできない。

「そもそも、それって楽しくなさそうですし……。うーむ……、悪いこととして楽しいって意外と難しいことですわ」

悪を為すにも勇気がいるものなのだ。ミーアの小心者（チキンハート）の心臓では、悪行は楽しめないのである。

しばし迷った末、ミーアは、ポンッと手を打った。

「あ、そうですわ。どうせ死んでしまうんでしたら、アベルといっぱいイチャイチャしたいですわね。馬に乗ってデートに行ったり、町を歩いたりしたいですわ！」

これは良いことを思いついた、と、ミーアはウキウキ、胸を弾ませる。

「そもそも、ここ最近のわたくしは生き残ることにばかり必死で、日々の生活に潤いがございませんでしたわ。もっと、アベルとイチャイチャしたり、キノコ狩りに行ったりしておくべきでしたわ！我ながら痛恨の失態、しっかりと取り戻さなければ……」

一瞬、そこでミーアは立ち止った。

「でも、アベルにも予定があるでしょうし……、連れ回したりしたら迷惑かしら……」

しばし考え込む。けれど、

「いえ、気にする必要ございませんわ。だって、わたくしは、聖夜祭の夜に死んでしまうわけですし。好き放題にわがままやってやりますわ！」

ちょうどよい具合の「背徳を尽くす」行動を見つけて、ミーアはニンマリする。

「ふふふ、今のわたくしは無敵ですわよ！」

こうしてミーアは、刹那に生きるべく、アベルのもとへと向かったのだった。

第二十一話　帝国にて消えた男……刹那姫ミーア来襲す！

「ふぅ……」

廊下を歩きつつ、アベル・レムノは深いため息を吐いた。

聖夜祭を控えた学園内には活気が満ち溢れているのに、彼の気持ちは沈むばかりだった。

「いったい、どうしたんだろう、ミーアは……」

彼女の元気がないことは、当然アベルも気が付いていた。

ずっと、彼女に追いつきたいと思い、頑張ってきた。

彼女を守れる男になりたいと剣の腕を磨き、その叡智に近づきたいと勉学に励んできた。

けれど、どれだけ頑張ってもアベルには、ミーアがなにを悩んでいるのかが、まったくわからなかった。いや、それだけではなくって……。

「……悩んでいるのに、ミーアは一言もボクに相談をしてくれない」

そのことが、地味にショックであった。

確かに、ミーアは、しばしばその天才に任せて行動してしまう。先日、みなが肝を冷やした毒キノコ騒動しかり、である。天才であるがゆえに、周りへの説明を怠ってしまうことがあるのだ。

それはわかっていて……、あるいは相談してくれなくて寂しいと思っているのが、あくまでも自分がいじけているだけであって……、それは格好悪いことだとも理解できていて……。

それでも……悔しかったのだ。

そうして悶々(もんもん)とすること数日、アベルは意を決してシオンのもとを訪ねることにした。

「ボクでは見えないことも、シオンには見えているかもしれない」

アベルの中で、シオン・ソール・サンクランドは、未だに届き得ない高い壁だ。いつかは乗り越えたいと思っているが、その差の大きさに、いつも打ちのめされる相手である。

正直、そんな彼に助言をもらうのは少しだけプライドが傷つくことではあったのだが……。今はそれ以上にミーアのことが心配だった。

ということで、アベルはシオンの部屋を訪れたのだが……。

「おや、君は……」

「これはアベル殿下。ご機嫌麗しゅうございます」

そこで意外な人物と鉢合わせすることになった。メイドのモニカである。

「やあ、モニカ。君か……」

彼女が間諜としてレムノ王国に潜入していた時には、よく顔を合わせていたものだったが、このセントノエルに来てからは、あまり会う機会もなかった。

「元気そうでなによりだ」

「はい。ラフィーナさまには、よくしていただいております」

「そうか……。しかし、その君がどうしてシオンのところに？」

その問いかけに答えたのはシオンだった。

「少し手伝ってもらいたいことがあったから、協力してもらっているんだよ」

その言葉を裏付けるように、シオンの目の前、机の上に紙が乱雑に積み重ねられていた。

「それよりアベル、君こそどうしたんだ？　俺の部屋に来るなんて珍しいな」

「ああ、実は最近ミーアの元気がないようだから、なにか心当たりがないかと思ってね、相談に来たんだが……。でも、お邪魔なようだったら、時間を改めるよ」

「いや、構わない。一休みしようと思っていたところだ」

シオンは、グッと体を伸ばして、大きく欠伸をした。

「そうかい？　しかし、お疲れのようだけど、いったいなにをしていたんだ？」

怪訝そうに眉をひそめるアベルに、シオンは一枚の紙を差し出した。

「ああ、実は……、これを調べていたんだ」

「うん？　これは……、イアソン、ルーカス、マックス、タナシス、ビセット……、なんなんだい、この名前は？」

見たことのない名前の羅列に、アベルは内心で首を傾げる。

「ミーアの元気がないことは、俺も気付いていた」

そう言って、シオンは肩をすくめた。

「だから、心配はしていたんだが、あいにくと彼女を元気づける方法が思い浮かばなかった。だから、俺は俺にできることをしようと思ったんだ」

「君にできること……？」

「そうだ。先日来、俺はずっと風鴉のことを調べ直していたんだ。レムノ王国での失態を取り戻すため、名誉挽回のためになにができるか、と、ずっと考えながらね」

その言葉でアベルは、生徒会選挙の時にシオンが言っていたことを思い出した。

生徒会選挙に立候補するようにミーアに誘われた際、シオンは名誉挽回の機会は自分で作る、と言っていたのだ。

「その名前の羅列は、帝国内に潜伏していた風鴉の構成員が使っていた名前だ」

「風鴉の……？　帝国内から引き揚げてきたうちの誰かが使っていた、ということかい？」

「いや、そうじゃない。帝国内で行方をくらませた構成員が使っていたものなんだ」

「行方をくらませた……」

その言葉に、ピンとくるものがあった。アベルはわずかに声を低くして言った。

「もしかして……、以前、蛇の情報をもたらしたと言っていた者のことかい？　確か帝国四大公爵家の一つが混沌の蛇と関与しているという情報を伝えてきたという……」

「ああ、さすがに勘がいいな。その通りだ」

シオンの言葉を補足するように、モニカが口を開いた。

「その方は、私の師でもあった方で……。帝国に対する諜報網（ちょうほうもう）の基礎を築いた人でした。現地の協力者たちをまとめ上げる、諜報責任者（スパイマスター）と呼ばれる立場の方で……」

「もしも、その男が生きていたら……。彼の持っている情報はきっとミーアのために役立てることができると、思ったんだがな……」

シオンは小さく首を振った。

「なかなか、上手くはいかないものだ」

「やはり、もう消されている可能性が高いということかい？」

「それもあるが、ここからでは調べられることにも限界がある。なにしろ、帝国内の風鴉は全員、本国に撤収してしまったからな。一応はモニカに、風鴉の緊急用の連絡法を試してもらっているのだが、今のところ反応はなしだ」

そう言って肩をすくめるシオンであったが、アベルは感心しつつ、それを見ていた。

――シオンは着実に自分がすべきことをして、ミーアの力になろうとしている。それなのに、ボクは、なにをやっているんだ……。

思わず、ため息を吐くアベルだったが、ふいに、その肩をシオンに叩かれる。

「しっかりしろよ、アベル。ミーアが元気がないというなら、元気づけるのは君の役目だぜ」

「ははは、できる自信はないが……。でも、そうだな、せいぜい頑張ってみるとしよう」

ミーアがなにを考えているか、理解することは難しい。その悩みを共有してくれることも、もしかしたらないのかもしれない。

けれど、ミーアを元気づけることぐらいはできるはず……。

「ボクはボクにできることを、か」

そんな、いたって真面目な話をする男子ズのところに、

「ああ、こんなところにおりましたの。アベル、ちょっとよろしいかしら？」

刹那を生きる女、ミーアが来襲した！

「捜しましたわよ。シオンのところにおりましたのね」

なにげなくそんなことを口にするミーアであるが、よくよく考えればわかる通り、ここは男子寮である。そこまで厳密には決められていないものの、基本的には女子の立ち入りは禁止となっている。少なくとも意中の男子を遊びに誘うために、ずんずん足を踏み入れていい場所ではない。

けれど、放蕩（ほうとう）ミーアはそんなことは気にしない。

なにしろ、今のミーアには怖いものなど……ちょっとしかない。

そうなのだ、小心者（チキンハート）ミーアは、ついに太心者（ポークハート）ミーアに成長したのだ。

……放っておくとFNYになってしまわないか、若干心配ではあるが……。

「ミーア、男子寮に来るなんて、いったいどうしたんだい？」

驚いた顔をするアベルに、ミーアはちょっぴり悪戯っぽい笑みを浮かべた。

「実は、少し付き合っていただきたいことがございまして、今、よろしいかしら？」

「え？　あ、ああ、えーと」

アベルはシオンのほうに目を向ける。と、シオンは苦笑いを浮かべて、

「姫のご所望だ。謹（つつし）んで受けるのが紳士のマナーというものだろう」

小さく、アベルにウィンクする。

「話の途中ですまない。それじゃあ、ちょっと行ってくる」

そうして、躊躇（ためら）いがちなアベルを首尾よく連れ出したミーア……、であったのだが、

「それで、ボクはなににお付き合いすればいいんだろうか？」

首を傾げるアベルに、思わずミーアは言いよどむ。

「うーん、そうですわね……」

ここに来て、まさかのノープランである！

街に繰り出してお菓子屋巡りがよろしいかしら？　などと思いかけたミーアであったが、寮から外に出ようとした際、冷たい風に吹きつけられて、すぐさま断念する。

——この寒さでは、外に出るのは少し気が引けますわね。

寒さが厳しい日にはベッドの中から出たくないミーアである。冬の寒さが厳しい街でデートするということは選択肢にない。欠片もない。

——とすると、どこか学内で……ん？

その時だった。不意にミーアの耳がとらえた音。それは、弾むような楽しげな音楽だった。

ミーアは思わず吸い寄せられるようにして、音楽が聞こえた方向、大ホールへと向かう。

聖夜を祝う燭火（しょっか）ミサの後に開かれる盛大な宴会、そのための準備が進むホールでは、現在、飾りつけの作業が佳境を迎えていた。

どこか荘厳な雰囲気のする木の壁には、普段はしまい込まれている黄金細工の聖画が飾られていた。壁の天井付近には、華々しい赤い布が垂れ、賑やかな祝祭の空気を演出している。

そして、ホールの前方には巨大な楽器を抱えた楽団が、たたずんでいた。どうやら、当日のダンスパーティーの曲のリハーサルを行っているらしい。

それを見て、ミーアの脳裏に閃くものがあった。

「ダンス……、あ、そうですわ」

頭に浮かんだのは新入生歓迎ダンスパーティーの時の出来事だった。思い返してみれば、あの日以来、いろいろあってアベルとダンスをすることができていない。

「うん、そうですわね。せっかくですし、聖夜祭の前に、アベルのダンスの腕前を見て差し上げますわ」

「え？　それはどういう……」

「申し訳ないですけど、ここ、少し借りますわね」

「ちょっ、ミーア！」

戸惑うアベルの手をしっかりと握りしめて、ミーアはホールの片隅、空いているスペースに向かった。

周りの者たちが驚くのをよそに、ミーアはアベルにそっと身を寄せる。

「さ、踊りましょう、アベル」

そうして、ミーアは、スカートの裾を華麗に摘まんだ。

最初、呆気(あっけ)にとられた様子だったアベルだが、やがて苦笑いを浮かべて、

「今日はやけに強引だね、ミーア」

その指摘に、ミーアは挑発するような笑みを浮かべる。

「あら、ご存知ありませんでしたの？　わたくし、もともとわがまま姫として知られておりますのよ？」

「そうなのかい？　ということは、いつもの調子が戻ってきたということか……。それなら、協力しない手はないな」

そう言うと、アベルもミーアに身を寄せる。そうして、二人は華麗にステップを踏み始めた。

周りで聖夜祭の準備が進む中、踊る二人……。一見すると、ロマンチックに見えなくもな……いや、

ぶっちゃけ……邪魔である。邪魔者以外の何物でもない。こいつら、周りで必死に仕事してるのに空気読めよ！　という話である。

そんな無軌道な若者二人を前に、楽団の者たちは呆れ……ることはなく、むしろノッた！

もともとは、ノリのいい人たちなのである。しかも、彼らは新入生歓迎ダンスパーティーでも演奏を担当していた者たちだった。あの夜のミーアのダンスを知っていた彼らは、熱狂の夜を思い出し、即興で二人のダンスに合わせて曲を奏で始めた。

賑やかな、ノリの良い曲に、ミーアは上機嫌に笑い、

「あら……うふふ、二人だけで楽団を独占ですわね」

音楽に合わせて華麗に舞った。

そして、その超一流のダンスに、今日はアベルもついてきていた。

「まぁ、アベル、ダンスの腕が上達したのではなくって？」

「はは、それは光栄だ。実は披露する機会はなかったが、あの日以来、こちらも練習していたんだよ」

少しだけ得意げな顔をするアベルに、ミーアは勝気な笑みを返す。

「うふふ、それは感心ですわね。では、もう少し難しいステップをやってみますわよ」

そうして、ミーアは動きを激しくする。

アベルと呼吸を合わせて踊るのが楽しくって、夢中でステップを踏む。時に体を離し、次の瞬間には体を預け、クルリ、クルリ、とアベルの周りを、妖精のように舞い踊る。

時間を忘れてしまうような、楽しいひと時。

夢のような時間……。

ふいに……、

「ねぇ、ミーア、ボクは……、ボクでは不足だろうか？」

真面目な顔でアベルが言った。

「？　不足とは、どういう意味ですの？」

「君が、ここ数日、なにかを悩んでいる様子なのは知っていた。だから、心配していたんだ。ボクにもシオンにも、なにも言っていなかった。もしかして、誰にも言わずに一人で抱え込んでいるんじゃないかって……」

「アベル……」

思わず、感動に言葉を詰まらせるミーアに、アベルは真剣な顔で言った。

「ボクでは、君の悩みを分かち合うことはできないだろうか？　ボクはこの通り、凡庸な人間だからなにもできないかもしれないが、それでも君の負担が少しでも軽くなるなら、なんでもやるつもりだ」

優しく気遣う言葉に、ミーアは思わずクラッとする。胸の内をすべて打ち明けてしまいたくなる。

けれど……、ミーアは、こみ上げた思いをすべて飲み込み、悪戯っぽい笑みを浮かべて言った。

「では、そうですわね……。わたくしにダンスの腕前が追いついたなら、その時に、教えてあげますわ。わたくしの、大切な秘密を」

すべてを打ち明けても解決にならないことは、すでにわかっていた。彼らに秘密を打ち明けたとしても、自分は彼らの目を盗んで、セントノエル島を出てしまうのだ。

そして、その場合の皇女伝は、言わなかった場合よりもはるかに悲惨だった。

ミーアを失い、自暴自棄になったアベルは悲惨な最期を迎える。シオンも同様に、サンクランドを傾かせてしまう。他の者たちも、同じようにショックで立ち直れなくなってしまうのだ。

ミーアの影響力がいかに強かったかを表すために書かれた記述、それを思い出すだけで、ミーアはなにも言えなくなってしまう。

――打ち明けてしまったほうが、わたくしを守り切れなかったことへの後悔は強くなってしまう。

それで、アベルまで不幸なことになってしまうなんて、わたくしも死にきれませんわ……。

いろいろな対策を講じてはきても、結局、死ぬことを受け入れつつある自分に、ミーアは嫌な気分になった。首を振り、ミーアはつぶやく。

「……今は余計なことを考えないで、ダンスを楽しむことにいたしましょう」

それは、とても充実した時だった。

なんだか久しぶりに、心から笑ったような気がした。

けれど、楽しくて楽しくて、今死んでしまっても構わないというぐらいに楽しかったはずなのに、ミーアの心の中に、わずかなしこりが残った。

――なんだか、やり残したことが、まだある気がいたしますわ。なにかしら……？

ミーアが、そのことに気付くのはもう少し後のことだった。

思いつく限りの悪行（つまみ食いとか、ベッドの上でお菓子を食べたりとか、朝から甘いものを食べたりとか……）をやり尽くしたミーアが、一つだけやり残したこと……。

そこに、聖夜祭を生き残るための最後のピースがあるということを、ミーアはまだ知らなかった。

第二十二話　皇女ミーアの旗のもと～結び合わされた友情～

その日、ルードヴィッヒは、ルドルフォン辺土伯の屋敷を訪れていた。

先日依頼した、辺土貴族への働きかけの状況を確認するためだった。

「これは、ルードヴィッヒ殿。壮健なようで、なによりだ」

ルードヴィッヒの訪問を受けて、ルドルフォン辺土伯は温厚な笑みを浮かべた。その笑みには親しみと、相手を気遣う心が見てとれた。

本来、平民であるルードヴィッヒと辺土伯との間には、明確な身分の差がある。いかに、中央貴族から疎外された辺土貴族とはいえ、貴族は貴族。ルードヴィッヒが中央政府の官僚で、ミーアの信頼厚い人物であるといっても、そこには歴然とした差があるはずだった。

にもかかわらず、二人の間には奇妙な友情のようなものがあった。

それは身分の差や年齢の差を超越した感覚……。皇女ミーアの旗のもとに集いし同志の間にのみ存在する、強固な仲間意識だった。

固く握手をしてから、ルードヴィッヒは、来客用の椅子に腰かけた。

「このたびは、面倒なお願いをしてしまい、申し訳ありません」

「なんの。大恩あるミーア姫殿下のためとあれば、こちらとしても全力を尽くさざるを得んさ」

「そう言っていただけると、ありがたいのですが……」

ルードヴィッヒによるイエロームーン派への分断工作、それはじわじわと一定の効果を上げ始めていた。ルドルフォン辺土伯の協力もあり、辺土貴族たちを切り離すことに成功しつつあるのだ。

そうして、ルドルフォン辺土伯のもとに集まった辺土貴族たちは、今は派閥と呼べるようなものではないが……、後々は四大公爵家いずれの勢力にも属さない新たな勢力として、まとまればいいと考えるルードヴィッヒである。そうして、それを中核としてミーア個人の派閥、いわば皇女派を形成していければ……、などと皮算用さえしてしまう。

――まぁ、そちらに関しては追い追いでいいんだが、問題は……。

「ふむ、表情が優れないようだが、なにかあったのかな？」

眉をひそめるルドルフォンに、ルードヴィッヒは苦笑して見せた。

「実は、辺土貴族以外の切り崩しが、思いのほか難航しておりまして」

普通、大きな組織であればあるほど、一枚岩ではいられない。ましてイエロームーン派には、やむを得ない事情から身を寄せてきている貴族も多いはず。

そこまでの結束力があろうはずもない……はずなのだが……。

「まぁ、そりゃあね。裏切ったら殺されるとなれば、そう簡単にこちらに寝返ったりはしないんじゃないかな？」

横で聞いていたディオンが小さく肩をすくめる。けれど、ルードヴィッヒは首を振った。

「いや、そうとばかりも言えない。恐怖によって縛られた者は、その恐怖から逃れたいという潜在意識を持っているものだ。だから、その恐怖に対抗できる力を持った者から手を差し伸べられれば、その手を取る確率が高いはずなんだ」

ルードヴィッヒは、先日、手練れの暗殺者に狙われたということをさりげなく、噂話として拡散させていた。

ミーア姫殿下の臣下である自身が〝何者か〟によって強力な暗殺者をけしかけられたが、仲間のディオンの手により無事に守られたということを。

それはすなわち、イエロームーン派からの攻撃を受けたとしても、退けるだけの力があるのだ、ということの表明。

肝心な部分は伏せているものの、わかる者が聞けばわかるという情報の流し方。

イエロームーン派の貴族たちにも情報は当然のように届いているはずで……、にもかかわらず、離反者は現れなかった。

「ミーア姫殿下の寛容さと、その叡智については、しっかりと周知させている。門閥貴族などから見れば目障りな存在であるだろうが、派閥から離反したいと考える者にとっては格好の受け皿となれるはず……」

そもそもの話、最近のミーアは、グリーンムーン公爵令嬢と友誼を厚くし、ブルームーン公爵令息を自らの生徒会に入れることで自陣営に取り込み、その上でレッドムーン公爵令嬢をも自らの近衛兵団に入れてしまったのだ。

なるほど、彼らは公爵家の当主ではない。されど、四大公爵家のうち三家に関しては、少なくとも、ミーアに好意的であると解釈できる状態。

加えて、少数ながら精兵の皇女専属近衛隊（プリンセスガード）もいる。

ミーアは、少数精鋭の実働部隊を自由に動かすことができ、なおかつ、三大勢力の、積極的ではないながらも支持を取り付ける、帝国の中心人物となっている。

その権勢は侮りがたいものがあるはずなのだ。

「にもかかわらず、まるで反応がないというのは、少し妙な気がする……」

腕組みし、思わず考え込んだルードヴィッヒに、ルドルフォン辺土伯が一つ咳払い。それから、

「ところで、ルードヴィッヒ殿、例の、ミーア姫殿下の予言のことなのだが……」

わずかばかり、低くした声で言った。

「どうやら、的中しそうだ」

それを聞いたルードヴィッヒは、瞳を瞬かせた。

「やはり……、そちらにもその兆候が？」

問いかけに、ルドルフォンは、一度、目の前のお茶をすすってから深々と頷いた。

「我が領内の麦の実りが悪い。他の辺土貴族に話を聞いても、どこも同じらしい。今年から来年にかけての収穫物は確実に減る。無論、それが、どれぐらい続くかはわからぬが……」

先のことはわからない。けれど少なくともミーアは、今年の小麦の実りが悪くなるという予言を的中させている。そして、そのための備えも万全にするように、と、ルードヴィッヒらに厳命しているのだ。

ゆえに……、

「最悪の予想が当たらなければ、それに越したことはない。けれど、もしも当たった時に、それに備えていなかったとあっては叱責は免れないところ、ですね」

「ミーア姫殿下は我らを信頼し、その予言を託してくださった。そして『備えよ』と言ってくださっ

たのだ。であるならば、その信頼に応えようではないか」

こうして、ルードヴィッヒは、いざ飢饉が起きて食料が不足した場合の供給について、その護衛について、その他を事細かに相談した後、ルドルフォン辺土伯の屋敷を辞した。

その足でミーア学園都市の進行具合を確認しに行ったルードヴィッヒのもとに、一通の報せが届いた。

その送り主は……。

第二十三話　ゴロゴロミーアの忘れ物～今度こそ、良いお友だちになるために～

「うーん……、なんだか、やりつくした感はありますけれど……、まだ忘れてることがあるような気がいたしますわね……」

聖夜祭までは、残り二日。あまり日は残されていない。やれることは徐々に狭まってきていた。

そんな中、ミーアはベッドの上でゴロゴロしていた。刹那的に生きると決めたから……ではない。

基本的にミーアは何もない状態ではゴロゴロしている生き物なのである。

そこに、シオンが訪ねてきた。

「ミーア、少し相談したいことがあるんだが、いいだろうか？」

ノックの音とともに聞こえてきたシオンの声。

「あら、シオンが女子寮に来るなんて、珍しいですわね……」

ミーアは、ごろんごろんとベッドの上を転がってから、しゅたっ！　と床に降り立った。それから、自らの格好を見下ろして……、若干しわしわした部屋着を眺めて……。

──ふむ、まぁ、シオンだから別に構いませんわね。

安定の乙女力を発揮する。

それから、にこやかな笑みを浮かべて、シオンを出迎えた。

シオンはミーアの格好を見て、一瞬、驚いた様子を見せるも……、

「休んでいたのか……。これは、すまないことをしたな……」

申し訳なさそうに、頭を下げた。

どうやら、ミーアが寝起きだと勘違いしたらしい。まぁ、実際に先ほどまでベッドの上でゴロゴロ転がっていたのだから、そこまで間違ってはいないが。

「別に構いませんわ。あなたがここに来るなんて、よほどのことでしょうし。今はアンヌがおりませんから、お茶などはご用意できませんけれど……」

そうしてミーアは、シオンを部屋に招き入れた。

「それで？　相談とはなんですの？」

「ああ、実は君のところのルードヴィッヒ殿に、頼みたいことがあってな」

「まぁ、ルードヴィッヒに？　なにかしら？」

「単刀直入に言うと、以前話した帝国内で消えた風鴉の諜報員を捜し出してもらいたいんだ」

「帝国内で消えた風鴉の諜報員……」

……はて？　そんな人いたかしら……？　などと内心で首を傾げるミーアである。

「さすがに、ミーアでも覚えていないか。帝国の四大公爵家に蛇からのアプローチがあったという情

報をもたらしてくれた人物なのだが……」

「……あ、あー。いましたわね、あの方ですわね！」

などと、いかにも覚えてますよ、というアピールをするミーアだったが……、実は覚えていない。

ミーアは特に覚えておかなくていいことは忘れてしまえる、便利な脳みその持ち主なのだ。

「しかし、その方を捜してどうすると？」

などと疑問に思うミーアなのだが、シオンの説明を聞いて納得する。

「なるほど……、確かに味方になっていただければ心強いですわね。さすがはシオンですわ」

「ふふ、前に言っただろう。名誉挽回の機会は自分で作るって……」

シオンは、にやりと悪戯っぽい笑みを浮かべて、それから肩をすくめた。

「などと格好つけてみたところで、こうしてミーアに手を借りなければならないのが情けないところだな……。正直、学園にいながらだとできることも限られてしまってね」

「あら、別にご自分を卑下する必要はございませんのに……。それで、具体的にはなにを調べればいいんですの？」

「ああ、これなんだが……」

シオンの渡してきた紙を見て、ミーアは眉をひそめる。

「はて、これは……？　マックス：商人、ビセット：執事、タナシス：地方文官……？」

「これは、その男が使っていた偽名と偽の身分だ」

「ほう……、なるほど。ちなみに人相描きのようなものはございませんの？」

「残念ながら。変装術もお手の物らしくてね」

「なるほど……。まぁ、そうでしょうね……」

頷きつつ、ミーアは紙を眺める。

――それにしても、さすがですわね、シオン。アベルから聞いていた通り、混沌の蛇と戦うために、きちんと戦略を練っているんですわね……。あ、そうですわ！

不意の閃き。ミーアはポコンと手を叩いて言った。

「シオン、試みに聞いてみたいのですけれど、よろしいかしら？」

「うん？　なんだろう？　俺に答えられることだったら、いくらでも答えるが……」

首を傾げるシオンに、ミーアは満足げに頷いてから言った。

「仮に、あくまでも仮にの話なのですけど、あと二日で命が終わるとしたら、あなたはどんな行動をするかしら？」

唐突な、なんとも言い難い問いかけ。けれどシオンは腕組みをし、律義に考え込む。

「あと二日で、か……。あまり時間がないから、あまり多くはできないし、そうだな……。まずは、恩義のある者たちにお礼をして……」

小さく唸ってから、続ける。

「あとは、迷惑をかけた者たち、俺自身の未熟さ、頑なさから謝ることができていない者たちに、謝罪をすると思う」

「まぁ！　シオンにもそんな人がおりますの？」

驚いて声を上げるミーアに、シオンは苦笑を浮かべた。

「それは一人、二人はいるさ。もしも、普通に生きていく中で、誰にも迷惑をかけず、誰にも謝る必要もないと思うのであれば、それは傲慢というものではないかな」

シオンは肩をすくめつつ言った。

――なるほど……、まぁ、確かにシオンならば、そうかもしれませんわね。

心の中で、うんうんと納得の頷きを見せるミーアは、

――もっとも、わたくしの場合はこいつと違って、迷惑かけた人なんかおりませんし、謝る必要なんかありませんけれど……。

なんとも、傲慢なことを考えていた！

「ふむ、でも……、まぁ、そうですわね……」

とそこで、ミーアはシオンに向かい姿勢を正すと、深々と頭を下げた。

「シオン、あなたにお礼を申し上げますわ」

「うん？　なんだ、急にどうしたんだ？」

「いえ、アベルから聞きましたわ。あなたがわたくしのことを心配して、せめて負担を軽くするために、といろいろ行動してくれているって。ご心配をおかけして、申し訳なかったですわ」

それを聞いたシオンは、苦り切った顔をした。

「アベルめ、余計なことを……」

それから、ため息を吐いて、シオンは言った。

「あー、勘違いしないでほしいんだが、俺はあくまでも名誉挽回のために行動しただけだ。自分のために……」

「ええ、わかっておりますわ。あなたは、あなたの勝手をやった。ですが、わたくしもお礼を言って

おかないと、なんだかモヤモヤしそうだった。だから、こうして頭を下げた。それだけのことですわ」

それから、ミーアはニコリと笑みを浮かべた。

「わたくしは、わたくしのために、勝手をしているだけですから、どうかお気になさらずに」

そんなミーアを見たシオンは、しばし沈黙し……、それから、はぁ、と深いため息を吐いて……。

「ああ……。くそ、やっぱり、励ます役をアベルに譲るんじゃなかったかな……」

小さな声で、つぶやくのだった。


……シオンは知らない。

ミーアが、心の中で、

――こいつに借りを作るのは、なんだか落ち着きませんし。お礼を言うのも、頭下げるのもタダ。ならば、下げておくに越したことはありませんわ！

などと、ちょっぴりゲスなことを考えていることを。

そして……、彼が知らないことはもう一つあった。

それはこの時に彼が言った言葉が、ミーアの心に残り続けること。

お礼を言い忘れている者はいないが、謝っていない者は本当にいないだろうか？

今の時間軸ではいなくても、前の時間軸では……？

心に残り続けた問いかけは、さながら導(しるべ)の光のごとく、ミーアに一つの忘れ物の存在を気付かせることになるのだった。

シオンを見送り、ルードヴィッヒへの書簡を手早く作ったミーアは、再びベッドの上にダイブした。

「ふぁ、疲れましたわ……」

手紙を一枚書くという重労働を終え、疲労困憊(ひろうこんばい)なミーアである。手足を投げ出し、ぐんにょり、枕に顔をうずめる。

「それにしても迷惑をかけた人間に謝る……なるほど、それは確かに心残りなく死を迎えるためには必要なことでしょうね……。けれど、そういう人は、わたくしにはおりませんわね」

前の時間軸ならばいざ知らず、ミーアはずっとやり直しの日々を過ごしてきたのだ。

クビにするはずだった料理長は、今でもしっかりと帝国の料理長を務めている。その忠勤に応えるよう、父に進言すらしている。

手遅れになるまで知らなかった新月地区にも、積極的に働きかけるようにした。死にかけていた町は、徐々に活気を取り戻しつつある。

前の時間軸でミーアがやらかした罪といえるようなものは、ことごとくやり直し、覆していた。

にもかかわらず……、なぜだろう、シオンの言葉が妙に心に引っかかる。

「まぁ……、気のせいですわね。それよりもわたくしの場合は、お礼を言っておく方のほうが多そうですわね。アンヌとルードヴィッヒ、アベルとシオン、クロエにラフィーナさまに……それから……、ティオーナさんにも一応はお礼を……」

その時だった。不意にミーアを違和感が襲った。

ミーアは大切なお友だちに、死を迎える前に、自然にお礼をしようと思った。

その中には、かつての仇敵(きゅうてき)であったシオンも入っていた。もはや彼に対してのわだかまりはほとんどない。キースウッドやリオラなどに対しても溝などは感じていないミーアである。

まぁ、ディオンは現在進行形で怖いから別として……、それ以外の周りの人間たちを、ミーアはおおむね素直にお友だちと呼ぶことができる。

けれど……、なぜだろう？　ティオーナだけは、ほんの少しだけ心に引っかかるものがあった。お友だちと呼ぶには溝があるような……、なにか、そう呼ぶのを邪魔するものがあるような……、そんな気がして。

その瞬間、ミーアの脳裏に甦る風景があった。

チリチリと痛む手のひら……。

呆然とした顔をする一人の少女の顔……。

自らの取り巻きが上げる罵声と……、

「貧乏貴族の娘がシオン王子と仲良くするなんて、身の程知らずも甚だしいですわ！」

口汚く罵る自らの声。

ずっと……ずっと忘れていたことを、ミーアは思い出した。

「ああ、そう……。そう、でしたわね……。謝らなければならないこと……、ありましたわね……。ティオーナさんにあの時のこと……、謝っておりませんでしたわ……」

ミーアは前の時間軸、シオン王子と仲良くしているティオーナを見つけて……、それが悔しくって……。シオン王子に無視されたのが寂しくって……。

自らの内に生まれた激情に促されて、ティオーナの頬を叩いたのだ。

思えばそれは、ミーアが唯一やり直すことができていない問題だった。

なぜなら、それは……。

「わたくしが、なにをするでもなく、なくなってしまったことだから……」

歴史の流れの中で、なかったことになってしまった出来事。

それはただ一つ、やり直しによって清算できなかった「ミーアの罪」だった。

もちろん冷静に考えれば、ティオーナは自分を処刑した人物だ。

頬を張ったぐらいならば相殺されている……と、理屈では言えるかもしれない。

けれど、それは……理屈の問題ではないのだ。

ミーアは、あの日の出来事が自分の胸に引っかかっていることを、はっきりと自覚していた。

どんな理屈をつけようと気になるものは気になる。特に、死を間近に控えた時、残された時間で、できることが限られた今は……、意地を張るべき時ではなかった。

「思えば……、あれのせいでわたくしは、素直にティオーナさんとお友だちになれなかったような気がいたしますわ」

やり直すことによってその罪が消えるというのであれば、断頭台を回避した時点で、すでにティオーナへの恨みはないのだ。それに彼女はレムノ王国の時も選挙戦の時も、ミーアのためにいろいろやってくれたのだ……。

「気の置けないお友だちになっても不思議ではないはずなのに、どこか溝があるような気がしますわ。このモヤモヤをなんとかしないと、死んでも死にきれませんわね」

それは、ようやく見つけた答え。

もちろん、あの頃のティオーナに謝ることはもうできない。

それに、身に覚えのないことで謝られても、ティオーナは戸惑うだけだろう。

……しかし、そんなことは知ったこっちゃなかった。

なにしろ、ミーアは自分ファースト。しかも、今のミーアは刹那を生きる女なのである。

押しつけ上等である。

「もしも、あの時のことをきちんと清算しておいたら……。もしも聖夜祭の夜に、わたくしが死んでしまって、もう一度やり直しができたなら……、その時にはきっとティオーナさんと良いお友だちになれるはずですわ」

なんだか、すっきりした心でミーアは頷いた。

「ふむ、善は急げ……ですわね」

翌日、ミーアはティオーナに会いに行くことにした。

お詫びの印の、豪華な菓子折りを携えて。……別に、自分が食べたかったわけでは……ない。

第二十四話　刻み込まれた後悔～届いた言葉と、届かぬ願い～

ティアムーン帝国における革命戦争において、革命軍を率いた聖女ティオーナ・ルドルフォン。

そんな彼女が戦いの前線に立つことは一度もなかった。

無論、軍のトップにして、旗印である彼女が命を落とすことがないように、ということもあったが、単純にその剣の腕が平凡であったからというのも理由の一つだった。

けれど彼女は、自らの手を汚さずにいることを潔しとはしなかった。

みなの役に立ちたい。自分も共に戦いたい……。そう考えた彼女が出した答え。それこそが弓術だった。

弓の名手、ルールー族の娘、リオラ・ルールーの教えを受けたティオーナは、その才能を見事に開花させた。その腕前は、革命軍の中でもトップクラスを誇り、多くの敵兵が彼女の弓の前に命を落とすことになった。

そうして、革命戦争は終わった。

帝室は倒れ、皇帝は処刑。皇女ミーアの処刑も数日後に迫っている。

ようやく戦いが終わった……。だというのに、ティオーナは一日数百射の弓の練習を欠かすことがない。

まるでそれは〝もう取り戻せない何かを取り戻さんとする〟かのように……。

幾度も、幾度も、彼女は矢を放ち続けるのだった。

そうして、弓の練習を終えたティオーナのもとに、一人の男が訪ねてきた。

「ルードヴィッヒ・ヒューイット……。貴方が、シオン王子が言っておられた……、確か、ミーア姫殿下のもとで働いていた方でしたね」

「面会に応じていただき、感謝いたします。ティオーナさま」

「大変な時に、大変な役割を与えられてしまいましたね。あなたの政治手腕は、シオン王子も高く評価されているようでしたよ。これからも、この帝国を立ち直らせるために協力していただけるといいんですけど。どうぞ」

そう言いつつ、ティオーナは、ルードヴィッヒにお茶を勧める。

それには手を付けず、ルードヴィッヒは真っ直ぐにティオーナを見つめた。

「本日、こちらに足を運ばせていただいたのは、お頼みしたいことがあったからです」

「…………」

ティオーナは、あえてゆっくりとした動作でお茶を口に含んだ。

その香りを楽しむように、そっと瞳を細めて、

「頼み……ですか。シオン王子にお取り次ぎする、などということでしたら、喜んでお受けしますけど……」

探るように、ルードヴィッヒを見つめる。

「ミーア姫殿下に、ぜひ会っていただきたい」

対して、ルードヴィッヒの切り返しは裏表のないものだった。

「なんのためにでしょうか？　今さらお会いして、お話しすることなどなにもないと思いますけど……」

硬い口調で、ティオーナは言った。そんな彼女に、ルードヴィッヒが言ったのは意外なことだった。

「セントノエルにいた頃、ミーアさまは、あなたの頬を叩いたことがあったそうですね」

「…………？」

「ミーアさまはずっとあなたに、その日のことを謝りたいとおっしゃっておられました。その機会をいただければと……」

「……それは、えーっと、なんのことでしょうか？」

ティオーナは戸惑いから、思わず首を傾げていた。

そう……、セントノエル学園で、幾度となく嫌がらせを受けた彼女は、ミーアのへなちょこ張り手など記憶していなかった。そもそも痛いのが嫌いなミーアが自らの手で叩いたのだ。それこそ、その

威力、頬を撫でるがごとく……。

やられたほうとしては、きょとんとするばかりで……、怒りよりも困惑のほうが強かったのである。

ティオーナの予想外の反応に、呆気にとられた様子のルードヴィッヒだったが、一度、咳払いをして、

「どうか、ミーア姫殿下にお会いいただけないでしょうか？　そして、ミーアさまと、対話をしていただきたいのです。そうすれば……」

「なにも変わりませんよ」

断ち切るように、放たれた言葉。それから、ティオーナは、ルードヴィッヒを睨みつける。

「今さら謝られたところで詮無きこと。なにも、なに一つ変わることはない。お父さまは帰ってこない。帝室に、大貴族に踏みつけにされ、死んでいった民衆も、生き返りはしないのだから」

それから、ティオーナはもう一度、お茶に口をつける。

――ミーア・ルーナ・ティアムーンを許してはいけない……。

自分に言い聞かせるように、その身に刻み付けるように……、ティオーナは内心でつぶやく。

――会う必要もない。言葉を交わす必要もなければ、その人柄を知る必要もない。必要がないから、しない……。

ティオーナは怖かったのだ。

話をしてしまって、彼女の為人（ひととなり）を知ってしまって……それで、もしも情が出てしまったら……？

彼女のことを許したくなってしまったら……？

――それでは、お父さまが……、あまりにも救われない。

なるほど、確かに皇女ミーアは反省しているのかもしれない。話してみると案外良い人なのかもし

れない。自らの過ちを正すことができる人なのかもしれない。

でも……、それで父は帰ってはこない。その無念を……晴らすことなどできない。

ゆえに、自分はミーアを許してはいけないのだ、と……。

ティオーナは自らの中で決めていた。

「私は、ミーア姫殿下のことを許しません」

決然と、頑なな口調でティオーナは言う。

「シオン王子に助命を進言することもしません……。ですが……」

そこで初めて、彼女は言いよどむ。

「ですが……、あなたがシオン王子に面会なさるというのであれば……、それを邪魔立ても致しません」

それは慈悲か……？　否、そうではなかった。

それは、逃避だ。

ミーアという一人の人と向き合うことを、ティオーナは拒絶したのだ。

ミーアの生殺与奪に関わりたくはないと、自らの意思を、そこに向けたくないのだ、と。

自分の心が動かされないために……。

彼女を決して……、許してしまわないために……。

だから……。

ミーアの処刑が行われて、しばらくしてからのこと……。

ルドルフォン辺土伯の暗殺が皇帝の命によるものではなかったということがわかった時……。

ティオーナは後悔した。

「あの時……ミーア姫殿下とお話ししていたらよかったのかもしれない……」

冷静に考えれば、処刑は免れなかっただろう。ティオーナがなにをしたところで、ミーアを救うことはできなかっただろう。

けれど、それでも……。いや、だからこそ、だろうか……？　もう二度と、話ができないことなんか、わかりきっていたからだろうか？

ミーアと最後まで、一言も会話をしなかったことが、ティオーナの中に後悔として残り続けた。

その後悔は、魂に刻み付けるようにつぶやいた「ミーアを許してはいけない」という言葉に、上書きされ……、ティオーナの心の内に深く刻み込まれて。


「……変な夢、見ちゃったな……」

聖夜祭を翌日に控えたその日、ティオーナは、セントノエル学園の弓練場にいた。

レムノ王国の事件で、自分の剣がまったく役に立たないことを痛感したティオーナは、悩んだ末、弓を習い始めることにした。

幸い、彼女の従者であるリオラは弓の熟練者である。その教えを受けたティオーナは、いち早く、生来の才能を開花させつつあった。

その日の練習を終え、汗を拭っているところに、とある人物が訪ねてきた。

「ティオーナさん、少し、よろしいかしら？」

「……へ？　ミーア、さま……？」

奇妙な夢と被るような状況。されど、やってきたのはミーアの従者ではなく、ミーア本人で……。

「少し、お話があるのですけど、この後、お時間ございますかしら？」

ミーアの問いかけに、ティオーナはただただ頷くことしかできなかった。


「あの、申し訳ありません。ミーアさま。ちょうど今、弓の鍛練を行ってきたばかりなので、私、汗臭いかもしれません……。お、お茶会とかのお誘いでしたら、すぐに着替えてきますけど……」

「あら、それはタイミングが悪かったですわね……」

確かに、ティオーナの格好を見て、ふむ、と唸った。

ミーアは、ティオーナの髪は、ほんのり汗で湿っているように見えた。あれでずっといるのは、気分が悪いだろう……。

「ああ、そうですわ。でしたら、せっかくですし、一緒にお風呂に行きましょう」

「……へ？」

きょとん、と瞳を瞬かせるティオーナに、ミーアは笑みを浮かべる。

「ちょうど、クロエから面白い入浴薬をいただいたんでしたわ。なんでも、疲労が取れるのだとか。せっかくですし、試してみましょう」

ラーニャと同じく、心配してくれたクロエが持ってきた入浴薬。今日、試しておかなければ、使う機会がなくなってしまうかもしれない。

「うん、ちょうどよいですわね」

一人で納得の頷きをしつつ、ミーアは共同浴場へと向かった。

午後の早い時間だったからだろうか。共同浴場には人影がなかった。

これは好都合！　とばかりに、ミーアは入浴薬をお湯にぶちまける。

「みっ、ミーアさま、あの、よろしいんですか？　そんなに、勝手なこと……」

「ふふふ、問題ございませんわ！」

ミーアは自信満々に頷く。なにしろ、今のミーアは刹那を生きているのだ。

無断でお風呂に入浴薬を入れることぐらいわけないこと……、などと思っていたミーアだったが……。直後、お湯からものすごい勢いで煙が噴き出した時には肝を冷やした。

真っ白な煙は、浴場いっぱいに広がり、近くにいるティオーナの姿さえ見えなくなってしまうほどだったのだ。

「みっ、ミーアさま？」

「……だっ、大丈夫……なはず、ですわ……。たぶん、恐らくは……」

鉄壁の自信がぐらんぐらーん、と揺らぐ。ミーアの太心（ポークハート）は見る間にやせ細り、小心（チキンハート）に逆戻りである。

さすがに、これはマズいんじゃないかしら……？　などと思い始めたところで、ようやく煙が薄くなってくる。

まだ、湯けむりにしては色が濃い気がするが、まぁ、このぐらいならば問題はあるまい。きっと大丈夫、うん大丈夫……。

などと、自分を落ち着けてから、ミーアは「ほふぅ」っと一つため息を吐いて、それからようやく気が付く。

「あら、この香りは、月蛍草(リュシオルーナ)の香りかしら……？」

「そうみたいですね。とてもいい香り……」

ティオーナも、うっとり心地よさそうな顔で言った。

それから二人は、手早く体を流して浴槽に向かった。

お湯に浸かり、再び、ほふぅっとため息を吐くミーア。

――ああ、クロエが、心が落ち着く香りだと言っておりましたけれど、確かにその通りですわね……。

少し前までは緊張して、ざわざわ波立っていたミーアの心も、今では静かな凪の様相を呈していた。

――これならば、自然にお話ができそうですわ。うふふ、クロエに感謝ですわね。

ぐぐぅっと両手、両脚を伸ばして、ミーアは、うーんっと唸った。

っと、

「うふふ、よかった……」

すぐ隣で、ティオーナが小さく笑い声を漏らした。

「あら？　どうかなさいましたの？」

首を傾げるミーアに、ティオーナは言った。

「ミーアさま、少しふっくらされたみたいで」

「……は？」

かちん、と固まるミーア。

少し前まで静かな凪(なぎ)状態だったミーアの心が、一瞬にして、ざわわ、ざわわと波立った！

けれど……、

「少し、心配していたんです。みんなで……。ミーアさまが最近、食欲がないみたいだとお聞きしてましたから」

「あ、ああ、そういうことですのね。わたくしのことを心配して……」

微妙に釈然としないながらも、ミーアは頷く。それから、自らの二の腕をふよふよと摘まんでみる。

──別に、太っておりませんわよね？　前からこのぐらい、ふにょっとしておりましたし……、夏前ぐらいからこんなものだったような……あら？

「それで、あの……、お話って、なんでしょうか？」

と、何やら重大なことに気付いてしまいそうになったミーアだったが、ティオーナの声で我に返る。

「あ、ああ、そうでしたわね……」

ミーアは少しばかり姿勢を正して、それから、息を大きく吸って、吐いて……。

「わたくしには、あなたに謝らなければいけないことが、ございますの」

「え？」

唐突なミーアの言葉。ティオーナは、ただただ瞳を瞬かせる。

構わず、ミーアは続ける。

「わたくしは……、あなたに意地悪をしてしまいました……。あなたに、ひどいことをしてしまいましたの……」

浴場にミーアの声が、静かに響いた。

「なっ、なんのことですか？　私、そんなこと……。ミーアさまには、とてもよくしてもらっています。ミーアさまが私に意地悪なんて、するはずありません」

思わぬ事態に、慌てるティオーナ。

「ミーアさまが……そんなこと……」

「あら？　わたくしだって、意地悪の一つや二つ、いたしますわ。例えば、恋仲の男の子にちょっかいをかけられたりとか……」

「で、でも、私、アベル王子にちょっかいかけたりだなんて……」

その時だった。

不意にティオーナの脳裏に、昨夜の夢の光景が思い浮かんだ。

自分に謝りたい、と言っていたミーア。それを突っぱね、後でとても後悔した自分自身……。

それは、ただの夢のはずで……。取るに足りない夢のはずで……。

けれど、ティオーナの心には……確かに刻まれた思いがあった。

だから……。

「……私には、ミーアさまが、言ってることはよくわかりません。でも……もしも、ミーアさまに嫌なことをされたとして……、こうして謝ってもらったんだとしたら……、きっと……」

ミーアのことを許してはいけないと、思っている自分がいた。

許せないではなく……「許してはいけない」だ。

……それは、とても苦しいことだった。

——誰かを恨み続けることは……、なんて苦しいことなのだろう……？

ティオーナは、夢の続きを想像する。

ミーアを恨み続けた人生……、それがどれほど、彩りと輝きを失った日々であったかを。

その恨みが間違いであったと知った時……、どれほど、ミーアと話したいと願ったかを。

それから、ティオーナはミーアの顔を真っ直ぐに見つめた。

「きっと、ミーアさまのこと、許してると思います。その時の私は、きっと……」

ティオーナの言葉を聞いた時……、

「ああ……」

ミーアの顔から、すとん、と憑き物が落ちたように表情が消えた。そうして、次の瞬間、そこに浮かんだのは安堵の微笑みだった。

「ああ……、よかった……、これで、心残りはございませんわ」

けれど、つぶやいたその顔は、どこか、ティオーナを不安にさせるもので……。

胸の中、じりり、と焦燥感の炎がくすぶる。

「あの、ミーアさま……。私、もっとミーアさまと一緒にお話ししたいです」

それは、ティオーナの魂に刻み込まれた渇望。

あの夢の中では叶わなかった想い。

今ならば、叶えることができる願い。

ミーアはティオーナの言葉に、一瞬、呆けたような顔をしたが……、

「そう……。それなら……、そうですわね。聖夜祭が終わったら……、ゆっくりお話ししましょう」

「聖夜祭……？」

「そう。聖夜祭ですわ。それを無事に乗り切ることができたなら……、その時には、じっくりとお話しいたしましょう」

確かに生徒会のメンバーとしては、聖夜祭が終わるまで気持ちが落ち着かないということはわかる。

でも……。なぜだろう……、ティオーナの胸の内に、ざわざわと嫌な感覚が残る。

「それじゃあ、今日は、お付き合いいただいて感謝いたしますわ」

笑みを浮かべて、ミーアが浴槽から立ち上がった。ティオーナにはその姿が、なぜだかとても儚(はかな)げに見えた。

まるで……、夜の終わりとともに、主役の座を追われる月のように……。

「あっ……」

けれど、その雰囲気はすぐに消えてしまった。

「あ、ミーアお姉さま。奇遇ですね」

「こんにちは、ミーアさま」

浴場に、ベルとシュトリナがやってきたからだ。

「あら、お二人とも、これからお風呂ですの?」

「そのつもりですけど……、なんだか、少しもくもくしてませんか?」

キョトンと首を傾げるベル。

「クロエにもらった入浴薬を使ってみましたの。たくさん煙みたいなのが出て、ちょっと楽しかったですわよ」

上機嫌に笑うミーアに、先ほどまでの儚さは微塵も感じられなくって……。

かくして、聖夜祭の日がやってくる。

第二十五話　動き出した陰謀～ミーアお祖母ちゃんの決死の覚悟～

【聖夜祭当日、八鐘の刻（AM8：00）】

運命の一日の幕開けは、ごく静かなものだった。

朝、もぞもぞとベッドから起きだしたミーアは、アンヌを伴い、共同浴場へと向かった。

そこで寝汗を流し、顔を洗って、しゃきっとした顔になる。ミーアが朝からシャンとしているのは珍しいことである。

「ふむ……、こんなものかしら……？」

「ミーアさま、今日はずいぶんと気合が入っておられますね」

ちょっぴり驚いた顔のアンヌに、ミーアはそっと微笑んだ。

「そうですわね。まぁ、今日ぐらいは……」

それからミーアは朝食をとり、生徒会室へと向かった。

「あら、ミーアさん、ご機嫌よう」

部屋に入ると、すぐに、ラフィーナが声をかけてきた。

「ラフィーナさま？　はて……、今日はなにか生徒会の仕事がありましたかしら？」

警備態勢のチェック、祝宴の準備の進捗、島への人の出入りのチェック態勢などなど……、生徒会で目を通しておくべきものには、すでに一通り目を通していた。

そもそも、当日に生徒会のメンバーがするべきことは、ほとんどないはずだが……。

「いえ、大丈夫よ。なにかあれば、集まっていただくことになると思うけれど……。ふふふ、あの日以来、サンテリが張り切ってくれているから、私たちのすることはないんじゃないかしら」

ラフィーナは笑みを浮かべて言った。

「これもミーアさんのおかげね」

「そんなことはございませんけれど……」

まったくである。ミーアは食欲に忠実に、毒キノコを食しただけなのだから。

「しかし、それではいったいなぜ、こんなところに？」

「少し、感慨に浸っていたの」

ラフィーナは、静かで穏やかな笑みを浮かべた。

「私が、ここの主ではなくなって、もう一年が経つんだなぁって……。うふふ、なんだか、少し不思議な感じがするわ」

それからラフィーナは、ちょこんと机の上にお尻を乗せた。ちょっぴりお行儀が悪いその仕草が、ラフィーナらしくなくって、ミーアは少し驚く。

「実はね、毎年、この日はここに来ていたの。身を清めて、聖衣に身を包む前に、気合を入れるためにね。ミーアさんは知らないかもしれないけど、結構、聖夜祭の儀式って、緊張するのよ」

「それは、心中お察しいたしますわ」

「でもね、今年は少し違うの。緊張はもちろんしているわ。だけど、その後で、みんなでパーティーをするって思うと、なんだか楽しくって……」

それからラフィーナは、無邪気な子どもっぽい笑みを浮かべて言った。

「それじゃあ、私は行くわね。今夜の鍋パーティー、楽しみにしているわ」

生徒会室を出ていくラフィーナを見送って、ミーアは小さくつぶやく。

「今夜……、そう、ですわね……」

いったいなにが起こるのか……、今はわからない。だけど、鍋パーティーがある。大切な仲間たちとの楽しい時間が待っている。それに、今夜の鍋にはキノコが入っているのだ。

絶品キノコ鍋なのだ！　絶品キノコ鍋なのだ!!　絶品キノコ鍋なのだっ！！！

——大丈夫。いかなる誘惑があったとしても、わたくしがセントノエル島を出るということは、あり得ませんわ。

それから、ミーアも、生徒会室を後にした。

【聖夜祭当日　十の鐘の刻（AM10：00)】

「あっ、ミーアさま！」

祝宴の会場である大ホールの前を通りかかった時のことだった。

ミーアは不意に、声をかけられた。

視線を向けると、そこにはラーニャ・タフリーフ・ペルージャンの姿があった。

「ああ、ラーニャさん。ご機嫌よう……」

愛想よく笑みを浮かべつつ、ラーニャのそばに行く。と、その目に飛び込んできたのは……

「まぁ！　とっても美味しそうですわね」

机の上に並べられたお菓子の類だった。ペルージャンの威信をかけた品揃えに、ミーアは思わず舌なめずりである。

先日の反省もあってか、食べ物の近くには、ヴェールガの衛視が監視役として、厳しい視線を向けているため、つまみ食いは難しそうだが……。

「ああ、とても美味しそうですわね……」

「ふふふ、ぜひ、食べに来てくださいね。ミーアさま、お待ちしておりますから」

ミーアは、そのお誘いに笑みを浮かべて、

「ふふふ、ラーニャさん、いつもありがとう。ペルージャンの食べ物には、いつもお世話になっていますわ。そうですわね……。できるだけ、来られるように努力いたしますわ」

曖昧な返事をするのみだった。なぜって？　なぜなら……。

――今夜はキノコ鍋の予定ですし……、お腹の隙間、あるかしら……？

などと、腹（具合の）算用をするミーアである。

なにしろ、今夜は絶品キノコ鍋なのだっ！！！！

不安にもなろうというものである。

それをジッと見つめていたラーニャは、不意に机の上に置かれていたカップケーキを一つ手に取ると、スプーンとセットでミーアに渡した。

「ミーアさま、これ」

「あら？　これは……」

「味見用です。どうぞ」

「？　え、ええ、ありがとう？」

小首を傾げつつも、ミーアは、ラーニャが差し出したお菓子をパクリ、と口に入れた。

「むっ！　これはっ！」

「どうですか？」

「口の中でとろける旨味……、この濃厚な甘味は……、もしや、これは、甘露マロン？」

「はい。わが国で開発したマロンスイーツケーキです」

「ああ、やはり……、このこってりした甘みはマロンの甘味でしたのね。うふふ、ひさしぶりに食べましたけれど、とても美味しかったですわ」

ミーアは、カップをラーニャに返しながら言った。

……ちなみに、こう聞くと、一口味見をして返したように感じるかもしれないが、この間にミーアはカップの中のケーキをペロリと完食している。

スプーンを器用に使い、一欠片もカップには残っていない。食べ方がとても綺麗なミーアなのである。

「この調子ならば、ペルージャンは安泰ですわね。今夜の祝宴もきっと盛況だと思いますわよ」

そうして笑みを浮かべるミーアだったが……、ラーニャは笑わなかった。

ただ、じっとミーアを見つめてから、

「あの、美味しいもの、もっとたくさんありますよ。ミーアさま。私のところだけじゃなく、ほかのみなさんも、腕によりをかけた美味しいものを用意しています。だから……」

ラーニャは必死な口調で言った。

「絶対に食べに来てください。ミーアさまに元気になっていただきたくって、たくさん美味しいもの用意しましたから」

まるで、そう約束しないと、ミーアがどこかに行ってしまうと、思っているかのように……。

「ええ、わかりましたわ。そこまで言うのであれば……」

ミーアは、ちょっぴり、キノコ鍋を食べるのをセーブすることに決めた。

――それに、甘いものは別腹という有名な格言もございますし、大丈夫ですわね。

【聖夜祭当日　第二　四つ鐘の刻（PM4：00）】

その後、一通り学園内を回った後、自室で、大人しくしていると、不意にノックの音が聞こえてきた。

応対に出たアンヌであったが、すぐに困り顔で戻ってきた。

「ミーアさま、申し訳ありません。少し、席を外してもよろしいですか？」

「別に構いませんけれど、どうかいたしましたの？」

「それが……、今夜の祝宴のための手が足りないとかで、お手伝いをお願いされてしまいまして……」

「ああ、今日は特別の日ですし、そういうこともございますわね。ふむ……、そういうことでしたら、問題ありませんわ。我が帝国の威信にかけて、しっかりと手腕を振るってくるとよろしいですわ」

アンヌは、一瞬、不安そうな顔をして、

「はい、わかりました。でも、あの……ミーアさま」

それから、なにか、言いたげな様子でいたが……。

「んっ？　どうかなさいましたの？」

ミーアの問いかけに、小さく首を振った。

「いえ。なんでもありません。それじゃあ、行ってきますね、ミーアさま」

「ええ……。あ、そうですわ。それと、もしもどこかでベルを見たら、部屋に戻ってくるように言ってくださるかしら？　なんだか、今日は朝から見ていないような気がしますし……」

ベルはミーアの一つ下の学年だ。部屋を出たら、夜まで顔を合わさないことも、よくある。なのだけど……、なぜだろう。今日は、そのことが少しだけ引っかかる。

「ベルさまですか？」

アンヌは怪訝そうな顔をしていたが、すぐに頷く。

「わかりました。それでは、行ってまいります」

そうして、アンヌが出て行ったのを見送ると、ミーアは、ベルのベッドに、ちょこちょこと歩み寄った。

その下に隠してある聖女ミーア皇女伝を取り出して、改めて中身をチェックしようというのだ。

――恐らく、記述は変わっていないと思いますけれど……、最後の最後にもう一度、皇女伝のチェックを……ん？

その時だった。

小さなノックの音が聞こえてきた。

「はて？　誰かしら？　アンヌが戻ってきた……、というわけではないでしょうけれど……」

首を傾げつつ、ミーアは、扉へと向かう。

無防備に、その扉を開けようとしたミーアだったが、ふと、その足元、扉の隙間から差し込まれた一枚の紙に、視線が向く。

そこに書かれていたのは……、

貴女の大切な妹君、ミーアベルさまの身柄は、我々が預かりました。

ミーアベルさまの命が惜しくば、どうぞお一人で、指定の場所までお越しください。


そんな文章で始まる、脅迫状だった。


「あ、ああ……」

ミーアは、気の抜けたような声を漏らした。

「なるほど、そういうこと……でしたのね」

皇女伝の記述が、すべて、繋がっていく。

「わたくしが夜駆けのために島を出るとは、こういう……」

脅迫状には、島から渡るために懐柔しておいた商人のこと、指定場所に行くための馬のことなど、入念な指示が書かれていた。

サンテリによる警備状況を事前に聞いていたミーアは知っている。

この島は入るのには難しくとも、出ていくのは比較的、容易なのだ。特に、いつもより人の出入りが激しい、この聖夜祭の時期にあっては、出る者の厳密なチェックまでは手が回らないのが現状。それゆえに……。

「島の中での暗殺は起きにくいでしょうけれど、島から呼び出されるのは容易ということですわね……」

無論、誘拐となれば簡単ではない。さすがに、それに手を貸す商人の出入りは許されていないだろう。だけど、それが姫君のわがままだったら……？

例えば、夜風に当たりたいから少し馬で駆けたいなどという……、他愛のないわがままだったとしたら……？

ノエリージュ湖の周辺は治安も安定しているし、危険な動物もあまりいない比較的安全な場所だ。そこを駆けるぐらいならば……、危険は少ないのでは？

そう思う者がいたとしても、不思議ではない。

それはまさに、ギリギリのライン。金貨と引き換えに冒せるリスクの境界線だ。

「陰謀に加担する者はいなくとも、セントノエルに通う大貴族の子弟のわがままに付き合うぐらいならばやる者もいるかもしれませんわね……」

商人とはそういうもの。金の折り合いさえつけば、自身のリスクであっても売りに出す。

そして、その程度の覚悟で協力した者が、いざ自分のせいで暗殺が行われたと気付いたら……、恐らくは黙っているだろう。

だから皇女伝には、ミーアはわがままで外に出たと書かれていたのだ。口裏を合わせたのだろう。

ミーアは、一つ一つ島から出る流れを確認、検証していき、ため息を吐いた。

なるほど、これならばほとんどの者の注意を引くことなく、島から出ることも可能だ。

なんの障害も、ない。とすれば……。

「問われるのは、わたくしがベルの命を惜しむかどうかという、その一点」

ほかの言い訳はできない。実現不可能だ、などという言い訳は通用しない。

ベルを見捨てるか否か。ただそれだけである。

「バカバカしい。こんなの、行くわけがございませんわ」

ミーアはつぶやくように言った。

「これでは殺されに行くようなもの……、というか、実際に殺されに行くわけですし」

敵は皇女伝のことを知らない。

このまま行けば確定で殺されると、ミーアが知っていることを……知らない。

「行けば確実に殺されますし、しかも、皇女伝にベルのことが書かれていないのを見ると、どうせわたくしが行っても殺されてしまいますわ」

ミーアはやれやれ、と首を振りつつ、ドレスを脱いだ。

「そもそもわたくしが死んだら、ベルは存在しないことになってしまうのではないかしら？　それなのに行くなんて、本当、愚かなことですわ。さっ、式典用の制服に着替えて……」

などと言いつつ、ミーアが手に取ったのは、乗馬用の、動きやすい服だった。

「……馬鹿げた話ですわ……」

ミーアは瞳を閉じる。

思い浮かぶのはベルの顔。この世界を夢のような世界だと、夢を見ているのだと、だから、いつ目覚めてしまってもよいように、精いっぱい楽しむのだと……、そう言って笑った、孫娘の顔だ。

そんなベルにミーアは言ったのだ。

『あなたの尊敬するお祖母さまが、決して夢を終わらせはしませんわ』

と。

「馬鹿げた話、犬死に……、うぐぐ、けれど、ここで行かないとすこぶる気分が悪くなりそうですわね……」

それに……と、ミーアの脳裏に一抹の不安が過る。

もしも、これで自分が行かずに黙っていた場合、どうなるか？

生き残ることは確かにできるだろう。けれど……、その場合、暗殺者は依然として、この学園にいることになる。

つまり、いつ誰に殺されるかわからない状況だ。

加えて、敵が「ミーアがベルを見捨てたこと」を公表しないとは思えない。

そしてもし公表された場合、ミーアは周りからの信頼を失う。特に忠臣アンヌの失望は、きっと大きなものに違いない。

そうなった時、すぐに続けて暗殺されたならば、まだマシかもしれない。場合によっては、ずっといたたまれない思いを抱えたまま、生き続けなければならないのだから。

――それに……、アベルにだって顔向けできませんわね……、孫娘を見捨てたなんて。

一方、助けに行った場合はどうか？

もちろん、ミーアは殺される。さすがのミーアもこの状況でベルを助けて生き残れるなどとは思っていない。

けれど、そこには一つの希望がある。

そう……、殺されて、再び過去に戻るという可能性だ。

――あれが、そう何度も起こることとは思えませんけれど、もしもあと一回、それが起こるとするならば……。

ごくり、とミーアの喉が鳴る。

――行くという選択肢は十分に考えられますわ。敵の情報を得ることができますもの……。

ミーアが身一つで来たとなれば、敵は油断して姿を現すだろう。そうして情報を得た上で、死んで過去に遡行（そこう）する。

ベルを助ける手段はそれしかないと、ミーアは確信していた。

要は、この誘拐劇が起きる前の時点で止めなければならないのだ。

「とすれば……、うう、やむを得ませんわ」

着替え終わり、ミーアは静かに息を吐く。

「もう一度、死んで過去に戻る以外に、道は……ございませんわ」

ミーアは自分ファーストな人間だ。

だから、断頭台から逃れるために、国外に逃げる算段もつけていた。

けれど、断頭台の運命を回避したあの日……、ミーアの目標は微妙に変わった。

今のミーアの目標は自分が幸せになること……。そして、その目標を一点の曇りもなく達成するために、ミーアは思ったのだ。

自分だけではなく、自分の周りの人間も幸せであってほしい、と。

考えてみれば、それは、とてもとても贅沢な願いだ。自らのみならず、周りの人間の運命すら捻じ曲げてしまいかねない高慢な想いだ。

……そんなの、知ったこっちゃなかった！

ミーアは、贅沢で高慢でわがままなお姫さまなのだ。

「脅迫状には、一人で来いと書かれておりますわね。ということは誰かに助力を求めるということはできませんわ……」

敵がどこで見ているかわからない状況。下手にミーアが護衛を伴って行ったら、ベルを殺されるだけでなく姿を現さないかもしれない。情報が得られないという事態は避けるべきだ。

「……でも、一人と一頭で行くことは……禁止されておりませんわね」

ミーアは、にやり、と悪戯っぽい笑みを浮かべて厩舎へと向かった。

考えようによってはこの秋、一番、時間を共にした相棒のもとへと。

「まぁ、死んでしまうのは確実なのかもしれませんけれど……、せいぜいあがいて見せますわ。ただで死んでやると思っていたら大間違いですわよ、混沌の蛇」

こうして、ミーアお祖母ちゃんは、孫娘を救い出すための戦場へと向かうのだった。


ミーアは知らない。その覚悟を決めた時、皇女伝の記述がどう変わったかを……。

その踏み出した一歩は、さながら小さな蝶の羽ばたきのごとく。されど、生み出された小さな風は、巡り巡って星の裏側に巨大な竜巻を起こす……。その無形の竜のとぐろに、今まさに巻き込まれんとしていることを、竜ならぬ蛇は知る由もなかった。

第二十六話　銀貨二枚分の忠誠

【聖夜祭当日　七つ鐘の刻（AM7：00）】

時間は少し遡る。

「おはようございます。ベルさま」

「あっ、リンシャさん、おはようございます」

聖夜祭、当日の朝、ベルは見るからに楽しそうな顔をしていた。

――まぁ、確かにね。聖夜祭の日にワクワクするのは、子どもなら仕方ない、か。

などと思いつつも、ついつい微笑ましくなってしまうリンシャである。

リンシャには妹はいないけれど、ベルを見ていると、なんだか妹ができたような気持ちになってしまうのだ。

――それにしても、この子、いったいミーアさまとどんな関係なんだろう？

ミーア曰くは、腹違いの妹とのことだったが……、それはさすがにどうなのだろうと思うリンシャである。

――でも、面影なんかはミーアさまに似てるし、遠縁の訳ありの子という感じなのかしら？

なんにしても手がかからない子なので、リンシャとしても大助かりである。着替えもお風呂も、高貴な者ならば従者にやらせて当然のことも、ベルは一人でこなせるのだ。

——それに、悪い子じゃないのよね。まぁ、あのお世話になった相手にお金を渡して回るのは、どうかと思うけど……。

あのやり方が、どうにもリンシャは好きになれなかった。

即物的な価値を持つお金で、お礼をするということ。

それは、相手の好意をその場で清算するということだ。

人は互いに好意を交換し、親切にしあうことで付き合いを深めていくもの。自分に良くしてくれた人には自分もまた良くすることで返せばいい。優しさには優しさを、愛には愛を返す。友人であれ、親子であれ、仲間であれ、良き主従であれ……そういうものではないかと、リンシャは思っているのだ。

けれど、お金を払ってしまえばどうか？

関係はそこで切れる。お金を払う者と、それに見合うだけの対価を差し出すもの。それだけの、ドライな関係ができあがるだけだ。それは、絆を育むことには繋がらないのではないか、とリンシャは考える。

けれど、それ以上にリンシャが気になるのは……、

——この子は、いつ自分がいなくなってもいいように、返せる時に恩を返そうとしているような気がする。いつ関係が切れても、相手に損をさせないような……、そんな付き合い方をしてるように見える。

それは、潔い生き方と言えるのかもしれない。今日会った人に明日も会えるかは、確かにわからない。だから、きちんとお礼できる時にお礼する。とてもフェアな生き方なのかもしれない。けれど、

——この子の場合には、なんだか諦めがある気がするのよね。いつ死んでもいい、と自分で思って

るような、そんなドライなところが……。

リンシャは、それが、少しだけ気に入らなかった。子どもは無邪気に明日を信じるものだ。少なくとも、このセントノエル島では、それが許されてしかるべきなのに……。

——まぁ、いいわ。私とお別れする時に、もしもお金を渡してきたら叩き返して、お礼は言葉で言えって叱ってやるから。それでいいんだって、最後に教えてやるんだから。

などと、ついつい思ってしまうリンシャであった。

【聖夜祭当日　八つ鐘の刻（AM8：00）】

「おはよう、ベルちゃん」

食堂で、ベルが朝食をとっていた時だった。

いつの間に現れたのか、ベルの後ろにシュトリナ・エトワ・イエロームーンが立っていた。

その顔を見て、リンシャは少しだけ違和感を覚えた。

——いつも愛想よく笑ってるのに、なんだろう、今日は少し笑みが硬いような……。

「？　どうかしましたか？　リーナちゃん。なんだか、元気がないような……」

どうやら、ベルも同じ疑問を感じたらしい。小首を傾げ、シュトリナを見つめる。

「そんなことないよ。それより、ほら見て、ベルちゃん」

そう言うと、シュトリナは首から下げたなにかをベルに見せた。

「聖夜祭だから、首から下げてみたの。どうかしら？」

それは以前、ベルが作った「小さな馬のお守り（トローヤ）」だった。

「あっ、つけてくれたんですね。うふふ、嬉しいです」

ニコニコ笑みを浮かべるベル。そんなベルにシュトリナは言った。

「それでね、このトローヤのお礼に、今日のお昼、少しお外を歩かない？」

「へ？　お外ですか？」

「うん。そう。この前、森でのピクニック楽しかったから。また一緒に出かけたら楽しいんじゃないかなって。どうせ燭火ミサまでなにもやることないしね」

「いいですけど、また森に行くんですか？　確か、入れないんじゃ……」

「ふふふ、毒キノコが生えているほうにはね。でも、入口近くの野原には入ることできるのよ。この前行ってきたんだ」

それから、シュトリナは可憐な笑みを浮かべる。

「ね、あの綺麗な野原に入れるのよ。とっても素敵でしょう？」

「んー、わかりました。行きましょう。えへへ、ちょっとだけ楽しみです」

ベルも嬉しそうな笑みを浮かべる。

そのやり取りを見て……なぜだろう、リンシャは嫌な予感を覚えた。

いや、嫌な感触ならば、もしかしたら、以前から覚えていたのかもしれない。

なぜならリンシャは、シュトリナの口調に含まれる成分のことをよく知っていたから。

それは、彼女の兄、扇動者ランペールが誰かを騙そうとしている時の話し方に、微妙に似た口調だったから……。

無意識下の警鐘に従うように、リンシャは口を開いた。

「では、ベルさま。私も同行しますね」

牽制するようにシュトリナと、その従者バルバラを見る。すると、

「それは助かります。私は、お昼から少し用事があったので」

バルバラは、拍子抜けするほどあっさりとリンシャに言って、深々と頭を下げた。

「どうぞ、シュトリナお嬢さまのことを、よろしくお願いいたします」

【聖夜祭当日　第二　一つ鐘の刻（PM1：00）】

昼食後、ベルとシュトリナ、それに随伴のリンシャは連れ立って森にやってきていた。

彼女の言っていた通り、森の入口に見張りが立っていることもなく、三人はなんの問題もなく野原まで来ることができた。

先日も来た野原だったが、すでに季節は冬。どちらかというと、その光景は寒々しい感じがした。

——人がいないから、そう感じるのもあるかもしれない。町は、今日のお祭りで大騒ぎだったし……。さすがに、お祭りだといっても、こんなところには誰も来ないだろうしね。

「んー、前来た時とは違って、ちょっと寂しいね」

シュトリナは辺りを見回して、小さくため息を吐く。

「残念。ねぇ、ベルちゃん、もっと森の奥に行ってみましょう？」

「え？　奥ですか？　でも、兵士の人に見つかったら怒られちゃうんじゃ？」

「平気よ、平気。別に悪いことしてるわけじゃないじゃない？」

そう言って、シュトリナはベルの手を引いた。戸惑う様子のベルだったが、やがては諦めたのか、笑みを浮かべて、シュトリナと一緒に走っていく。

二人の子どもの無邪気な姿に、リンシャは小さく安堵の息を吐く。

――子どもは、やっぱり、そういう顔してないとね。

などと思いつつ、リンシャは二人に声をかけた。

「ベルさま、シュトリナさま、あまり遠くまで行かないほうが……あっ！」


……直後、ガツンッと重たい衝撃が、頭に走った。


同時に、膝から力が抜け、体が崩れ落ちる。

「……ぁっ……ぇ……」

悲鳴を上げる暇すらなく、リンシャの意識は、急速に闇に搦め捕られていく。

「あっ！　リンシャさんっ！」

遠くのほうで、ベルの声が聞こえる。

「……ベル、さま……逃げ……」

力を振り絞って出した声は、けれど、かすれるような声で……、だからベルには届かなくって……。

「リンシャさんを殺すことは許しません！」

次に聞こえた声は、すぐ近く……、頭のすぐ上から聞こえた。

鋭くも気高い声……、今までにリンシャが聞いたことがなかった、ベルの声だ。

そんなベルをあざ笑うような声が響く。老年を迎えた女性の声、この声は……。

「あはは、許さないなんて。まるで、本物のお姫さまのようですね。聞くと思いますか？　お姫さまの命令のように、あなたの言葉に従って、私がなにもせずに済ますとでも？」

くつくつ、と口の中で笑うような音。そうして、その声は続く。

「くだらないくだらない。そのようなことをして、我々になんの利点があるというのですか？」

ねっとりと、絡みついてくるかのような声。対するベルは、凛と澄み渡った声で言った。

「……もしも、リンシャさんを殺さずにいてくれたら……、大人しくついていきます。ボクをこの場で殺すことが目的ではないですよね？　あなたは、ボクをミーアお姉さまの人質にしようとしているのでは？」

「……あら？　見かけによらず頭がいいのね、ベルさまは」

「ここでリンシャさんを殺したら、ボクは死ぬ気で抵抗します。それとも、気絶させていきますか？　それはそれで大変だと思いますが……」

「ふふふ、ああ、本当に忌々（いまいま）しいぐらいに頭が働くのね。意外だったわ。確かにそう、当初の予定では、眠っていてもらう予定だったけれど……、あなたさまの協力があれば、楽に出られるでしょう」

しばしの沈黙……その後、

「いいでしょう。とどめは刺さずにおいてあげますよ。もっとも、結果的に死んでしまうこともあるかもしれませんが……。その傷では動くことはおろか、助けを呼ぶこともできないでしょうからね。無理に動けば余計に苦しむでしょうし、もしかしたら、とどめを刺してあげたほうが優しいのではないか、という気もしますけれど……。ああ、それにしても、その方も可哀想に。あなたさまに関わらなければ、こんなことにはならなかったのに……」

声はまるで、ベルを鞭打つかのように続いた。けれど、ひとまずは取引は成功したらしい。

不意に、そばにベルがしゃがみ込むような気配がして……。

「……リンシャさん、今までお世話になりました」

そう言って、ベルはごそごそとリンシャの襟元に何かを入れた。その感触……、冷たい、金属の感触を残すそれの正体が、リンシャにはすぐにわかった。

それは、二枚の銀貨だった。

「今のボクには……これぐらいしかお礼できないです。ごめんなさい。こんなことになってしまって、ごめんなさい。どうか、ご無事で」

そうして、足音が遠ざかるにつれて、リンシャの意識も遠くなっていき……。

「……ふざ…………けるな」

どのぐらい、意識を失っていたのだろうか……。

リンシャは目を覚ました。

目を開けようとして、顔をしかめる。頭から流れ落ちた血で、上手く開けることができなかったのだ。

ズキズキと痛む頭。体もふらふら、自然に揺れて、すぐにその場に倒れてしまう。

起き上がろうとして何度も失敗し、歩き出そうとして何度も転ぶ。

なるほど、確かに動いたほうが事態は悪化しそうだ。これなら倒れたまま、誰かが来るのを待ったほうがよいかもしれない。毒キノコの見張りをしている者の交代の際に見つけられる可能性は、きっとそこまで低くはないだろうから。

でも……、それでも……。

リンシャは前に進み始める。

ずるずると体を引きずるように。

よろよろと、木にもたれかかりながら。

その腹の内から湧き出す……怒りに突き動かされるように……。

「お礼……をしたいなら……もっと、別な、形にしろ……。銀貨でお礼？　こんなもの、が……、ほしくて、私は……あんたの、おもりを……、してた、んじゃない……」

ぐわん、ぐわん、と揺れる意識、なんとかそれを保つために懸命に怒る。

ベルに……、そしてそれ以上に、彼女を守り切れなかった自分自身に……。

「私、がついて、いながら……、こんな、ことに、なるなんて……」

ベルを守るつもりでいたのに、守られた。

こんな風に、銀貨でお返しをさせてしまったことに……、せざるを得ない状況を許してしまったことに、腹が立ってしょうがなかった。

けれどそこで、リンシャは皮肉げな笑みを浮かべる。

「はは、でも、そう……。銀貨二枚の、評価、か……。確かに、誘拐を許した、私、なのだから、これ、ぐらいで……、ちょうどいい、のかもね……」

ギリッと、歯を食いしばりながら、リンシャが足を止めることは、決してない。

それは、忠誠。彼女なりの、ベルへの想い。

「私の忠誠は銀貨二枚分……。なら……、銀貨二枚分に相応しい、働きを見せて、やる……だけ」

ずる、ずる、と這いずるようにして、リンシャは森の中を進んでいく。

セントノエル学園にいる、仲間たちに知らせを届けるために……。

第二十七話　愛馬とともに……

【聖夜祭当日　第二　四つ鐘の刻から半刻ほどたったころ（PM4：40）】

脅迫状に書かれていた場所は、ノエリージュ湖の湖畔から、少し離れた場所にあった。

「草原地帯を抜けた先にある小さな廃村。いかにもな場所ですわね……」

セントノエルから離れた場所に呼び出して、邪魔が入らないようにするつもりなのだろうが……。

「地図を見た限りでは、それなりに離れておりますし……。やはり馬が必要ですわね」

秋の馬術大会の結果から、ミーアが馬に乗れることを見越しての計画なのだろう……。

最も人目につかずにミーアを連れ去るにはどうすればいいか？　簡単だ。誘拐される本人に、自分から来てもらえばいい。

相手が普通のお姫さまの場合には馬車などを用意しなければならないため、露見の危険性が増えるが、その点、ミーアは馬に乗れる。

セントノエルから離れた場所であっても、呼び出すことは容易ということだ。

「当然、あちらで馬も用意してあるのでしょうけれど、なにも、そこまで思惑に乗ってやる必要もありませんわ」

セントノエル学園の厩舎を訪れたミーアは、真っ直ぐに荒嵐の繋いである小屋に向かった。

「荒嵐（こうらん）、いるかしら？」

入ってすぐ、ミーアを見つけた荒嵐が、鼻をムグムグ動かした。

一瞬身構えるミーアだったが、幸い、荒嵐はくしゃみをすることはなかった。

「あら、珍しいですわ……。また、くしゃみを吹っ掛けられるとばかり思っておりましたけれど……」

つぶやきつつ、荒嵐のそばに歩み寄ったミーアは、こっそりと、荒嵐に馬具を取り付けていく。いつでも自分一人で馬で逃げられるようにと、そのあたりのやり方はお手の物である。

自分一人で馬に乗る準備を整えられることも、馬龍には高く評価されているわけだが、そんなことは露知らぬミーアである。

「なんだ？　遠乗りにでも行くのかい？」という顔で、チラリと見つめてくる荒嵐。その目を、じっと見つめてから、ミーアは頭を下げた。

「荒嵐……、申し訳ないのですけれど……、あなたの力を借りたいんですの……。力をというか……、場合によっては命を……ですけれど」

もしも、自分が死んでしまった時、荒嵐が生きて帰れるかはわからない。案外、落馬した自分を放って、とっとと一人で逃げていくかもしれないが……。なんとなく、この馬は乗り手を見捨てることはないような、そんな義理堅いところがあるような……そんな気がしていた。

だからこそミーアは、荒嵐の首筋を撫でながら言う。言葉が通じているかはわからないけれど、丁寧に、丁寧に、言い聞かせる。

「ねぇ、荒嵐、今のわたくしは、ほかに頼れるものがございませんの。だから、特別にお願いいたしますわ……。わたくしと一緒に来てくれるかしら？」

そんな姫君の願いを受けた荒嵐は……ぶーふーぅ……と深い鼻息を吐き、にやり、と口角を上げる。

まるで、ミーアの言葉を理解しているかのように……。

俺がいれば、どんな罠からだって逃げてやるよ、と言っているかのように……。

「そう……。ふふ、頼もしいですわ、荒嵐。それと花陽、申し訳ないですけれど、荒嵐を借りますわね」

その呼びかけに花陽は、静かな知性を感じさせる瞳を向けてくるのみだった。


荒嵐を引いたミーアは、港へと向かった。

それに振り返る者はいない。ただでさえ、祭りで人通りは多いのだ。当然、荷運び用の馬を引いた商人も少なくはない。

それでも、見つかったら大変とコソコソ移動するミーア。ちょっぴりアヤしい姿であった……。

ほどなくして、彼女は港へとたどり着いた。

指定された船は、すぐに見つかった。それほど大きな船ではないが……、荒嵐を乗せるだけならば十分な大きさがある。

「あなたが、島の外まで運んでくれる商人ですの？」

船の前に立っていた男にミーアは声をかけた。

中年の、いかにも商人でございます、という人の好さそうな笑みを浮かべた男だったが……、

「ええ、そうですが……、えーっと、その馬は？」

ミーアが連れてきた荒嵐を見て、わずかばかり、表情を曇らせる。

「もちろん、遠駆けのための馬ですわ。わたくしの愛馬ですわ」

そう言ってやると、商人は急に慌てだした。

「いや、困りますよ。姫殿下を外に連れ出すのだって、リスクがあるのに……。それに、馬は向こうで用意してるって話でしたよ？」

「あら、その方はきっと、わたくしが普通の馬に乗れると思っていたんですわね。けれど、乗馬って難しいでしょう？　わたくし、この自分の馬にしか乗れないんですのよ」

そう言って、ミーアは、荒嵐に目を向けた。

空気を読んだのか、荒嵐は静かに、お上品な馬の顔をしている。

「いや、でも、さすがに馬を運ぶのは……」

「できますわよね？　できないとは、言わせませんわよ？　なんでしたら、追加でお金を要求してもらっても構いませんわよ？　あなたに話を持ってきた方に、金貨一袋でも要求してやるといいですわ」

さらりと敵への嫌がらせも欠かさない。他人の金貨袋で、交渉相手の頬を張り飛ばすスタイルである。

……鈍器を用いた脅迫とも言えるかもしれない。

「それとも、このわたくしに意見するおつもりかしら？　あなた、それ、どうなるかわかっててやっているんですわよね？　ご存知かしら？　わたくし、ラフィーナさまとも懇意にさせていただいておりますのよ？」

さらに脅す。

目いっぱい、大帝国の姫君のわがままで殴りに行く。

そもそも陰謀に加担した商人に対して、発揮するような慈悲など持ち合わせてはいないミーアである。

「さぁ、どうなさいますの？　金貨を手に入れられないどころかラフィーナさまにチクられるのと、馬ごとわたくしを運ぶのと、どちらにいたしますの？」


かくして、ミーアは荒嵐とともにセントノエル島を後にした。

自らの、ちょっぴり怪しげな行動が見られていることに、気付くことなく……。

第二十八話　始まりの忠臣と新しき友と

聖夜祭の手伝いをお願いされたアンヌは、聖堂への荷物運びに勤しんでいた。

――早く終わらせてミーアさまのところに戻らなきゃ……。それにしても……、聖夜祭の当日に、こんなに仕事があるなんて……。

基本的に、アンヌはミーアの従者であり、ティアムーン帝国のメイドである。ヴェールガ公国の管轄であるセントノエル学園の仕事に駆り出されることは、あまりないことだった。

――今日は、聖夜祭だから、手が足りないのはわかるけど……。

ミーアたち、生徒会の手配は、アンヌの目から見て抜かりのないものだった。こんな風に緊急で呼

び出されることに、アンヌは若干の違和感を覚えていた。しかも……、

「ああ、まったくついてないわね。なんで聖夜祭の当日にまで、こんなことしなきゃならないのかしらね。ね、あなた知ってる？　なんでも、聖堂に置いてあった燭台（しょくだい）やら、なんやらが、誰かに壊されてて、それで、急遽、こうして運び込んでるらしいわよ」

一緒に作業に当たっているメイドにそんな話を聞いてしまうと、なおさら落ち着かない気分になってしまう。

──聖堂のものを壊すなんて……、そんな人が学校内にいるなんて……。

そう思うと、ミーアのことが心配になってしまう。

──ともかく、急いで運んでしまおう……。

そう、アンヌが足を速めた時だった。ふと、視線を向けた先に、アンヌは……、

「あれ？　あれは、ミーアさま？」

自らの主の姿を見つけた。

どこか思いつめたような顔で、寮から出たミーアは、そのまま、厩舎のほうへと向かって歩いていく。

「ミーアさま……、どうされたんだろう……？」

別に、アンヌはいつもミーアと一緒にいるわけではない。アンヌが仕事で手が離せない時には、学友と出かけていることも、ないわけではない。

セントノエル島は、それだけの安全が確保された場所なのだ。

それに、ミーアは大国の姫君には珍しく、自分だけで買い物ができる庶民派だ。アンヌに隠れて、一人でこっそりおやつを買いに行っていることを、アンヌはきちんと知っている。今のところ、お諫（いさ）

めするほどの頻度ではないので、見て見ぬふりをしているが。

それはともかく、だから、ミーアが一人で町に出かけたとしても、そこまで気にする必要はないのかもしれない。なにか、ちょっとした買い物がしたいから、一人で出かけただけなのかもしれない。

でも……、なんだか、気になる。

「それに、どうして、乗馬用のお召し物を……？」

確かに、ミーアが向かったのは厩舎のほうだ。その意味では、不思議はないのだが……。

もうすぐ、聖夜祭の夕べに行われる燭火ミサが始まる時間だ。生徒は制服に着替えて、聖堂へ行くことになっている。それなのに、ミーアの行動は明らかにおかしかった。

「この時間から、遠駆けに行くわけもないし……」

聖堂に向かいつつ、アンヌの胸に嫌な予感が湧き上がる。

ついに、危険な場所にアンヌを連れていくとは、約束してくれなかったミーア。

ミーアが自分を置いて一人で遠くに行ってしまいそうな……、そんな予感が頭を過る。

「そんなこと……ない、よね……」

冷静に考えれば……、そんなことはない。そのはずだ。

だけど、ここ数日のミーアの雰囲気はどこかおかしかった。昨日も唐突にお礼を言ってきた。

聖夜祭の時には、日ごろ世話になっている人にお礼を言うのが慣習だ。だから、その行動も、おかしいことではないはず……なのに。

「ミーアさま……」

湧き上がる不安感は、見る間にアンヌの心を黒く染めていく。

小走りに聖堂に向かったアンヌは、そこに荷物を下ろすと、すぐに厩舎のほうへと走り出した。

「ミーアさま……」

つぶやくように、口から出た声。それは、すぐに、

「ミーアさま、どこですか？　ミーアさまっ！」

悲痛な叫び声に変わった。


「すっかり遅くなってしまったわね」

その日の、弓の鍛練を終えたティオーナは、寮への道を急いでいた。

「このままだと燭火ミサに間に合わないかな。少し急ぎましょう」

「はい、わかった、です」

こくり、と頷いたリオラだったが、ふと立ち止まる。

「どうかしたの？　リオラ」

「声が……」

「え？」

「声が聞こえる、です」

そう言うと、リオラは、きょろきょろ、辺りを見回して、

「あっち、です」

走り出す。

「ちょっと、リオラ、どうしたの？」

リオラのただならぬ雰囲気を察して、ティオーナも続く。ほどなくして、二人は、学園の外に走り出ようとしているアンヌの姿を見つけた。

「アンヌさん？　こんなところでなにしてるんですか？」

「ティオーナさま！　リオラさん」

走り寄ってきたアンヌを見て、ティオーナは、緊張に身を硬くする。

アンヌの頬が白く染まり、その瞳には、うっすらと涙が浮かんでいたからだ。

「ミーアさまを見かけませんでしたか？　こっちのほうに来られたと思うんですけど……。馬を連れていると思うんですけど……」

その口調にも、まるで余裕がない。

それを見たティオーナの胸に、焦燥（しょうそう）の火種が宿る。

ミーアと話しておけばよかったという夢の中での後悔……一度は鎮火したと思われていた思いが、再び燃え上がった。

焦ることはない、この聖夜祭が終わって……、そうしたらゆっくり話せばいいと……。

なんだったら、今夜の生徒会の鍋パーティーでゆっくり話せばいいのだと……。冷静な理性が告げている。

けれど、それを大いに上回る焦燥が、ティオーナを突き動かした。

「アンヌさん、私も一緒に捜します。リオラ、あなたはラフィーナさま……はお忙しいかな。アベル王子かシオン王子、キースウッドさん、ともかく誰でもいいわ。手を借りられそうな人を呼んできて」

「わかった、です。ティオーナさま、気をつけて」

リオラは頷くと、素早く駆け出した。

それから、ティオーナは改めて、アンヌのほうを振り返って、

「私たちも行きましょう。アンヌさん」

足早に歩き出した。

練習で使った矢筒と弓を外すことも忘れて……。

第二十九話　シュトリナを信じる者（純）

聖ヴェールガ公国バンドゥル村。ベルが連れてこられたのは、夕焼けに染まる廃村だった。

建ち並ぶ朽ちかけた家々はベルの脳裏に、かつて自分がいた場所を思い出させた。

それは、幸せな夢の終わりを予感させるのに十分なものだった。

村の中央部には、少し開けた場所があった。どうやら村人が集会などをする時に使う広場らしい。

広場には覆面を付けた男が一人たたずんでいた。そして、彼の足元には、付き従うように狼が横になっていた。

――あれは……、大きい、犬？　でも、犬ってあんなに怖い顔してたかな……？

ベルが首を傾げていると……、

「ふふ、約束通り大人しくしていただいて感謝しますよ、ベルさま。おかげで、こうして無事に目的地に来ることができた」

後ろを歩いていたバルバラが、上機嫌な声で言った。その言葉に、ベルは森に残してきたリンシャのことを思い出す。

「リンシャさん、大丈夫だったかな……」

ぽつん、とつぶやくベル。それを聞きつけたバルバラが意外そうな顔をした。

「あら、心配ですか？　あの従者のことが？　もう二度と会えないのだから、関係ないのではありませんか？」

その問いかけに、ベルは小さく首を振った。

「いいえ、たとえ二度と会えなかったとしても心配なものは心配です。それは、人として当然のことではありませんか？」

自身に忠を尽くしてくれた者に礼を尽くせと、ベルの師、ルードヴィッヒは言っていた。

それに……、

――ミーアお姉さまも、きっとそうしたはずです……。

淀みのないその答えに、バルバラは忌々（いまいま）しげに顔を歪めた。

「そうですか。ふふ、本当にあなたは、お姫さまみたいですね」

にっこりと笑みを浮かべて、バルバラはベルの頬に手を伸ばす。どこか嗜虐的（しぎゃくてき）な光の浮かんだその瞳に、ベルは獲物を狙う蛇を連想する。

「気高くて、正しくて……、まったく忌々しい」

ドンッと、肩に衝撃が走る。バルバラに押されたのだ、と気付いた時には、ベルは尻もちをついていた。後ろ手に縛られていたため、バランスを上手くとることができなかったのだ。

「無様ですね。この世界の秩序の恩恵を受ける高貴なる方なのに、とっても無様。ああ、それとも、あなたは、偽物のお姫さまでしたか？」

意地の悪い笑みを浮かべたバルバラが近づいてくる。そのまま、ベルに向かって手を振り上げたところで……。

「やめなさい、バルバラ」

「あっ、リーナちゃん……」

まるでベルを守るように、シュトリナが一歩前に出た。真っ直ぐにバルバラを見上げて、睨み付ける。

「ベルちゃんに、乱暴なことしないで」

「あら？　シュトリナお嬢さま……」

怪訝そうな顔で、バルバラが首を傾げた。

「まだ、お友だちごっこを続けるおつもりですか？　というか……」

それから、口元を押さえる。吊り上がった口の端から、くつくつと、笑い声が零れる。

「まさか、続けることができるおつもりなのですか？　こんなことをしておいて……？」

その言葉に、シュトリナの肩がぴくんと跳ねた。

バルバラは、無表情の顔をシュトリナに寄せた。両の目を大きく見開き……、化け物じみた顔でじっくりとシュトリナを見つめてから……。その耳元に口を寄せて……、

「まぁ、ミーア姫殿下が来るまでは時間があるでしょうから暇つぶしにはよろしいかもしれませんね。それに、お嬢さまは、お友だちでも殺せる立派な蛇だと、このバルバラは信じております。ですから、どんな遊びをしようと構いませんよ」

それから、わざとらしくパンッと手を打って、

「あ、そうだ。でしたら、私たちは席を外しましょう。二人きりにして差し上げますね」

「えっ……？」

「ミーア姫殿下をどうやって殺すか、相談してこなければなりませんし、シュトリナお嬢さまも、お友だちと積もるお話もあるでしょう？　なにしろ、これで最後なのですから。たっぷり仲良しのお友だちとお話しして、その後、お嬢さま直々に殺していただくことにいたしましょう。とても良い記念になるでしょう」

「あっ……まっ……て」

立ち去ろうとするバルバラに、シュトリナが手を伸ばした。けれど、その手がなにかを掴むことはなかった。

バルバラは狼を連れた男のほうに行き、二、三言葉を交わしてから向こうへ行ってしまった。

後には、ベルとシュトリナが残された。

まるで、捨てられた子犬のように、途方に暮れた顔をするシュトリナと、歩き去るバルバラを見て……。

──あの人……、とっても嫌なやつです。

ベルは、ぷくーっと頬を膨らませる。

──たぶん、こうしたほうがリーナちゃんの心が痛いから……、二人きりにしたんだ……。リーナちゃんをいじめるために……。

そのことがわかったから……ベルは、あえて普通の口調でシュトリナに言った。

「なんだか、ちょっぴり寒くなってきましたね」

それから、ベルは、広場の中央で焚かれた、焚き火に歩み寄った。パチパチと爆ぜる焚き火を見てから、シュトリナを振り返り、

「えへへ、聖夜祭の焚き火、見たいと思ってたんですけど、予定が変わっちゃいましたね」

明るく笑って見せた。今までと変わらない、無邪気な笑みを。

そんなベルに、シュトリナは驚いたように瞳を見開いてから……、

「うん……、そう、ね……」

小さく頷いた。それから、彼女もまたいつもと変わらない可憐な笑みを浮かべて言った。

「ね、ベルちゃん、お茶でもいかがかしら？　お湯でも沸かしましょうか」

「あ、いいですね。えへへ、そういえばピクニックに来てたんでしたね」

しみじみと言いながら、ベルは空を見上げた。

「月が綺麗に出てる……。夜のピクニックも意外と楽しいかもしれません」

しばらく、夜空をぽかーんと眺めてから、ベルはシュトリナを見た。

「？　リーナちゃん……？」

いつの間にきたのか、シュトリナがすぐそばに立っていた。その手に、小ぶりの刃物を持って……。

「動かないでね、その手じゃ、お茶が飲めないでしょう？」

にっこりと笑みを浮かべるとシュトリナは、ベルの腕をきつく縛っていた縄を切り落とした。

「あはは、ありがとうございます。実は、ちょっぴり擦れて痛くなってたんです。さすがは、リーナちゃんですね」

腕をさすりながら笑うベルに、シュトリナは小さく頷いた。

「それはよかったわ。ねぇ、お湯が沸くまで、少しだけお話ししましょう?」

シュトリナは、焚き火の近くに腰を下ろすと、持っていた刃物をポイッと地面に投げ捨てた。

「リーナちゃん、そんなところにナイフを置いておいたら、危ないですよ」

注意するベルだったが……、シュトリナは一向に、それを拾おうとはしなかった。

仕方なくベルはそれを拾い、シュトリナに差し出そうとする。と……、

「ねぇ、ベルちゃん、リーナね、お友だちのベルちゃんにチャンスを上げようと思うの。そのナイフ、使ってもいいよ」

「……へ?」

ベルは、きょとんと瞳を瞬かせた。

「えっと……、これを使うって、なににですか?」

「そうね、例えば……」

シュトリナは妖艶(ようえん)な目つきで見つめると、ベルの手を両手で握った。そのまま、刃物を自分の首筋に向ける。

「リーナを人質にして、ここを逃げてみるとか……?」

かくん、っとお人形のように首を傾げるシュトリナに、ベルはびっくりした顔で固まる。

「あの、冗談ですか?」

「本気よ? 可能性は低いけれど、このまま手をこまねいてなにもしないよりは、いいんじゃない? それとも、いっそそれでリーナのことを殺してしまうとか……。あなたの従者にひどいことをしちゃったしね。そのぐらいされても文句言えないわ……」

上目遣いにベルを見上げて、シュトリナは微笑む。

「どちらにせよ、このまま何もせずにいるよりは、いいんじゃないかしら？」

「んー……」

ベルは、自分の手の中の刃物とシュトリナとを見比べてから……、手を切らないように気を付けながら刃物の側を掴んだ。

それから持ち手側をシュトリナに向けて、それを返す。

「やめておきます」

「あら、どうして？　ベルちゃん、ミーアさまに言われてたじゃない？　大切なものを簡単に手放すなって。それなのに、そんなに簡単に諦めてしまってもいいの？　このままじゃあ、ベルちゃんは、ミーアさまが来ても来なくっても殺されてしまうのよ？」

低いとはいえ、それはベルが助かるための唯一の手段だった。それを捨ててしまうということは、完全に諦めてしまったことになりはしないか？　シュトリナは、そう問いかけているのだ。

けれど……、ベルは瞳を閉じたまま、小さく首を振る。

「別に諦めてはいません」

誤魔化しも、負け惜しみも、一切含まれていない、その言葉はどこまでも純粋な言葉だった。

ベルは、自分が未だに諦めていないことを知っていた。

大切なものを握ったまま決して放さないように……、手のひらをぎゅっと握りしめていることを……きちんと知っていた。

「それなら、どうしてその武器を取らないの？　リーナのこと人質にでもすれば、逃げ出すことだってできるかもしれないのに……」

「でも、それじゃあ、リーナちゃんのこと、取り戻せないと思います」

「え………？」

ベルの言葉を聞いて、シュトリナは固まった。

「取り戻すって……？」

きょとん、と首を傾げるシュトリナの、その瞳を見つめて、ベルは言った。

「ずっと考えてます。大切なものを握りしめて、放さないようにって……。リーナちゃんは、ボクのお友だちだから。どうしたら、取り戻せるのかって、ずっと考えてます……。でも、どうしても、その方法を思いつかないんです。えへへ、ボクあまり頭が良くないから、ミーアお姉さまみたいに上手くいかなくって」

ベルの言葉に、シュトリナから表情が消える。

「お友だち……？　ねぇ、ベルちゃん、状況が、わかってないの？　リーナは、あなたに近づくために、お友だちのふりをしただけよ？」

「いいえ、それはウソです」

「どうして？　なんで、そんなこと言いきれるの？」

ベルは、シュトリナを見つめたまま、その胸元に手を伸ばした。そこには……、

「だって、リーナちゃん、ボクがあげたお守り、まだ、つけてくれてるじゃないですか」

そう……、ベルがプレゼントした小さな馬のお守り（トローヤ）が……、未だにつけられたままになっていたのだ。

「……これだけのことで？　ねぇ、ベルちゃん、こんなの、あなたを騙すための手段でしかないわ」

歪んだ、無理やりな笑みを浮かべるシュトリナ。だったが、無意識にか、その手はお守りを握りしめていた。まるで、大切なものを放さないようにしているかのように……。

「でも、それでもボクは嬉しかったから……」

ベルは、そんなシュトリナに言葉をかける。

彼女の心に届くように……、大切なものを取り戻そうとするかのように……。

「嬉しかったんです。リーナちゃんに、初めてのお友だちに……、ボクが作ったものをプレゼントできたことが。それをリーナちゃんが大切に持っていて、身に着けてくれたことが、すごく……、すごく嬉しかったんです。だから……」

ベルはシュトリナの手を、両手でふわり、と掴んで、

「放さないようにしっかりと握りしめることにしたんです。ボクの大切な、お友だちのこと……ボクは絶対に放しません」

その言葉に、シュトリナは一瞬、泣きそうな顔をした。けれど……、すぐにその表情も消える。後に残るのは、いつもと同じ、誰からも好かれるような可憐な笑みだ。仮面のように、他者を遠ざける、完璧な笑みだ。

「ねぇ、ベルちゃん……、リーナはベルちゃんのこと殺そうとしてるのよ？　わかってる？　リーナはお友だちだって、殺せるわ。蛇としてあなたも、それに、ミーアさまのことだって……」

そんなシュトリナに、ベルは悪戯っぽい笑みを返す。

「えへへ、ではここで、お友だちのリーナちゃんにボクのとっておきの秘密、教えてあげますね」

わざとらしく声をひそめて、ベルは囁(ささや)くように言った。

「実はボク……、殺されそうになったことがあるんです。というか、この夢が覚めたら、見ず知らずの怖いおじさんたちに、殺されることになってるんです」

「へ……？」

「だから、まぁいいかなって……。リーナちゃんに、武器を突き付けて生き残るよりも……、お友だちのリーナちゃんに殺されるほうが……、諦めないで、大切なものを握りしめたまま死んじゃうほうがいいのかなって思います。それに……」

とここで、ベルは初めて困ったような顔をして……。

「たぶん、ミーアお祖母さまは、簡単に死んだりしないと思いますけど……。なにしろ、帝国の叡智ですから」

それから、どこか誇らしげな顔で胸を張るのだった。

第三十話　シュトリナを信じる者（茸）

船を降りたミーアは、周囲の闇の深さに小さく震えた。

背後を振り返れば、松明の明かりに彩られたセントノエル島が見えた。今まで自分がいた、光に満ちた世界と比べて、ここはあまりにも暗かった。

それでも、月が出ているだけまだマシなのかもしれない。

目が慣れてくれば、辺りの様子も徐々に見えてくる。

「これならば、なんとか行けそうかしら……。ねぇ、あなた、ちょっとお聞きしたいのですけど、このバンドゥル村というのは、どちらにあるかしら？」

「バンドゥル村ですか？　それでしたら、ここから北の草原を抜けた先です。古い街道が残っていますけど、もう何年も前に廃村になった村で、なにもないですよ？　……ああ、でも、逢引には確かに最適な場所かもしれませんね」

そう言って商人はニヤニヤ笑った。どうやら、下世話な想像をしたようだ。なるほど、それで、従者を伴わなくとも不審には思われないのか、とミーアは思わず感心する。

わがまま姫が、身分の低い恋仲の男と会うために、従者も連れずにこっそりと島を抜け出す。恋に恋するわがまま姫……。そう見ようと思えば、確かに今の自分はそう見えるのだろう。

まぁ、それはそれで構わないが……。ミーアは改めて、男に示された方角を見た。

「街道を行けばいいのならば、迷わずに行けそうですわね」

「ご心配でしたら、そこに繋いである馬を使ったらいいんじゃないですかね？　場所を覚えてるって言ってましたよ」

男が指し示す方向には、一頭の馬が繋がれていた。

それは、ミーアから見ると、いささか力強さに欠ける馬だった。荒嵐と比べると数段見劣りしてしまうレベルである。

ちなみに秋からのミーアは、荒嵐に花陽に夕兎（せきと）に、と月兎馬（つきとば）を見続けたせいで、若干、馬審美眼（ばしんびがん）が厳しくなっている。

馬マイスターになりつつあるミーアなのである。

「せっかくですけど、わたくしは、わたくしの馬で行きますわ」

ミーアは首を振りながら言う。

――ふん、悪い馬ではないのでしょうけれど、荒嵐のほうが速そうですわ。恐らく、万に一つもわたくしに逃げられないように、馬で逃げても簡単に捕まえられるような、足の遅い馬にしたのでしょうが……、そうはいきませんわ。

ミーアは荒嵐の首筋を一度撫でてから、その背に乗った。「よっこいしょー」っという掛け声とともに。

……若干、お祖母ちゃん感あふれるアレな行動だったが……、なにか大きな動きをする時には掛け声は大事なのだ。下手をすると腰やら膝やらを痛めてしまうかもしれないし……。

決して、ミーアが運動不足で、若さを失っているなどということはないのである。ないったらないのである！

そんなミーアの様子を見て、商人は肩をすくめた。

「そうですか。それでは、気を付けて」

それから踵を返して、船のほうへと戻っていく。島に渡っている仲間の商人を迎えに行くのか……。あるいは、今回のことに味を占めて、また生徒を島の外に運ぶ手助けをするのかもしれない……。

逢引のために島の外に出たがる生徒は、意外と多そうだし……。

――もしそうなら、愚かなことですわね。ラフィーナさまに見つかったら、お説教間違いなしですし……。人は、自分の蒔いた種の収穫を、自らしなければならないのですから……。

そうは思ったが、別に注意してやるつもりはない。そんな余裕はないし、所詮は自業自得というものである。

「では、行きますわよ、荒嵐」

「ぶひひん！」

荒嵐の野太いいななきが草原へと響き渡る。

商人の言っていた通り、少し行ったところに、北へと向かう街道があった。

地上を淡く照らす月明りを頼りに、ミーアは一路、廃村を目指した。

「街道といっても、今は、あまり使われていないようですわね……」

これから悪事をなそうとしている相手なのだから、当然、人気（ひとけ）のない場所を選ぶのだろうが……、それでも、ひとりぼっちで草原を行くのは、いささか心細いものがあった。

「うう……、このあたりは安全みたいに聞きましたけれど、本当かしら？　猛獣とかが出てきたら、暗殺される前に、食べられてしまうなんてことも……ひぃぃ……」

前方に蹲（うずくま）る闇に、なにか、凶暴な獣が潜んでいそうで……、途端に恐ろしくなってくるミーアである。

自らを乗せ傲然（ごうぜん）と前を向く荒嵐の姿が、今は心強い。しっかりとした力強い歩調が、秋口からずっと合わせ続けたリズムが、ミーアの心をわずかばかり落ち着かせる。

「頼みますわよ、荒嵐。もしもなにか獣がいたら、さっさと逃げるんですのよ」

「ぶひひん」

いななきとともに、荒嵐が振り返る。任せとけよ！　と言っているようなその目に、ミーアはわずかに笑みを浮かべる。

「それにしても、あなたはずいぶんと幸せそうですわね。花陽とは、上手くやっておりますの？」

「ひっひーん」

「まあ、そうですの。でも、子どもには優しくしなくては駄目ですわよ？　あと、パパと呼ぶことを強要してはいけませんわ。嫌われますわよ？」

ミーアは……ついに心細さと恐怖に耐えかねて、馬と会話を始めた！

騎馬王国の馬龍でさえ、できないスゴ技である！　そのうち、野蛮な人間に嫌気がさして馬の国に旅立ってしまわないか心配である。

まぁ、それはさておき……。

楽しく荒嵐との対話を楽しんでいるミーアの前を、さっと黒い影が横切った！

「ひっ！」

びくり、と跳ね上がるミーア。直後、荒嵐が走り出そうとするが、すぐさま、その前に影が立ちはだかる。

ぶるるるーふ……、と荒嵐が低い声で唸り声を上げた。

基本的に、好戦的で勇敢な荒嵐であったが、闇雲に飛びかかるような真似はしない。なぜなら、二人の前に現れたのは……、

「おっ、狼……？」

巨大な狼だった。

荒嵐と、ほとんど同じぐらいの巨体、体を覆う太い筋肉が力強く盛り上がっている。

走ることに特化した荒嵐とはまるで違う体のつくり、それは、まさに獲物を狩り殺すための体つきだった。

剣呑（けんのん）な目つきに見つめられてミーアは思わず震え……たりはしなかった。

――あら？　妙ですわね、そんなに怖くないような……。これなら、ディオンさんに睨まれたほうが全然怖いですわ。

……そうなのだ。自らを殺した張本人にして、帝国最強の騎士と、ちょいちょい顔を合わせるようになってからというもの、ミーアはすっかり、殺気やら、剣呑な視線やらに対して耐性ができてしまったのだ。

それだけではなく……。

――ふむ、そもそもこの狼、別にわたくしたちを襲おうという気はなさそうですわ。

なんと、相手の殺気すら、ある程度見分けることができるようになっていた。相手の殺気にはちょっとうるさい、殺気マイスターのミーアなのである！

まぁ、本人的にはあまり嬉しくないだろうが……。

狼は、ミーアの顔を一瞥すると、くるりと踵を返して歩き出した。

それは、まるで、ミーアたちを案内しようとしているかのようだった。

「もしや、この狼、敵の手の者なんじゃ……？」

脳裏に浮かぶのは、皇女伝の記述だ。自身が狼にペロリとされてしまうという、アレである。てっきり殺されて、そのまま死体を捨てられるだけかと思ったが、どうやら、敵は狼を使って死体を隠すことまでやろうとしたようである。

「まぁ、なんにせよ、すぐに襲ってくることはなさそうですし……。荒嵐、あの狼についていってみましょう」

ミーアの呼びかけに、荒嵐は、ぶひひん、といななきを返すのみだった。

狼の後についていくことしばし。

やがて、ミーアの目の前に不気味な廃村が姿を現した。

「ここが、バンドゥル村……？　ということは……」

朽ちた民家の向こう側、村の中央部に、赤々と火が燃えているのが見えた。

「焚き火……、あそこにベルがいるんですのね……」

ミーアは、ほふぅっとため息を吐いてから、荒嵐から降りた。それから荒嵐の首筋を撫でつつ、

「荒嵐、いつでも逃げられるように準備をしていてちょうだいね」

もしも、その機会があったらですけど……と心の中で付け足す。

実際のところ、ベルを助け出して、二人で荒嵐に乗るヴィジョンが一向に見えないミーアである。

――まぁ、一番の目的は敵の正体を見極めることですし……。

「おや、いらっしゃいましたか。ミーア姫殿下」

ふいに、夜の底に響くような声が、ミーアの耳を打った。慌てて視線を向ける……と、そこに立っていたのは、

「ようこそ、お越しいただき、恐悦至極にございます……。おや、その馬はなんでしょうか？」

慇懃無礼に頭を下げるその女性、それは、ミーアの知る人物……。

「バルバラ……さん？　ということは……」

「ふふふ、どうぞ、こちらへ。ああ、お一人で、いらしてください」

「……狼に、わたくしの馬を食べさせるつもりではないでしょうね？」

「ご心配なく。その狼は、馬は絶対に食べないよう、しつけられております」

ミーアは、不承不承といった様子で、荒嵐の手綱を離すと、

「行ってきますわね、荒嵐。なにかあったら、さっさと逃げて構いませんわよ」

そう指示してから、改めて焚き火へと向かう。と、

「あっ…………」

そこに立っていたのは、後ろ手に縛られたベルと、狼を従えた覆面の男。そして……、

「そう……リーナさんが……」

ベルの隣、可憐な笑みを浮かべるシュトリナだった。

「ご機嫌よう、ミーア姫殿下。わざわざ遠いところまでご足労いただきまして」

スカートの裾をちょこん、と持ち上げ、シュトリナは頭を下げた。

「いえ、せっかくのお招きですし、無下に扱うわけにもいきませんわ」

応じつつも、ミーアの脳裏に、夏休み明けのルードヴィッヒとの会話が過る。

――コロッと騙されてしまいましたわ……。イエロームーン公爵家は怪しいと、きちんと聞いておりましたのに……。失敗いたしましたわ……。

忸怩（じくじ）たる思いを抱えつつも、ミーアは未だ、シュトリナのことを悪く思えずにいた。

もしかしたら、なにか事情があるのではないか？　悪いやつらの言いなりにならなければならないような、そんな状況にあるのではないか？　と思ってしまうのだ。

――思えば、花陽が仔馬を産もうとしていた時も、リーナさんに手を借りたのでしたわ。あの時も、リーナさんがいなければ危なかったですし、一生懸命に手伝っておりましたわ。そんな方が……、こ

のような悪事に手を染めるかしら？

諦め悪くそんなことを思ってしまうミーアである。

けれど、それ以上に思うことが……、

──というか、キノコ好きに悪い人間はいないはず……。であるならば、なにかしらの事情があるに違いありませんわ！

これである！

キノコプリンセス、ミーアは確信しているのだ。

キノコ好きに悪いやつはいない、と……。キノコにあんなに詳しいシュトリナが悪いやつのはずがない、と。

ちなみに、バルバラはキノコ狩りの時にいなかったから関係ない。コイツは悪いやつに違いない、と確信しているミーアである。

──しかし、これは問題ですわ……。リーナさんは、はたして信用できるのか否か……。

もちろんなんらかの事情があってベルの誘拐に加担したのでも、それで罪なしとはならないだろう。

だがそれは、やり直しの時には大きな意味を持つのだ。

もしかすると、シュトリナに関しては、味方に引き入れることができるのかもしれないのだから。

刹那の思考、その後、ミーアは方針を決める。

──ここは、最後までリーナさんを信じてみることにいたしましょう。

理由はとても単純だ。

──キノコ好きに悪い人はおりませんわ。絶対ですわ！

そう、それはミーアのキノコプリンセスとしての直感、いわゆるキノプリセンスというやつである。

その直感に従い、ミーアは口を開く。

「リーナさん、あなたは……、なにか事情があって、こんなことをしているのですわね」

ミーアは断言する。

何があっても、最後までシュトリナを信じぬく。そう決心したミーアは、じっとシュトリナを見つめた。

……もしも、彼女が根っからの敵であったならば、もう、それはそれで仕方ない。どうせ、ここで死ぬのだから、どちらでも大差ないのだ。

ミーアの覚悟は茹でたキノコのように硬かった！　――そんなに硬くなかった！

「……え？」

ミーアの言葉に、シュトリナは、きょとんと瞳を瞬かせた。その表情が戸惑いに崩れる。

「…………なんで？　どうして、そんなことをおっしゃるんですか？　ミーア姫殿下、どうして、あなたまでリーナのこと……？」

「知れたことですわ。リーナさんがそんなことするなんて、思えないからですわ。わたくしは、あなたのことを信じますわ」

キノコ好きに、悪いやつは、いない！

ミーアは胸に生えた茸信念に基づいて、堂々と言い放つ！

「ねぇ、リーナさん、お話しいただけないかしら？　あなたは、無理矢理にやらされているだけですわよね？　ベルのお友だちのあなたが、こんなことをするはずがございませんわ」

「ミーアお姉さま……」

ミーアの様子を見たベルが、ちょっとだけ嬉しそうな顔をした。

「そうです。リーナちゃんが、こんなことするなんて、ボクもおかしいって思ってました。リーナちゃんは、悪いやつに脅されてるに決まってます！」

そうして、ベルはバルバラのほうを睨んだ。

鋭い視線を受けて、けれど、バルバラは落ち着きはらった様子で肩をすくめた。

「なにも知らないとは、幸せなことですね……。うふふ、お嬢さまが今までなにをしてこられたのか……」

「やめて！　バルバラ」

顔を歪めたシュトリナに呆れたような視線を向けてから、バルバラは改めてミーアのほうを見た。

「そもそも、そのようなことを聞いてどうしようというのですか？　ミーア姫殿下。あなたは、ここで死ぬというのに……」

死の宣告、と同時に、のっそりと、男の足元にいた狼が立ち上がる。

それを見たミーアは、一瞬、息を呑み……心の中で三度唱える。

――ディオンさんよりは、マシ。ディオンさんよりはマシ。ディオンさんよりは……マシですわ！

そうすると、不思議と怖さが薄れるような気がした。

……………とっておきのミーアのおまじないである。

まぶたの裏で、呆れて肩をすくめるディオンの顔が浮かんだような気がした。

それはさておき……。

――この程度の危機、ディオン・アライアに首を狙われるのに比べれば、恐るるに足りませんわ！

ミーアは、余裕の笑みを浮かべてバルバラのほうを見た。

「あら、それはわかりませんわよ？　確かにわたくしはここで死ぬかもしれませんけれど……、それでは終わりませんわ」

過去に舞い戻り、絶対にこの企みをくじいてやる、とバルバラを睨みつける。

「……負け惜しみは見苦しいですよ？　ミーア姫殿下」

「さて、はたして負け惜しみかしら？」

負け惜しみである。少なくとも半分以上は。

なにしろ、実際にはもう一度、過去に戻れる保証はないのだ。

それでも胸を張って言い切れる程度の修羅場は、経験済みのミーアである。

「……ふん、時間稼ぎでもしている、のでしょうか……。いや、それとも……」

と、バルバラが逡巡（しゅんじゅん）した刹那……、ミーアの視界が真っ白に染まった！

それは、辺り一面に突如として発生した白い煙……。

「……はぇっ⁉」

混乱に固まるミーアの鼻に、ほのかに香る匂い、それは月蛍草の……、入浴剤の香りで……。

直後、どすん、とぶつかってくるものがあった。

「うひゃあっ！」

悲鳴を上げるミーア。そのまま地面に押し倒される。

そうして、半ばタックルするみたいにぶつかってきた人物、それは……。

「ベルっ⁉」

「ミーアお姉さまっ⁉」

拘束を解かれたベルだった。

第三十一話　闇夜に燦然と輝くミーア姫！

その瞬間……。

大量の煙が発生する瞬間を、ベルは間近で見ていた。

それは、まさに突然の出来事だった。

バルバラの注意が逸れた瞬間に、シュトリナが焚き火の近く……、お茶を入れようと沸かしていたお湯のところに近づき、そして、なにかを入れたのだ。

直後、もくもくとした白い煙が、爆発的に辺りに満ちた。

視界を塞がれて誰もが動けなくなっていたところで、突如、ベルの両腕を縛っていた縄が切られた。

「え……？」

驚いて、後ろを振り返ろうとしたベルだったが、その瞬間にトンッと背中を押されて、バランスを崩した。

そのまま、たたらを踏むように、ベルは前方につんのめって……。

その背を追って……、

「……さよなら、ベルちゃん。元気でね」

煙の中、声が聞こえた。

「……え？　リーナ、ちゃん？　あっ！」

思い切り、煙の中に突っ込んでしまったベルは、次の瞬間、誰かとぶつかった。

「うひゃあっ！」

ちょっぴりヘンテコな悲鳴を上げた人物、それは、自分を助けに来てくれた人で……。

「あっ……、ミーアお姉さま……？」


「なっ？　ベル……!?　どうして……」

などと、呆気にとられたのは、一瞬のこと。

――好機到来ですわ！　逃げるのは、今しかございませんわ！

ミーアはすぐに動き出す。切り替えが早いのが、ミーアの良いところだ。

「荒嵐っ！」

指示する余裕などない。ただ、名前を呼んだだけだ。

けれど、そんなミーアの呼びかけにも荒嵐はきちっと反応した。

煙を突破して駆け寄ってきた荒嵐に、ミーアはひらりっと飛び乗ると、流れるようにベルを自分の前に乗せた！

……ミーアのイメージの中では。

実際には、よっこいしょーっと上に乗り、ものすごーく苦労して、ベルを引っ張り上げたわけだが……。まぁ、それでも、火事場の馬鹿力を発揮して、ミーアにしては十分に早かったのだが……。

「で、でも、まだリーナちゃんが……」

煙のほうに目を向けるベルに、ミーアは言った。

「どちらにせよ、今のわたくしたちでは、助けることはできませんわ。でも……」

そこで言葉を切ってから、ミーアもまた煙のほうに目を向ける。

「絶対に……、ええ、絶対に助け出してみせますわ。だから、今は、逃げますわよ！」

そうして、ミーアは荒嵐に指示を飛ばす。

「さぁっ！　逃げますわよ！　荒嵐！」

ミーアの人生最大の、命を懸けた逃亡劇、その幕が静かに開いた。


ミーアの号令で荒嵐は走り出した。いきなりの全力疾走である。

吹き飛ばされないようにミーアは、前方に乗るベルを抱きかかえるようにして、身を伏せた。

煙によって、若干、方向を見失っていたものの……、まぁ、大した問題ではない。なぜなら……、ミーアは秋に一つの奥義を習得しているのだ。

そう、背浮きの極意である。

荒嵐の走りに身を任せ、自らは、できるだけそれを邪魔しないこと。

要するに、荒嵐さえ逃げる方向を知っていれば……、ミーアはぽけーっとしてても、なんの問題もないわけである。

やがて、煙に覆われた地帯を抜ける。

背後を振り返れば、白く光る煙幕が、村全体を包み込むようにして広がっていた。

「あれは……、クロエの持ってきた入浴剤でしたのね……」

そう言えば、ティオーナとお風呂に行った時、後からシュトリナが入ってきたっけ、と思い出す。

——あの後、クロエから分けてもらっていた、ということかしら？　ならば、リーナさんは、こうなることを予想して、最初から助ける気でいたということに……？

一瞬、物思いにふけりそうになるミーアだったが、すぐに首を振る。

「今、考えても仕方のないことですわね。なにはともあれ、こうして窮地を脱することができましたし、みなさんの元へ戻った後で助けに行きましょう。あ、でも、島に戻るには船がいりますわね……。あの商人はもういないでしょうし……。それならば、明日の朝になるまで、夜闇に身を潜めるのがよろしいかしら。月が出ているとはいえ、この暗さですし、どこにでも隠れることができ………あら？」

と、ここで、ミーアは微妙な違和感に気付く。なんだか、辺りが微妙に明るいような……。

月明かりが強くなったのかしら？　などと空を見上げようとしたミーアは、直後に気付く。光っているのは、自分自身であるということにっ！

正確に言えば光っているのはミーアとベルのみ。荒嵐は別に光っていない。

ぼんやりとした淡い光が彼女たちの体を照らして、まるで、二人が宙に浮いているようにすら見えた。馬に乗る二人の姿は、闇夜を飛び回る妖精のようで……。もしも、どこかの物書きに目撃されてしまっていたら、愉快なトンデモ皇女伝の材料にされてしまいそうだ。

それはともかく……。

「なっ、こっ、これは、いったい……？」

混乱するミーアであったが直後に原因に思い至る。

余談だが、ミーアには、いくつか脳細胞の働きが活発化するワードというのが存在している。甘い物やキノコ類がそれにあたるが、もう一つ……、ミーアが大好きなお風呂関連のワードに関しても、ミーアの頭脳はキラリと冴え渡る。

そして……、つい最近のお風呂関係のことと言えば……。そう。煙の出る入浴剤。そして、その芳しい香りは……、月蛍草の香り……。

「……月蛍草……、月蛍……？　ものすごく光りそう！」

そう……ミーアは知る由もなかったが、その名前の由来……。それは、夜に輝く草であるということ……。

そして、その成分を含んだ入浴剤にもまた、同じような性質があって……。

明るいところでは表れない微妙に厄介な仕様に、ミーアは大いに慌てる。

「これ、暗いところを歩くのには便利でしょうけど、身を隠すのは無理なんじゃ……」

などと考えているところで……、ミーアは見た。

後方、白く輝く煙幕を突き破り……、自分と同じようにほのかに輝く三つのナニカが飛び出してきたのを。

その光が描くシルエット、それはどう見ても馬に乗った男と、巨大な二頭の狼にしか見えなくって……！

「ひっ、ひぃいいいっ！　来てますわ！　追っかけてきてますわよ！　荒嵐！」

ミーアに言われるまでもなく、荒嵐は速力をあげている。暴力的な加速に振り落とされないように、ミーアは必死にしがみつく。

そうして、ミーアは風になった！

風になったはず……なのに……。

後ろを振り返ったミーアは、悲鳴を上げた。

「ひぃいいいっ！　ち、近づいてますわよ、荒嵐。どんどん後ろから近づかれておりますわっ！」

荒嵐の速さを知るミーアには信じがたいことながら……、男の乗る馬がじわりじわりと近づいてきていた。さながら、白く透き通る亡霊の騎士のごとく……、男は見る間に距離を詰める。

それは、恐るべき速さだった。

一瞬、ミーアとベル、二人分の重さで荒嵐が遅れているのかとも思ったミーアだったが……、

「いえ、わたくしが、そんなに重いはずはございませんし……荒嵐なら余裕のはずですわ」

などと、すぐに考えを改める。

その証拠に、男が連れていた狼たちは、いささか遅れ始めている。荒嵐が遅いわけでは決してない。敵が、速すぎるのだ！

「はっ、はっ、速く！　荒嵐、もっと急いでくださいまし」

ミーアの声に、荒嵐は、ただ小さく鼻息を零すのみ。

それは、うるせえ、黙ってろ！　とでも言うかのような、ちょっぴりムッとした鼻息だった。


月夜の追走劇は、始まったばかりだった。

第三十二話　か細き運命の糸を繋いで

――あれは、月兎馬……。騎馬王国からセントノエル学園に譲渡されたものか……。なかなか良い

馬だ……が……。

前方を逃げる皇女ミーアとその馬を眺めながら、狼使いは冷静に考える。

先ほどの煙の影響だろうか、ぼんやりと明かりを放っているおかげで、ミーアの騎乗姿勢がよくわかった。

——皇女ミーアの乗り方も、悪くない。馬にすべてを委ねている……。

馬に乗り慣れていない少女を抱えての、皇女ミーアの騎乗もそれなりには、さまになっていた。高貴な身分の婦女子とは、とても思えないような乗りっぷりであるが……。

——だが、残念ながら……、我から逃れるには足りない。

狼使いは冷静に、自らの乗る愛馬に声をかける。

「……行くぞ。影雷（えいらい）」

その指示に応えるように、黒銀の毛並みを持つ馬、影雷は高くいなないた。

それを合図に、影雷の駆ける速度が上がる。従者である狼たちを置き去りにして、一気にミーアたちへと接近した狼使いは、片手で剣を抜き放った。

明々と輝く月光を反射して、刀身がギラリと輝きを放った！

「……その首、貰い受ける」

「ひぃいいいいいいっ！」

悲鳴を上げるミーアまでの距離、およそ三馬身。

それに気付いたのか、ミーアの乗る馬が速度を上げ、再び距離を開ける。と同時に、ザカッと土を蹴りつけてきた。けれど……、

──なかなかに賢い馬のようだな。

狼使いはそれを避けるために、いったん左後方に移動、ミーアたちと距離を取る。そこから回り込むようにして、ミーアたちの馬に近づこうとして……、直後、前方に目をやる。

──むっ……あれは……？

闇の中に見えた、ぼんやりとした赤い光。それが弧を描くようにして、近づいてきて……。

「──っ！」

咄嗟（とっさ）に剣を振るう。瞬間、刃に何かが当たる感触とともに、周囲に炎が爆ぜた。

「火矢……？」

直後、

「ミーアさまっ！」

響き渡るは、少女の声。

狼使いは、前方、火矢が飛んできた方向に目を凝らす。わずかとはいえ、自身が光を放っているため、微妙に見づらかったが……、それでも彼の目は、馬に乗る二つの人影をとらえた。

どうやら、一人が馬を操り、もう一人が弓を放ってきているらしい。

──なるほど、皇女ミーアを救援に来た従者、か……。

セントノエル島で、ミーアの行方を追っていたアンヌとティオーナは、すぐに、ミーアが島を出る船に乗ったという情報を手に入れた。

幸い、町行く人々も、商人たちもミーアのことをしっかりと覚えていたのだ。

馬を引き連れたセントノエル学園の生徒は印象的だったし、なにより、アンヌがコネ作りに尽力していたためである。必死な様子のアンヌに、協力してくれる町人は少なくはなく……、ほどなくしてアンヌたちはミーアが島を出たことを知る。

すぐさま、二人は自分たちも島を出ることを決意。アンヌが懇意にしていた商人にお願いして、岸まで船を出してもらうことにした。

「……問題は、岸についた後どうするか、ですね」

ティオーナは湖の向こう側に広がる闇に向けて、厳しい視線を送った。

二人が得た情報は、ミーアが島を出るところまでである。

はたして、聞き込みによって、その後の情報を得ることができるだろうか？

「ちょっといいかい？　アンヌちゃん」

深刻な顔で相談する二人に、商人が話しかけてきた。

「本当なら、港に船をつけるところなんだが、島からセントノエル学園の生徒を出したとあったら、騒ぎになりそうなんでな。できれば、人のいないところで降ろしたいんだが……」

その言葉は、二人の絶望に拍車をかける。

自分たち同様、ミーアを連れ出した商人も同じように、人目につかないところにミーアを降ろしたのではないか？

だとするならば、ミーアを目撃した者など、一人もいないのではないか？

そんな時だった……。

二人が乗った船とすれ違うようにして、一隻の船がセントノエルに戻っていくのが見えた。

「ありゃ？　先客がいたか？」

商人の言葉に、二人は顔を見合わせた。

「もしかして……ミーアさまを運んだ船なんじゃ……？」

咄嗟に船体の後方まで走り、すれ違った船を見る。けれどさすがに水上で止めて、乗り移って事情を聞き出すわけにもいかない。いかないが……。

「すみません。あの船が来た方向に、船を泊めてください」

アンヌも、ティオーナも、もうわかっていた。ミーアがただならぬ事態に巻き込まれたのだということは。だから、船から降りた場所にじっと留まっているようなことはないだろうと、頭ではわかっていた。けれど、その希望にすがるしかなかった。

「ミーアさま……、どうか」

アンヌの切実な祈りは……、けれど届かない。

船が泊まった岸辺には、求める人の姿はなかったから……。

絶望に、目の前が真っ暗になりかける。それでも諦めずに、なんとか辺りを捜すけれど……、商人からもらった松明が燃え尽きるころには、アンヌの瞳からは、ぽろぽろ、ぽろぽろと涙が零れ落ちていた。

「ミーアさま……、いったい、どこに……」

ぐずぐずと、鼻を鳴らすアンヌ。その時だ。

「アンヌさんっ！　あれ！」

ティオーナが声を上げた。涙に歪む視界、目元をぬぐったアンヌは、ティオーナが指さすほうに目を向けて……。

「馬……？」

木に繋がれた馬を見つけた。

「どうして、こんなところに馬が……？」

刹那の逡巡、けれど、アンヌはすぐに決意する。

「ティオーナさま、私の後ろに乗ってください」

「え……？」

あの日……、レムノ王国に、アンヌは連れていってもらえなかった。

どんな時でもミーアの傍らにありたいと強く、強く願っていたのに、ついていくことができなかった。

馬に、乗ることができなかったから……。

あの日の悔しさを糧に、アンヌは努力した。

馬に乗れるようになるために。

今度こそ……、ミーアの傍らにあるために。

そんな彼女の目の前に、一頭の馬が現れた。

恐らくは、ミーアが危機に陥っているであろう、今この瞬間に目の前に馬がいる。ならば、ほかにすることはない。

「ミーアさまは、いつでも、馬に乗る時は、馬に身を委ねていた。だから、私も……」

アンヌの、乗馬のお手本はミーアだ。

馬に、すべてを委ねてしまう奥義「背浮き乗馬」がアンヌの理想とする乗り方だ。

……何かが間違っているような気がしないではないが……。

ともかく、アンヌは決めたのだ。ミーアに、大切な主の行動に倣(なら)うことに。

「急いでください、ティオーナさま」

「ええ、わかりました」

それを確認し、アンヌは馬を走らせる。

ティオーナも覚悟を固めたのか、アンヌの後ろによじ登る。

行く先など知らない。けれど、馬の赴くままに……、その身を委ねたのだ。

その馬が、混沌の蛇が用意した……待ち合わせ場所にミーアを運ぶための馬だということも知らずに。

「アンヌさんっ！　あそこっ！」

アンヌの後ろで馬に揺られることしばし。ティオーナは、それを見つける。

前方に現れた淡い光……、一瞬、月の妖精かと見間違いそうになる、その幻想的な光が、こちらへと向かってくることに。

懸命に目を凝らせば、それが、馬に乗った人間であることがわかった。

そして、

「ひぃいいいいいいっ！」

遠くに聞こえる少女の悲鳴。あれは……、あの声は！

「あれは、ミーアさま！」

アンヌがつぶやくので確信する。あれは、自分たちが捜している人物であるということ。

そして、同時に、

「襲われてるの？」

そのミーアの悲鳴が、余裕を失ったものであることも。

――ミーアさまが、あんな風に情けない悲鳴を上げるなんて、ただごとではないわ！

ティオーナは確信する。今、ミーアはきっと命の危機にあるのだと。

……実際には、結構ミーアは情けない悲鳴や、ヘンテコな悲鳴を上げているのだが……、ティオーナのイメージの中では、常にキリッとして冷静沈着なミーアなのである。

「アンヌさん、ミーアさまを援護します」

そう言って、ティオーナは、背中につけた矢筒から矢を取り出す。

練習用の矢を、先端が燃えるように細工した火矢である。

新しくもらった松明を使って点火すると、赤々と炎が立ち上った。

――さすがは、リオラ。いい細工ね……。

心の中でつぶやいて、ティオーナは弓をつがえる。

レムノ王国での革命事件で、悔しい思いをしたのは、アンヌだけではなかった。

ティオーナもまた、心の奥に悔恨を抱えた一人だった。

「なにも、できなかった……」

せっかくミーアと同行したのに、なんの役にも立つことができなかった。

その後悔から、ティオーナは弓の練習を始めた。戦う力が欲しくて……否、ミーアの役に立てる力が欲しくて……。

ティオーナは目をすがめる。

前方に揺れる二つの光。

淡い光はどちらも同じものに見えて……、どちらが襲撃者で、どちらがミーアなのかがわからなかった。万が一にも、ミーアに矢を当てるわけにはいかない。

自然、弓を持つ手が緊張で震える。

――どっちがミーアさまなの？　私は……、きちんと弓を射ることができるの？

そんな時……、不意に、片方の光が大きく横にそれた。そこから回り込むようにして、もう片方に近づこうとして……、それが見えた。

降り注ぐ月明り、地上に向かって伸びたその一筋が、一瞬だけキラリと強い光を発するのが……。

その光の中に刹那、見えたもの、その冷たく輝くものは……。

「今のは……、剣っ！」

それは、敵が構えた剣が月を反射した輝き。

――ミーアさまが、剣を持って戦うなんてこと、あり得ない！　それに、今なら少しミーアさまから離れているわ！　この角度なら！

確信を込めてティオーナは、流れるような動作で火矢を放った。


それは、二人の少女の想いの結実。

アンヌだけでは、馬で駆けつけることができても何もできなかった。

ティオーナは乗馬も弓もできるけど、馬を操りながら、弓を放つことはできなかった。

ゆえに……、それは彼女たち、二人の努力の結実。

それが、今この瞬間、この時に、二人をミーアの絶体絶命の危機に間に合わせた。

火矢は赤い光となって、弧を描くようにして、敵に向かっていった。

——未熟。その程度で、我に当てようなどと……。

最初の一本以外の火矢は、ことごとく頭上を通り過ぎていった。狙いとしては大雑把(おおざっぱ)すぎるし、なにより、軌道が見えやすい火矢にしていることが致命的と言えた。これでは、仮に命中する軌道で放ってきたとしても簡単に叩き落とすことができる。

火攻めにするならばともかく、わざわざ矢の軌道が見えやすいように火を灯すなど、愚の骨頂。

——万が一にも皇女ミーアに当たらないよう、わざと見えやすくしているのか……？

それでも、普通の賊が相手であれば牽制にはなったかもしれないが、帝国最強の騎士、ディオン・アライアの矢を叩き落とした狼使いであれば、無視してしまっても何の問題もない。

——いや、いくら防げるとしても、こうも撃たれてはさすがに面倒か。そもそも、もし、皇女に当たったりしたら、どうするつもりだ？

熟練の戦士である狼使いだからこそ、打ち落とすことも可能なのだ。前を行くミーアには到底そんなことはできないだろう。

——今から首を落とす相手に、無用の心配か……。

そんなことを思いつつ、狼使いは馬の速度を上げた。

見る間にミーアの姿が近づいてくる。剣を振りかぶり、その細い首筋に刃を振り下ろそうとした、まさにその時……！

「合わせてっ！」

前方、弓の射手が声を張り上げる。

それを聞いた狼使いの脳裏に疑問が過った。

合わせる？　なにを？

馬を操る前方の少女にかけた声だろうか？　だが、だとしたら、なにをどう合わせるというのか？

あるいは、ミーア姫たちにかけた言葉だろうか？　だが、だとしても、なにをどう合わせるのか？

生じた違和感。直後、前方から、再び火矢が放たれる。

かすかな山なりを描く火矢の軌道。赤く光る矢は真っ直ぐに向かってくる。

距離が近づいたからか、狙いは正確だった。仕方なく、彼は剣でそれを落とそうとして……、その耳が異変を捉える。

矢が風を切る音。

その数は…………二つ！

刹那、狼使いは、体を大きく倒した。その肩口を、まったく違う角度から飛んできた矢がかすめていく。

――ぐっ……鋭い。もう一人、射手がいたか……。

狼使いはようやく、相手の狙いに気が付いた。

「ちっ、外した、です」

暗い草原に立つ小さな人影。

狙撃手、リオラ・ルールーは悔しげに舌打ちする。

「次は当てる、です」

そうして、二本目の矢をつがえる。

ティオーナの命令で、助っ人を呼びに行ったはずの彼女がここにいることには、ちょっとした事情があった。

端的に言ってしまうと、彼女は……ティオーナが心配だったのだ。

アンヌからただならぬ気配を察知したリオラは、主君の身を案じて、自身に課せられた命令を最低限だけ果たすと、すぐにティオーナたちの後を追ったのだ。

そうして、彼女が港に到着したのとほぼ同時に、一隻の船が現れる。

それこそが小遣い稼ぎのために再び戻ってきた、例の、ミーア誘拐に加担した商人だった。

「積み荷を積んでなければ、入島の審査も甘いし、ちょろっと学生を島の外に出してやるだけで金貨がもらえるなんて美味い商売だなぁ」

などと上機嫌だった彼なのだが……、すぐに自らの悪事の報いを刈り取る羽目になる。

アンヌたちに協力した町民たちの手によって捕まった商人が、袋叩きにされそうになっているところにタイミングよくリオラが到着し……。と、アンヌとティオーナよりスムーズに行動できたリオラは、草原の途中でついにアンヌたちに追いつくことができたのだ。

さらに、商人からある程度の事情を聞いたリオラは、不意の遭遇戦に備えて、簡易な火矢を作製。

矢の先端を潰し、万が一ミーアに当たっても死なない程度のケガで済む矢を作っていた。

まぁ、当たったらめちゃくちゃ痛いだろうが、刺さらなければいいだろ！　の精神である。

ワイルドさが売りなリオラである。

そのうえで、彼女はティオーナに役割を与えたのだ。

替えの松明と火矢を渡して……、それを使って敵の目を引き付けることと牽制、そしてそれ以上に敵の周囲を照らして、リオラの狙いをつけやすくする、という役割を。

ティオーナの腕は悪くはないが、百に一つもミーアに矢を放ってしまっては大変なことになる。ゆえに、敵に致命傷を与えるような攻撃は自分が担おうというわけである。

まぁ、実際のところ、リオラであっても万に一つぐらいはミーアを射抜いてしまう可能性は否定できないところであるが……、それでも、ティオーナよりは低いわけで……。

「ミーア姫殿下、当たっちゃったらごめん、です……」

……ミーアの命は、割と風前の灯なのかもしれない。


「ひぃいいいいいっ！」

前方から次々と飛んでくる火矢を見て、ミーアは悲鳴を上げた。

「あぶっ、危ないですわ！　荒嵐、避けて！　ひぃいっ！　当たってしまいますわ！　ベル、しっかりと頭を下げているんですのよ!?」

実際には火矢はかなり離れたところを飛び去っているわけだが、ビュンビュン飛んでくる矢に、ミーアの小心者の心が悲鳴を上げ続けていた。

一方、ベルのほうはずっとうつむいたままだった。

ミーアとは違い、以前にも似たような経験をしているベルは、この程度では動じないのだ。むしろ彼女の心配事は……、

「リーナちゃん……」

あの場に残してきた友人のことだった。

そればかりが気になってしまい、頭上を飛び交う矢も、追跡者も、

「ひぃいいいいっ！　し、死んじゃいますわ！　これ、絶対死んじゃいますわっ！」

お祖母ちゃんの情けない悲鳴も、彼女の耳には届かないのだ。こうして、ベルの中の格好いいお祖母ちゃん像は守られるのだった。よかったね、ミーア。

さて、きゃあきゃあ悲鳴を上げていたミーアだったが、ようやく、この火矢は当たらなそうだぞ？と気付いて、冷静さを取り戻した。そうして、改めて後ろを振り向いて……、驚愕する。

追跡者の乗った馬が、予想していたより後方にいたからだ。

「あら？　もしかして……、火矢にビビッて速度を落としたんですの？」

……リオラの狙撃のほうにはまったく気付いていないミーアである。

「ふふん、火矢とこんなに離れていたら当たるはずありませんのに、情けないやつですわ！」

先ほどまでの自分の態度を忘れて、得意げに笑うミーア。都合の悪いことは、サクッと忘れられる便利な脳みそなのである。

――もしかして、これ、上手く逃げることができるんじゃないかしら？

などと、油断しかけた瞬間だった。

ドンっと真横から衝撃が走った。

「あっ……」

悲鳴とともに、ミーアとベルは草原に投げ出された。

「ひゃあああああっ！」

ごろんごろん、と地面を転がりながら、ミーアは見た。

荒嵐に真横から体当たりを食らわせた巨大な影……、それがのっそりと、ミーアたちに近づいてくるのを……。

——あっ、ああ、狼のこと、すっかり忘れておりましたわ……。

狼使いと同様、ミーアたちもまた、火矢に気を取られて速度が落ちていたのだ。そこに、追いついてきた狼が不意打ちを食らわせてきた、と……。

それは、ただそれだけのこと……。そして……。

「覚悟してもらおう……」

狼の後ろから、馬を降りた狼使いが歩いてくるのが見えた。

——あ、ああ……やっぱり、わたくし、ここまでなんですのね……。

彼が振り上げた刃をぼんやり見ながら……、ミーアは思う。

——ま、まぁ、犯人はわかりましたし。今度は上手くできると思いますわ。もっとも、今度があれば……ですけれど……。

男がやってくるまで、残り五歩、四歩……。

やがて、ゆっくりと立ち止まった狼使いは、その剣を振り下ろした。

ミーアはギュッと目をつむり、どうか、あんまり痛くありませんように……！　などと心の中で祈りをささげた。のだが……。

痛みはおとずれることなく、代わりに聞こえてきたのは、甲高い金属の音のみで……。

「…………悪いが、彼女は大切な人なんだ。ボクにとっても、皆にとってもね……。だから……ミーアには指一本触れさせない」

リオラ・ルールーが果たした最低限……。

学園に戻った彼女が真っ先に見つけた助っ人こそが……。

「あっ、アベルっ！」

ミーアの感極まった声に、アベル・レムノはちょっぴり照れくさそうな顔をするのだった。

「ああ、アベル！　アベルが来てくれましたわっ！」

きゃーきゃー響く、ミーアの能天気な歓声をよそに……、アベルは男から目を離せなかった。

肌が粟立（あわだ）つ……。

緊張感に、手のひらにじっとりと汗が滲（にじ）んできた。

目の前の男の隙のない構えと、全身から発せられる濃密な殺気……。それは、かのレムノ王国の豪傑、剛鉄槍ベルナルド・ヴァージルや帝国最強の騎士、ディオン・アライアにも匹敵するもののように、アベルには感じられた。

――この男、恐ろしいほどの実力者だ……。それに……、
男から注意を逸らさないようにしつつも、アベルは辺りを窺（うかが）う。と、徐々に、距離を詰めてきてい

る狼たちの姿が見えた。

――狼が厄介だな……。なんとかしなければ……、んっ？

っと、不意にミーアの後ろに、のっそりと荒嵐が歩み寄るのが見えた。ふんっと荒い鼻息を漏らしつつ、狼たちを睨みつける。

さらに、その隣にはアベルが乗ってきた花陽までもが、まるでミーアを守るように、身を寄せてきていた。

――頼もしいけれど、さすがに狼と馬では……。

と思ったアベルだったが、不思議なことに狼たちは、馬を見ると、そこで足を止めてしまった。

「これは…………、ああ、なるほど」

その様子を見て、アベルは納得する。

馬というのは、財産だ。

戦場を駆ける駿馬（しゅんめ）は、一頭で千金の価値を持つ。恐らく、敵の狼たちは、馬を襲わないようにしつけられているのだろう。

「ということは……、とりあえず、狼を気にする必要はない、ということか。ミーア、荒嵐たちから離れるな」

「ええ、わかりましたわ！　……あ、あら？　荒嵐、なんだか、鼻がひくひくしてるような……、うひゃあっ！」

ぶぇえくしょんっと、荒嵐のくしゃみの音と、その直後、どさり、とミーアが転ぶ音が聞こえたが……、それに構っている余裕はアベルにはない。

改めて、彼は目の前の男に視線を戻した。

「よくしつけられている狼で助かったよ。あとは、お前を倒せばいいだけだ」

「アベル……、レムノ王国の、第二王子……か」

覆面の男は、意味ありげにつぶやいて、アベルを見た。

「おや、ボクを知っているのかい？　それは、光栄の至りだ」

目の前の男を睨みつけたまま、アベルは剣を上段に構える。

実のところ……、状況は、あまり好転はしていない。目の前には、帝国最強ディオン・アライアと同格の暗殺者がいて、襲ってはこないとはいえ、狼もそばで狙っている。

捨て身で時間稼ぎをすればよいという状況でもない。

敵を退けて、活路を切り開かなければならない状況なのだ。

——ボクに……できるだろうか？

「ふぅ……」

一瞬だけ、腹の底から浮かび上がりそうになる不安……、それを、深呼吸とともに飲み下す。そして、

「行くぞ！」

しなければならぬことはシンプルだ。ならば、ただ、それを為すのみ。

アベルは、大きく踏み込む。

地面をへこまさんばかりの踏み込み。と同時に、刃を振り下ろす。

鍛練に鍛練を重ねた、彼のもっとも信頼を置く、上段からの振り下ろし。

かすむ刀身は、ただ月明かりの反射による残光を置き去りに必殺の斬撃となる。

それはまるで、月の雫が垂れたような美しき斬撃。

天才、シオン・ソール・サンクランドでさえ、反応できたかどうか疑わしい、見事な一撃……であったのだが……。

ガィン、と重たい音が響く。

刹那の後、月に照らし出されるは、鍔迫り合いをするアベルと男の姿だった。

――くっ、こうもやすやすと受け止められてしまうとは……。

渾身の一撃を止められて、悔しげに舌打ちするアベル。そんな彼に、覆面の男は冷たく言った。

「見事な一撃だが、我を討ち果たすには足りぬ」

直後、今度は男の斬撃が放たれた。

間一髪、アベルは剣の腹で受けるも、攻撃は終わらない。激しい嵐のような連撃に、アベルは防戦一方だった。

――くっ、やはり、強い。

攻撃を捌ききれずに、体に小さな傷が増えていく。月明りに、鮮血の飛沫が飛び散った。

「くっ、まだまだっ！」

それでも、アベルが折れることはない。

自分が背にかばっているものがなんなのか、彼にはよくわかっていた。

こんなところで、彼女を失うわけにはいかない。

諦めるわけにはいかない！

胸に抱く信念は、固く、決して折れることはなく……、けれど……。

パキィイインッと、なにかが砕けるような不吉な音が聞こえた。

直後、アベルは、慌て気味に敵と距離をとる。そうして、自らの剣に目を向けて……、忌々しげに顔を歪めた。

「そのような剣で、我の相手をしようとは、愚かな……」

低く、嘲るような声で覆面の男が言った。

アベルが持っていた剣……、それは、訓練用の刃引きがされたものだった。強度的にも実戦に耐えうるものではなかったのだ。

セントノエル島において、武器の類には、極めて厳重な管理がなされている。取り出すための許可を得るには時間がかかるのだ。

だが、その時間はなかった。それでは間に合わなかったのだ。

リオラからミーアの異変を聞かされたアベルは、訓練用の剣を片手に、唯一、荒嵐に追いつける馬、花陽を連れて、救出に駆け付けたのだ。

拙速に拙速を極めたがゆえに、リオラもアベルも間に合い……、けれど、拙速であったがゆえに、狼使いを退けるには至らない。

未来を閉ざす固い扉は未だ開くことはなく……。それをこじ開けるにはもう一つの運命の糸を頼る必要があった。

もう一つの運命の糸――銀貨二枚分の忠誠は、この決戦の荒野に、セントノエル学園における最強の戦力を召喚するに至る。

それは……。

「アベルっ！　受け取れ！」

唐突に声が響いた。同時に、覆面の男から放たれた横薙ぎの斬撃。

アベルは真上に飛び上がることで、それを躱し、空中で思い切り手を伸ばした。

まるで吸い寄せられるように、その手に、一本の剣が収まる。

「恩に着るよ、シオン」

言いつつ、アベルは空中で抜刀する。

月明りを受けて黒く光るそれは、鍛え抜かれた鋼。

幾千の敵を退けるために打ち出された戦刀だ。

両手持ちにした剣を、アベルは全力で振り下ろした。

ガィンッと鈍い金属の音。

強力無比な一撃を剣で受けた男は、小さく呻いて後ろに下がる。

「腕が痺れたんじゃないか？　彼の一撃は重たいからな」

ゆっくりと歩み寄ってきたのは、涼しい笑みを浮かべる少年だった。

シオン・ソール・サンクランド。剣の天才は、静かに、優雅に、剣を抜き放つ。

それから、ふと、荒嵐のそばにいるミーアの姿を見る。それは酷い姿だった。

ぐっしょりと濡れた服、頬や髪には、黒々と泥が付着していた。

「我が仲間に無礼を働いた報いを受ける覚悟は……、できているのだろうな」

その瞳に、静かな怒りを燃やして、シオンは言った。

……ちなみに、ミーアがボロボロなのは、もちろん馬から落ちたこともあるのだが……、それ以上に、荒嵐にくしゃみをぶっかけられて、転んで、泥だらけになってしまったことが大きかったわけだが……。

そんなことは知る由もないシオンなのであった。

第三十三話　苦労人キースウッド氏、無茶ぶりされる！

――なかなかに、危ないところだったな。

シオンと共に駆け付けたキースウッドは、あたりの様子を眺めつつ思う。

身を寄せるミーアとベル。それを守るようにしてたたずむ二頭の馬。

そしてその周りを、敵の手の者だろうか、二匹の狼が隙を窺うようにして回っている。

――間一髪、間に合ったというところか。やれやれ……。

先ほどまでの綱渡りのような状況を思い出し、キースウッドは思わず安堵のため息を零した。

シオンの意向を受け、学園内の見回りをしていた彼は、裏門近くで、血まみれのリンシャを見つける。

医務室に運び込まれる間際、彼女は、シュトリナとバルバラによって、ベルが誘拐されたことを伝えて、そのまま意識を失ってしまった。

危急の事態に、急ぎそのことをシオンに伝え、ミーアたちのことを捜すと、その関係者のほとんどが行方不明になっているという状況。しかも、ミーアの部屋には脅迫状が放り捨ててあるという有様である。

シオンのもとに戻り、すでに剣を用意していた彼と合流。すぐさま島を出る。

元より、リンシャの話から、かなりの緊急事態が起きていることはわかっていた。それゆえに、彼らの行動は、誰よりも迷いのないものとなった。

それでもなおギリギリであったことに、キースウッドは背筋(せすじ)が寒くなる。

――ミーア姫殿下を失うというのは、計り知れない損失だ。間に合ってよかった。

などと、思っていると……。

「キースウッド、狼は任せる。できれば排除して脱出路を開いてくれ」

シオンの命令に、キースウッドは思わず苦笑を浮かべた。

「うわー……、いつも通りのムチャぶりとはいえ……、このレベルはちょっとなかったかなぁ」

思わずぼやく。

なにしろ、敵は巨大な狼二匹である。普通の者であれば怖気(おじけ)づいてしまうところだが……。

――もっとも、あちらはあちらで大変そうだしな。ここは俺が踏ん張るしかない、か。

キースウッドは、先ほどアベルの渾身の一撃が止められるのを冷静に見ていた。

アベルの一撃は、キースウッドでも侮りがたい威力を持っている。正面からまともに受ければ、刃がへし折れるだろうし、腕にダメージが残るはずだ。というか、そもそも反応できたこと自体が離れ業である。にもかかわらず、それを易々と受け切ったあたり、敵の実力は決して低くはない。

――シオン殿下も、あの覆面を倒すのは難しいと踏んだんだろうな。やれやれ……、仕方ない。早いところ狼を排除して、脱出路を開くとするか。

狼といえど、しょせんはただの獣。あちらの手練れを倒すよりは幾分かマシだろう、などと、思いつつ剣を抜いたところで……。

「うおっ！」

唐突に、噛みついてきた狼に、慌てて身を躱す。と、キースウッドの動きを読んでいたかのように、避けた先に大口を開けた狼がっ！

「くっ！」

避けきれない、という刹那の判断。キースウッドは回避も防御も捨てる。

狙うは首筋、真下から喉を貫く構え。

――噛まれた瞬間に、突き殺せば、ダメージは最小限のはず。この攻防でまず一匹仕留められるのは大きい。

半分捨て身の攻撃は、けれど、実現することはなかった。

狼はキースウッドの目を見て、直後、立ち止まって後方へと下がったのだ。

「なっ⁉」

思わず、驚愕の声を上げてしまうキースウッド。

着地した狼がさらに、後方に、二度、三度と飛び退る。

その地面にザク、ザクと、矢が刺さっていく。

加えて、もう一匹のほうにも派手に燃え盛る火矢が飛んでいくが、狼はそれを恐れるでもなく、冷静に、命中弾だけを避けていく。

――味方に射手がいるのか。それは助かるが……、しかし……。

矢の応酬にも怯むことなく、狼はキースウッドに注意を向けていた。その時点で、キースウッドは理解する。

――難なく矢を避けるのみならず、こちらの捨て身の意図を察して、下がった。ただの狼じゃない。

相当、戦い方を仕込まれているな……。なるほど、それで、馬を襲わずにいたのか……。

その振る舞いは、まるで戦士のようだった。

剣を持った人間との戦い方を熟知しているかのような、その動き……。キースウッドは、認識を改めざるを得なかった。

すなわち、自分が相手にしているのは、ただの巨大な狼ではない。

狼のごとく俊敏で、力も強い戦士である、と。

――これを退けるは、至難か……。それならば……。

身構えつつも、キースウッドはシオンに言った。

「シオン殿下、この狼、ただの狼じゃないみたいなんで、倒し切るのは少し厳しそうです。時間稼ぎに切り替えてもいいでしょうか?」

「……そうか。わかった。確かに無理に脱出を図る必要はないな。では、一時、時を稼ぐとしようか」

シオンの返事を聞いて、キースウッドは内心で笑う。

――伝わってなによりだ、殿下。さて、あとは……上手く引っかかってくれればいいんだがな……。

っと、そこで、グルル、という唸り声が聞こえた。

「おっと、待たせてすまないな」

改めて、狼と向き直り、キースウッドは肩をすくめた。

「しかし、時間稼ぎだけでも命懸けだな……。やれやれ、ああ、お腹が痛くなってきた……」

彼らのやり取りを見て、歓声を上げたのは、ベルだった。

「ミーアお姉さま！　天秤王が助けにきてくれました！　すごいすごい！」

憧れのシオン・ソール・サンクランドが助けにきてくれたのだ。否応なしにテンションも上がるというものである。

「それに、アベルお祖父さまも！」

忘れずに、お祖父ちゃんにもフォローを入れるミーハーベル！

……アベルお祖父ちゃんは、泣いていい。

ともあれ、援軍の到来に、ベルは一気に元気になった。

「これなら……もしかしたら……」

シュトリナを助けに行けるかもしれない……、と、そう思ったからだ。

……ちなみに、ミーアとは違い、ベルのほうは落馬で少しだけ泥がついているだけで、割と普通の格好をしていたりする。

荒嵐が、鼻をむぐむぐさせているのを見て、さっさか離れていたために、難を逃れたのだ。

ちゃっかり者のベルである。

「いけー！　天秤王！　ほら、ミーアお姉さまもご一緒に！」

拳を突き上げて応援する孫娘のキラキラ輝く姿を見て、

「がんばれー……お二人とも、ファイトですわよー……」

泥かぶり姫のミーアは、感情のこもらない声を上げるのだった。

——う、うう、なぜ、こんなことに……。

毎度のこととはいえ、荒嵐のくしゃみをぶっかけられると、微妙にへこむミーアである。

――ま、まぁ、でも、荒嵐には助けられましたし……文句は言えませんわね。それに、よくよく考えたら……、アベルが助けに来てくれたんですもの。しっかりと応援しなければなりませんわね……。

ミーアは、傍らで拳を振り上げて応援するベルを見ながら、思う。

――でも……、できればまともな格好で応援したかったですわ……。うう、お姫さまを助けに来てくれた王子さまなんて、ものすごく盛り上がるシーンですのに……。うう、ぐしょぐしょですわ……。

などと、考えつつも、ミーアは気を取り直した。

――いいえ、いけませんわ。それでも、わたくしがこの場のヒロインであることには変わりはないはず。やはり、ここは、しゃんとしなければなりませんわ！

ミーアは、パンパン、っと頬を叩いてから、声を張り上げた。

「頑張ってくださいましー、お二人ともー！」

そんな……ミーアのヒロインっぽいような、そうでもないような応援を背に、アベルが仕掛ける。

「はぁあっ！」

得意の上段からの振り下ろし。一つ覚えの攻撃に、覆面の男は呆れた様子を見せる。

「愚か……」

つぶやきつつ、真横に身を避けようとする。

そう、どれほど威力があろうとも、幾度も太刀筋を見せられれば、対応することは容易い。相手が一流の戦士であれば、なおのことだ。

そして、そんなことはアベルにだってわかっている。にもかかわらず、それを放った理由は明らかだった。

それが、必殺の一撃になりうると知っていたからだ。

「愚か……か。それは、どちらかな？」

アベルは笑った。敵の油断を。

次の瞬間、覆面の男は目を見開いた。

「むっ……」

放たれた一撃、それは、明らかに先ほどよりも速く、強かった。

男の覆面の端が、切り裂かれて宙を舞う。

先ほどまでとは比べ物にならない、ありえざる威力。それは捨て身の一撃だった。

躱された後のことを一切考えぬ、全力全開の一撃だ。

避けられ、反撃を受ければ、当然アベルに対処する術はなく……。ゆえに、おいそれと繰り出せるはずのない、強力な攻撃だったのだ。

にもかかわらず……、アベルはそれを放った。その理由は……、

「少し不用意じゃないか、アベル」

生まれた隙を潰すように、シオンが踏み込む。

その眼前、カウンターを狙っていたであろう覆面の男が、舌打ちを残して後退する。

それを見て、アベルはわずかに微笑んだ。

「君がいるからね……。シオン。全力でやらせてもらうさ」

その言葉には、仮に自分が隙を晒(さら)したとしても、シオンがフォローしてくれるだろうという信頼と

は別に、もう一つ意味があった。

それは、もし仮に自分が倒れたとしても、シオンがいるから、ということ。

先ほどまでは、アベルが倒れることは、ミーアの死に直結する事態だった。けれど、今は違う。それならば、ここは無理をしてでも、後々、ミーアを危険に晒す可能性がある敵を倒しておこうと……、アベルはそう考えたのだ。

そんなアベルにシオンは、

「アベル……。もしも、自分の命を犠牲にしてでも敵を倒そう、などと考えているのだったら……、下がっていろ」

厳しい顔で言った。


「………………あら？　変ですわね……」

協力して戦う二人の王子。

彼らが自分のために、命懸けで戦ってくれているという事実に……、ミーアは、ちょっぴり悦に浸っていた。

——うふふ、なんかちょっと気持ちいいですわ……。

真剣な顔で戦うアベル。それだけでなく、あのシオンまでもが、自分のために戦ってくれているのである。

気分はすっかり、恋物語（ロマンス）のヒロインだ。

……命の危険が若干遠ざかったことにより、ミーアは、いつも通りの自分を取り戻しつつあった。

端的に言って……、ちょっぴり調子に乗っていた。

けれど、そんないい気分も、長続きはしなかった。

「おかしいですわ……」

ふと違和感に気付き、ミーアは首を傾げる。そんな彼女の目の前では……、

「少し不用意じゃないか？　アベル」

「君がいるからね。シオン」

そんな麗しい友情の光景が展開されていた。

実に美しい王子同士の友情。それをぼんやり見つつ……、ミーアは思う。

──あら？　わたくし、この場面の主人公だったんじゃなかったかしら……？

彼ら二人は自分のために戦ってくれているはず……。にもかかわらず、なぜだろう、この胸にうずく、微妙な疎外感は……。

先ほどまで、お姫さまである自分を、運命の王子二人が助けに来てくれるという、情熱的なシーンだったはずが……、今、目の前で展開されているのは熱い友情の物語だ。

ミーアの居場所なんか、どこにもなかった！

──そっ、そう言えば、前にもこんなことがあったような……。ああ、そうでしたわ！　確か、あのサンドイッチを作った時ですわ！

ミーアの脳裏に、置いてけぼりにされた時の記憶が甦る。

これは、頑張ってもう一度、ヒロインの座に返り咲く必要がありますわ！　などと思いかけたミーアは、ふと自らの格好を思い出した。

荒嵐のくしゃみと、泥で、ボロボロに汚れた格好を……。

——ああ、ですわよね……。やっぱり、さすがに、こんな格好じゃあ、ヒロインとは呼べませんわ……。

ミーアは、自分の体を見下ろして、ものすごーく悲しげな顔をした。


「アベル……。もしも、自分の命を犠牲にしてでも敵を倒そう、などと考えているのだったら……、下がっていろ」

言って、シオンは敵の刃を押さえ込む。

鍔迫り合い状態に持ち込み、一気に、アベルから敵を遠ざけた。

「どういう意味だい？　それは……」

言いつつ、アベルは剣を構え直す。いつでも攻撃に参加できる構え。けれど、シオンはそれをさせない。

「目的を間違えるな。俺たちが今すべきことは、目の前の敵を倒すことじゃない。全員が生きて、セントノエルに帰還することだ」

「しかし、こいつは……」

「見てみろ、ミーアの顔を……」

言われて、アベルは初めて気が付く。

つい先ほどまで、応援の声を上げていたミーアが、静かになっていること。

うつむいて、今にも泣きだしそうなほどに、悲しそうな顔をしていることに……。

「彼女がなにに悲しんでいるかわかるか？　お前が自分の命を軽く見たことだ！」

その指摘は、アベルの胸に深く突き刺さる。

状況を利するために、誰かの命を犠牲にする……。ミーアは決してそんなことをする人間ではなかった。むしろ、彼女は、命が無駄に使われることを、なにより嫌う人間なのだ。

「ミーアがなにを喜ぶか、よくよく考えることだ。もし、自分の戦いが、彼女を悲しませるものでないと思ったら、共に轡（くつわ）を並べてくれ」

言うが早いか、シオンは覆面の男から離れる。かと思いきや、即座に攻撃に転ずる。

その意表を突く動き、踏み込みの鋭さに、覆面の男は一瞬怯むも、即座に反撃。

鋼が互いに削りあう音が、月夜に響いた。

——そうか……。ボクは、危うく、ミーアを悲しませるところだったのか……。

アベルはミーアのほうに目をやった。すると、ミーアが少しだけ嬉しそうに微笑みを浮かべるのが見えた。

——怒りに囚われて、周りが見えなくなっていたな……。シオンには感謝しなければ、ね。

大きく息を吐き、アベルは声を上げる。

「アベル・レムノ、参る！」

……ちなみに、言うまでもないことながら、ミーアは斬撃マイスター……ではない。アベルがどんな気持ちで戦っているかなんか、わかるわけがない。そもそも、アベルの斬撃自体、見えてないことも多いのだが……。

そのことにツッコミを入れる者はこの場にはいなかった。

アベルとシオンの連携は、見事なものだった。

剣術の鍛練を共に行う者同士、互いの動きはよくわかっている。

けれど、それ以上に二人の剣は相性がよかった。

アベルの剣は豪胆で一本気。

その威力は侮りがたいものがあれど、融通の利かないところがある。

相手に合わせるつもりなどなく、ただ、その威力をもって、相手の戦術ごと打ち砕く。そんな単純な剣術だ。

それゆえに、敵に読まれやすいのは否定できないところではあるが……、けれど、それは、味方にとっても同じこと。

そして、剣の天才、シオン・ソール・サンクランドの剣は変幻自在。アベルの剣を補うように動くことなど、造作もないことだった。

一撃必殺のアベルが突き崩し、生まれた隙をシオンが突く。

その連撃は苛烈で、強力なものだった。

「むっ……」

狼使いも、それを認めないわけにはいかなかった。

無論、攻撃が当てられないわけではなかった。

狼使いと二人の王子との間には、それほどの実力差があった。二度、三度、刃を合わせるたび、狼使いの斬撃は、王子たちに傷を与えつつある。

……けれど、満身創痍ながらも、二人の王子の連携は崩れることはなかった。

このまま続ければ、二人を殺すことはできるだろうが、それには時間がかかる。

本当であれば、狼たちを呼び戻したいところだったが、肝心の二匹の狼たちは、シオンの従者の青

年に足止めを受けていた。

「……潮時、か」

狼使いは、夜空を見上げる。

満天の星空に、夜明けの気配を嗅ぎ取った彼は、小さく舌打ちする。激戦の最中にあっても、彼は、先ほどのシオンと従者との会話を、しっかりと聞いていたのだ。

――時間稼ぎ、ということは、追手がかかっているのだろうな……。

それも当然のこと。なにしろ、帝国皇女への暗殺を企てたのだ。厳しい追手が差し向けられることは、想像に難くない。

であれば、ここで時間をかけ、捕まるわけにもいかない。

「……引くぞ」

狼たちに声をかける。と、それを聞いたアベルが、再び、斬撃を放ってくる。

ガイン、と、金属が軋む音を立てて、剣と剣が鍔迫り合う。

「おめおめと逃がすとでも？」

刃越しに問うてくるアベルを狼使いは鼻で笑った。

「……止めてみるか？　レムノ王国の第二王子。別に構わないが、その時は腕の一本は覚悟してもらおう」

その腹を思い切り蹴りつけ、距離を稼いでから、狼使いは踵を返した。

そのそばに、どこから現れたのか、彼の愛馬が身を寄せてくる。流れるようにその背に飛び乗った彼に、追撃をかけてくる者はいなかった。

追撃をかけなかった……というより、できなかった、というほうが正しいだろうか。

アベルとシオンは、狼使いが騎乗し、去っていくのを見送ったところで、その場に座り込んでしまった。

「やれやれ……ようやく引いてくれたか……いてて……」

男が去っていったことで、シオンは一息吐いた。その拍子に傷が痛んだのか、軽く顔をしかめている。

「強敵だったな……。ディオン殿といい勝負なんじゃないかな？　ああ、ちなみに、援軍は本当に呼んでるのかい？」

同じように、傷に顔をしかめつつ、アベルが尋ねる。答えは半ば予想していたが……。

「当然、ブラフだ。そんな時間はなかったからな……。これから、セントノエルに戻って、すぐに追跡隊を組織しなくちゃならないな」

シオンは肩をすくめて言った。

「お二人とも、大丈夫ですの⁉」

と、その時だ。

ミーアが遠くから走ってくるのが見えた。その後ろには、誘拐されたはずのベルと馬に乗ったアンヌとティオーナ、さらに、弓を背負って走ってくるリオラの姿もあった。

そんな少女たちを見ながら、二人は苦笑を浮かべる。

「ボロボロで、なに笑ってんですか、シオン殿下」

すぐそばで、同じく傷だらけのキースウッドが呆れ顔で言った。狼の牙でつけられたものか、その服はところどころ切り裂かれ、血が滲（にじ）んでいる。酷いありさまだった。

でも……。

「いや、なに。これなら、我らが姫君に、ギリギリ満足いただける終わり方なんじゃないか、と思ってな。なぁ、アベル」

そうして、二人の王子たちは無邪気に笑うのだった。

第三十四話　バルバラ、ミーアの狙いを看破する！（……看破する？）

狼使いが戻ってきたのは、空が白み始めた頃だった。

「失敗した。逃げられた」

帰還して早々、端的にそう報告する狼使いに、バルバラは深々とため息を吐いた。

「ああ、やれやれ……。やはり、そうなりましたか……」

それから、バルバラは、所在なげに立っていたシュトリナに歩み寄ると、その幼い頬を張った。

「あっ……」

パンッと乾いた音、バランスを崩し、倒れそうになったシュトリナの腕を掴んで、バルバラは引き寄せる。

「忌々しい……半端者が……」

さらにもう一度、頬を打とうとして……。

「あまり、のんびりとはしていられない。追手がかけられている」

「……追手？　それはかけられるでしょうが……。もしや、それは誰かが口に出しておりましたか？」

「いや……、時間稼ぎと言っていたのでな……」

「時間稼ぎ……。やつらがそう口に出していたというのならば、誘導の可能性が高い……。戦闘にしか能のない者の、愚かな判断ですね」

吐き捨てるように言って、バルバラはシュトリナの肩を押した。

その勢いでシュトリナは、こてんっとその場に尻もちをついてしまう。その、叩かれたほうの頬は、痛々しく、赤い色に染まっていた。

「まったく、愚劣なことをしたものですね、シュトリナお嬢さま」

嘲るように見下ろすバルバラに、けれど、シュトリナは答えなかった。

「そう……。よかった……、ベルちゃん、無事に逃げられたんだ……」

ただ、小さな声でつぶやくのみだった。

「ああ、本当に愚劣……。お嬢さま、まんまと帝国の叡智の言に乗せられましたね」

「ほう、どういうことだ？」

口を挟んだのは、狼使いだった。そんな彼に、バルバラは呆れた様子で答える。

「わかりませんか？　皇女ミーアは……、お嬢さまの良心にプレッシャーをかけたのですよ」

「良心にプレッシャー？」

「ええ、そう。先ほど、皇女は言ったでしょう？　お嬢さまのことを信じると。けれど、この状況で、自分を罠にはめた者を誰が信じるものですか？　あれは、皇女の戦略。あの者は、無条件の信頼を与えることで、お嬢さまが良心の呵責に耐えられないようにしたのです。心の弱さを見抜いたのですよ、この無能者の……」

「違うわ……、バルバラ。あの方は、リーナを信じてくれた……。純粋に、リーナのことを、んぅっ！」

バルバラは、シュトリナの頬をぐっと鷲掴みにして、顔を近づけた。

なされるがままのシュトリナをじっとりと睨み付け、バルバラはため息を吐いた。

「やれやれ……どこかで、見切りをつけるべきでした。せっかく、私が蛇として鍛えて差し上げたのに。本物の蛇であれば、あのようなものは無視して当然。けれど、このお嬢さまのような半端者だと、影響を受けてしまうのでしょうね……嘆かわしい。嘆かわしい。ああ……そうか」

と、そこで、バルバラは、なにか思いついたかのように笑みを浮かべた。

「もしかすると、先ほどの煙……、やり方を教えてくれたのは、ミーア姫殿下ではありませんか？」

「…………」

黙っているシュトリナを見て、バルバラは、やれやれと首を振った。

「ということは……、かの帝国の叡智は、自らを逃がしたという功績をもって此度のお嬢さまの罪を許し……、その恩をもってイエロームーン公爵家を自らの手中に収めようとしたのでしょう。お嬢さま同様、イエロームーン公爵も煮え切らない半端者。ミーア姫殿下の口車に簡単に乗せられてしまうでしょうね」

バルバラの言葉に、狼使いは目を細める。

「それで、その娘をどうするつもりだ？　殺して狼に食わせるか？　見せしめに死体を晒しても良いが……。どちらにしろ、裏切り者には死を与えねばなるまい」

剣に手をかける狼使いだったが、バルバラはゆっくりと首を振った。

「戦にしか能のないあなたではわからないでしょうけれど……、それは、あまり良い手ではありませんね」

「なぜだ？　見せしめに殺すのがよかろう。かの者たちに、衝撃を与えることができるだろうに……」

「あなた、先ほどのミーア姫の言葉を聞いておりましたか？　自分が死んでも、終わらない、そのようなことを言っていたのを……」

狼使いは、小さく首を傾げて、

「確かに言っていたが……あれは、ただの負け惜しみではないか？」

その問いかけに、バルバラは首を振る。

「まったく愚かな判断です。そんなわけがないでしょう？　ティアムーン帝国の革命の芽を摘み、レムノ王国の革命をも阻止した、かの帝国の叡智がそのようなことをするはずがありません」

自信満々に断言するバルバラ。

「では、どういう意味があったと？」

「賢き者は、死の使い方を知っているもの。そして、王の中には、時に、自らの死すらも、計略の内に含めてしまう者がいるのです。恐らく、かの帝国の叡智は、自分が死を免れないと知って、それをも利用してなにかを為そうとしていたのでしょう。最も簡単に考えられるのは、自分を旗印として仲間の結束を強める、あるいは、反混沌の蛇への攻勢を強めることでしょうが……。いずれにせよ、皇女ミーアは、自分が死んでも、自分の意志は死なないと確信していたのです」

得意げに語ってから、バルバラはシュトリナの、か細い首に手をかけた。

「んっ、ぅ……」

その爪が幼い肌に食い込み、シュトリナはわずかばかり、顔を歪ませた。

「そして、自身の死さえ利用しようという者が、他者の死を使わないはずがない。このお嬢さまの死だとて、きっと有効に使うことでしょう……わかりませんか？　我々の手で殺してしまえば、その復讐心を利用されるのです」

　バルバラは、シュトリナに顔を寄せて、真っ直ぐにその瞳を見つめた。

「イエロームーン公爵は、この娘を大層可愛がっておりますから、殺せば復讐心は相当のものになりましょう。帝国の叡智がそれを見逃すとも思いません。イエロームーン派を掌握するのに、これほど良い材料はございませんでしょう？」

「では、どうすると？　このまま連れていき、暗殺者として育てるとでも言うつもりか？」

　怪訝そうな顔をする狼使いに、バルバラは呆れたようにため息を吐いた。

「無理でしょう。友人を殺すことすらできない者に暗殺者などとてもとても……。此度のように、肝心な時に仕損じるに決まっておりますよ」

　そのまま、無造作にシュトリナを放してから、バルバラは言った。

「それでも、使いようによっては、まだ使えます。この娘を使い、ミーア・ルーナ・ティアムーンとその仲間たちとの絆に、傷を穿つこともできましょう」

　ニヤリと笑みを浮かべて、バルバラはシュトリナを見た。

「裏切り者には死を。それは当然のこととして、せいぜいその死を上手く使わなければなりません。まあ、とりあえずは、追っ手がかかる前に逃れましょう。準備には時間をかけねばなりませんしね……」

　けれど……、そのバルバラの思惑は早々に打ち砕かれることになる。

　彼らの予想より遥かに速く、そして、極めて適切に手配されていた追っ手のために。

　ヴェールガから北へ。サンクランド王国の辺境の地に逃れようとしていた彼らの前に、サンクランド王国の騎馬隊が立ち塞がった。

まるで彼らの逃走先を予想していたかのように配置されていた兵士に、彼らは追い詰められた。

実はそれは、セントノエルに戻ったミーアたちの手配によるものではなかった。

ミーアの右腕アンヌ……ではないほうの腕……、すなわちミーアの左腕、ルードヴィッヒの手配によるものだった。

安全地帯への脱出を妨害されたバルバラは、楽しげに笑みを浮かべる。

「これで、我々を追い詰めたつもりですか……、ミーア・ルーナ・ティアムーン」

サンクランドの追っ手は優秀で、狼使い一人ならばともかく、足手まといの自分とシュトリナを連れていくことは不可能。そう判断したバルバラは、一つの決断をする。

「こうなった以上、仕方がない……か。かくなるうえは……我が命をもちて、蛇に仇なす者たちの絆に亀裂を生じさせて見せましょう」

こうして、狼使いと別れたバルバラとシュトリナが向かった先……。

それは、地の利があり、唯一脱出が可能であった場所。

イエロームーン公爵領だった。


バルバラは知らない。

その脱出が可能であった場所……その方向の包囲網が、あえて薄くしてあったということを……。

そして、ミーアは知らない。

自らの右腕だけでなく、左腕のほうも、裏で非常に勤勉に仕事をしていたということを。

かくて、陰謀の夜は静かに明けていくのだった。

第三十五話　ミーア姫、至福（？）のお風呂タイム

「ふー……」

セントノエル学園に戻ったミーアが最初にしたことは……もちろん、お風呂に入ることだった！

念のために言っておくと、別に、シュトリナのことを忘れたわけではない。追跡隊の依頼は、男子チームが担当している。ドロドロの格好を見た三人の紳士たちが、風呂にでも入って、ゆっくり休めと勧めてくれたのである。

まぁ、そもそもの話、部隊を編成したり、その指揮をとったりなどということは、ミーアにはできないわけで……、いても邪魔にしかならないわけで……。

そんなこんなでミーアとしては願ったり叶ったりだったので、後のことは彼らに任せて、さっさとお風呂に向かったのだ。

ちなみにベルも誘ったのだが、シュトリナのことが心配だからと、男子チームについていってしまった。今頃は、ラフィーナに相談に行っているころだろう。

ということで……、ミーアは一人でお風呂にやってきた。

浴場に入った途端、もわっと湯気が体を包み込む。

「ああ……、これは落ち着きますわ……あら？」

と、そこでミーアは気付く。

お風呂から漂う芳しき香り……、それは、

「姫君の紅頬（プリンセスローズ）の香り……ですわね。とてもいい香りですけれど……、はて？　どなたか、入浴薬を入れたのかしら？」

　この時……、ミーアの頭は完全に油断していた。絶体絶命の危機を乗り切ったという気のゆるみが、ミーアの危機察知能力を完全に鈍らせていたのだ。

　そう、ミーアは気付かなければいけなかったのだ。

姫君の紅頬（プリンセスローズ）、この花が植えられた花園のこと……。セントノエルの秘密の花園と、その主のことを……、今、その人に二人きりで会ってしまった場合、どんなことになるのかを……、ミーアは考えるべきだったのだ……。

　けれど……、この時のミーアが思い出したのは別のことだった。

「入浴剤……、そういえば、以前、リーナさんが、持ってきてくれましたっけ……」

　乗馬練習で疲れていた自分を気遣い、特製の入浴剤を用意してくれた、優しい少女のことをミーアは思う。

　先ほどは、煙の出る入浴剤を使って絶体絶命の場面を助けてくれた。彼女には、恩義があるのだ。

「あれは……、バルバラさんが主犯、リーナさんが脅されて、でも、直前で裏切って助けてくれた……そういうことなのですわね」

　ミーアはそう推理する。きっと、バルバラの行いを察知したシュトリナが、クロエから煙の出る入浴剤をもらっておいて、何かあった時のために準備していたのだ。

「彼女には恩義がありますわ。必ず、返さなければいけませんわ……。ベルのためにも助けなければなりませんわね」

孫娘の友だちは、なんとしても助けてあげたいところだった。

「頑張らねばなりませんわ……」

などとつぶやきつつ、ミーアは体を洗い始めた。

いつもであれば洗うのを手伝ってくれるアンヌが近くに控えているのだが、今は、部屋に着替えを取りに戻っているため、ミーアは一人きりだ。

しゃこしゃこ、と、泡立てた洗肌剤（ボディソープ）を体に塗りたくっている時、不意に、ミーアは気付く。

「……あら、妙ですわね……。二の腕が、少しフニフニしているような……」

先ほど、荒嵐が、敵の乗る馬にあっさりと追い付かれたことが脳裏を過る。と同時に、ここしばらくの刹那的食生活が、頭の中を通り過ぎていき……、

「……気のせいですわね、うん。わたくしがフニョッてるなんて、そんなこと、あり得ませんわ。あり得ないことですわ。とてもあり得ないことなのですわ！」

さして大切でもないことを三度もつぶやくミーアだったが……。

彼女は、気付くべきだったのだ……。

シュトリナとの思い出、荒嵐に乗っていた時のこと、刹那的食生活の記憶……その、次々と過去のことを思い出してしまうという現象がなんなのか……。

それは、あの、死ぬ直前に見てしまうというアレに、そっくりだということにミーアは気付かなけ

ればならなかったのだ。

すなわち……、ソレを見てしまうほど、自身に圧倒的な危機が迫っているということに……。

不意に、がらがらがら……と浴場の扉が開く音がする。

ちょうどタイミングよく、髪につけた洗髪薬（シャンプー）を洗い流し終えたミーアは、ほふーっとため息を吐きつつ、そちらに目を向けた。

てっきり、アンヌが来たのだと思ったのだ……。完全な油断である。

予想に反して、ミーアの目に映った人物はアンヌではなかった。そこに立っていた意外な人物……、それは！

「あら、ミーアさん、ご機嫌よう……」

ニッコリと、穏やかな笑みを浮かべる少女……、ラフィーナ・オルカ・ヴェールガだった！

「ああ、ラフィーナさま、ご機嫌よう」

しかしながら、その事実を目にしても、なお、ミーアは腑抜けていた。

——今まで儀式でお忙しかったんですのね。その後で、アベルたちが追跡隊の相談に行ったはずですし……、ヴェールガの公爵令嬢というのも大変ですわね……。

などと思いつつ、髪を洗い始めたラフィーナを尻目に、ミーアは浴槽へと向かった。

入浴剤の素晴らしい香りに胸をワクワクときめかせながら、一気にお湯に体を沈める。

「おふぅ……」

微妙に、おっさん臭い息を吐きつつ、ミーアは浴槽の中でぐぐぅっと体を伸ばした。

——ああ……、すごく、気持ちいいですわ。硬くなった体が解（ほぐ）れて、なんとも言えない快感ですわ……。うふふ、やはりお風呂は最高ですわね！

たいそうご満悦なミーアに、不意に声がかけられる。

「どうかしら？　特別な入浴剤なのだけど、気に入っていただけたかしら？」

「ええ、素晴らしいですわ。これは、ラフィーナさまが？」

「そうよ。ふふ、それね、疲れてる時にはすごく効くのよ。体から疲れを取り去ってくれるの……」

その声を聞いた時……、なぜだろう？　ミーアの背筋に、急にゾクゾクという寒気が走った。

あっつーいお湯の中に浸かっているというのに……、なぜだろう。ぶるぶるっと震えてしまう。

——あら？　今のは……？

疑問に思う間もなく、ラフィーナの声が追いかけてくる。

「なんだか、今日は……ずいぶんお疲れみたいだから、特別に用意してもらったのよ……ミーアさん」

髪を洗い終えたのか、ラフィーナがゆっくりとミーアのほうに顔を向けた。

「島の外で、いろいろと大変だったそうね……命懸けの大冒険だったとか……」

そう言って……にっこぉりと笑みを浮かべるラフィーナに、ミーアは震え上がった。

——あ、あら？　も、もしかして……、ラフィーナさま、怒ってるんじゃ？

ミーアはようやく気付く。自身の絶対的に危機的状況……。なんだか怒ってるラフィーナと、浴室で二人きりになってしまったという事実に！

やがて……、体を洗い終わったラフィーナがゆらり、と立ち上がった。

ひた、ひた、と浴槽に歩み寄ってくるその姿は、さながら怒れる獅子のようだった！

——ひぃいいっ！　まっ、間違いありませんわ。ラフィーナさま、めちゃくちゃ怒ってますわ！

一気に、ミーアの脳みそが回転を始める。

一体なにゆえ、ラフィーナはこんなにも怒っているのか⁉

刹那の思考、その後、ミーアははたと思い至る。

——そっ、そうでしたわ！　鍋パーティー！　ラフィーナさま、今日の鍋パーティーを楽しみにしておいででしたわ！

今夜、生徒会で企画されていた鍋パーティーのことを、ものすごく楽しげに話していたのをミーアは思い出した。

きっと、それがなくなってしまったから、ラフィーナは怒り心頭なのだろう……とミーアの推理は冴え渡る。

ぶっちゃけ、その責任は自分にはないんだけどなぁ、などと思わないでもなかったのだが、それはそれ……。

怒っている人間の前では、理屈を説いても無駄というものである。

——まぁ、鍋パーティーが潰れたのであれば、冷静さを失うほど怒っても仕方のないことですわ。あれは、とても美味しいものですし。ふむ、恐らくラフィーナさまはわたくしと同じ、隠れ食道楽（グルメ）なのですわ！

そうして、ミーアは、チラリとラフィーナの脇腹を盗み見た……！

「…………っ！」

なんか、シュッとしていた！

——妙ですわ……。もしもラフィーナさまが食道楽（グルメ）であれば、わたくしと同じようにもっと……。

ミーアは、自らの脇腹を摘まんでみてから、小さく首を振った。

世の理不尽を嘆くように、ほふぅと、ため息を一つ。それから思考を元に戻した。

――ああ、失敗いたしましたわ。わたくしは、こんなところでゆっくりお風呂になんか入っているべきではありませんでしたのに……。みなさんと一緒に、ラフィーナさまにお会いして、謝らなければいけなかったのですわ！

けれど、それも後の祭りというもの。しかも、この、二人きりの空間で顔を合わせてしまうという間の悪さである。

――いえ、違いますわ。間が悪いのではなく、待ち伏せを受けたのですわ。入浴剤を用意したと言ってましたし。つまり、わたくしは、ラフィーナさまの罠に、まんまと踏み込んでしまったと……ひっ！

その時、ちゃぽんっとお湯が揺れる音が聞こえた。

恐る恐るそちらに目を向けると、今まさに、ラフィーナが浴槽に体を沈めるところだった。

「ふぅ……。確かに、いい香り。なんだか落ち着くわね……心が」

小さく息を吐き、ぐぐぃっと体を伸ばすラフィーナ。

――そっ、それは、つまり、入浴剤で静めなければならないほど、ラフィーナさまの怒りが激しいということなのでは……。

ちゃぽちゃぽお湯を揺らしつつ、震え上がるミーアである。

「さ、さーて、では、わたくしは、そろそろ……」

そうして、ミーアは早々に逃げにかかる。後のことなどは知らない。ともかく、怒れるラフィーナと二人っきりという状態だけは避けなければ、という判断からである。が……、

「あら？　ミーアさん、まだ、いいじゃない？　もう少しゆっくり入りましょう？」

すぅっと伸びてきたラフィーナの手が、ミーアの手首を掴む。それから、ラフィーナはクスクス、笑いながら言った。

「お友だちと一緒に、楽しいお風呂なんだから、そんなに急ぐこともないいんじゃないかしら？　それとも……」

っと、不意に、ラフィーナが体の向きを変える。真っ直ぐにミーアのほうを向き、若干、上目遣い気味に、ミーアを見つめて……、

「それとも、ねぇ……ミーアさん、私は、ミーアさんのお友だちじゃなかったのかしら？」

そう尋ねてきたラフィーナは――、すでに笑っていなかった！

じっと見つめてくる瞳は……明らかに睨んでいる！

「い、いいえ、そ、そのようなことは、決してございませんわ。ラフィーナさまは大切なお友だちですわ」

慌ててミーアは浴槽に浸かりなおした。

だらーりだらりと背中から、いやぁな汗を垂らしながら……。

「そうなの？　てっきり私は、ミーアさんに見限られてしまったのかと思っていたのよ」

きょとん、と首を傾げるラフィーナに、ミーアは必死に主張する！

「そっ、そんなことといたしませんわ。ラフィーナさまは、わたくしの大切なお友だちですわ！」

「それなら……、どうして……、どうして、なにも言わずに、危険なところに行ってしまったの？」

その時、ミーアは気付いた。じっと見つめてくるラフィーナの瞳、その瞳が、薄（うっす）らと潤んでいると

いうことに……。

「え？　あの、ラフィーナ、さま……？」

「ミーアさんが言ったのよ？　一人でなんでも背負い込むなって……、それなのに……酷いわ。どれだけ心配したと思ってるの？」

そう言って、ラフィーナは声を震わせた。

……ミーアは混乱した！

一人で背負い込むな、なんて言ったかしら？　などと、思わず疑問に思ってしまう。

なにせ、上手くやってもらえるなら、全部、背負ってもらってサボっていたいミーアである。

けれど……、もちろん、そんなことは口に出したりはしない。

覚醒したミーアの危機察知感覚が告げている。ここは、余計なことを言ったらヤバい、と。

――と、とりあえず、話を合わせておくのが、よろしいですわね。心配していただいたのは事実のようですし……。

うんうん、と頷き、ミーアは口を開く。

「このたびのこと、とても申し訳なく思っておりますわ。仕方のないこととはいえ……、ご心配をおかけして……」

そんなミーアをジッと見つめていたが……、やがて、小さく首を振った。

「わかっているわ。ミーアさんは悪くなかったって……。ベルさんを助けるために……、ミーアさんは一人で行かざるを得なかった。それはわかってるの……。でも、せめて、一言でも相談してほしかった……。ここ最近、あなたが悩んでいることはわかってた。それなのに、私はなにもできなかった。

それが、私は悔しいの」

ラフィーナは、小さくため息を吐いて言った。

「ラフィーナさま……」

ミーアは、思わず感動してしまった。ラフィーナが自分のことをこんなにも心配してくれているのが嬉しかったから……。

「ベルさんにも少しだけど聞かせてもらったわ。不安だったでしょう？　自分に対して暗殺が企てられていることを知ってしまった時は……」

「ああ、そうですわ。わたくし、とても不安でしたわ……」

ここしばらくの悩みをわかってもらえた！　それがとても嬉しくて、ミーアの瞳がウルウル潤みだして……。けれど……、

「でも、誰にも言えなかったのよね。シュトリナさんを、取り戻すために」

「…………ん？」

ちょっぴり雲行きが怪しくなってきたことに……、ミーアは気が付いた。

――取り戻すため？　はて……？　なんのことかしら？

首を傾げるミーアであったが、ラフィーナは止まらない。

「ここで、あの煙が出る入浴剤をばら撒くことで、シュトリナさんに機会を与えた。成功するかどうかじゃない。彼女に悔い改める機会だけでも与えようとした。それであえて、敵の暗殺計画に乗るような危険なことをしたのね？」

「…………はぇ？」

なんのこっちゃ？　と首を傾げるミーアに、ラフィーナは寂しげな笑みを浮かべた。

「あなたの……、そのお人好しで、誰かを助けるためなら命を懸けようという姿勢はとても素敵だけど……、それでこそ私のお友だちだってわかってるけど……、でも、やっぱりなにも言わずに一人であなたを行かせてしまったことが悔しかった。相談されてもなにもできなかったと思うけど……それでも悔しかったの……」

そうして、ラフィーナは、そっと瞳を閉じて言った。

「だから……ね、これはただの愚痴なの。ごめんなさい、ミーアさん。あなたが無事で帰ってきてくれて、とても嬉しいわ」

「ラフィーナさま……」

ミーアは、そんなラフィーナを見て……、とりあえずホッとする。

──よかった！　ラフィーナさま、怒ってなかった！

「ミーアさん。私、頑張るわ。あなたの隣に並べるような、いつでも相談したくなるような、そんな人になれるように」

そうして、ラフィーナは笑みを浮かべた。

ミーアは……、なぜだろう、漠然とした不安が胸を過った。

なんだか……、ものすごい誤解をされてるような……、自分に対する期待値がものすごいことになっているような、そんな気がするけれど、気のせいだろうか？

不安そうな顔をするミーアに、ラフィーナは大きく頷いてみせた。

「後のことは、私たちに任せて、今日はゆっくり休んでね。今、モニカさんが、動いてくれているから……、安心してちょうだい」

「え、ええ……では、お言葉に甘えさせていただきますわ」

ミーアは、そこで深く考えるのをやめた。

ともかく、危機は脱したのだ。

――まぁ、気にしても仕方がありませんわね。


お風呂から上がったミーアは、ポカポカの体のままベッドに入り、丸一日眠るのだった。

……寝すぎである。

第三十六話　ミーアパンデミック！　～モニカ、恐ろしいことに気付く！～

「失礼します、ミーア姫殿下……」

遠くにノックの音、次いで自分を呼ぶ声を聞いて、ミーアはゆっくり目を覚ました。

「ん……ぅん？」

目をこすりこすりしつつ、辺りを見回す。

いつも通りの自身の部屋の光景に……、ミーアは違和感を覚えた。

――あら？　変ですわね……。いつもでしたら、アンヌが応対に出てくれますのに……。

そう思いつつ、体を起こしたところで、ミーアは見つけた。

自らのベッドの傍ら……、床に丸くなって眠るアンヌの姿を。

「まぁ……」

すやすや、と眠るアンヌに、ミーアはついつい微笑ましいものを感じる。

――昨夜は、助けに駆けつけてくれましたし……、きっと疲れたのですわね。

ちなみに、ミーアは勘違いしているが……、丸一日寝て、今は朝である。つまり、ミーアが襲われたのは、一昨日の深夜から昨日の明け方にかけてのことである。

失われた一日には、アンヌはもちろん、きちんと働いていたのだが……。

時空を飛び超える姫、ミーアは、そんなこと、知る由もないのである。

「それにしても……、いったいどうしたのかしら？」

いつもは、きちんとベッドで寝ているアンヌである。それなのに、こんな風にベッドの下の床で寝ているなんて……。

首を傾げるミーアだったが……、すぐに思い至る。

「もしかして……、また、わたくしが一人で、いなくなってしまうと思ったのかしら……」

だから着替えもせずに、こんな風にミーアの足元で寝ていたのではあるまいか……。

「ふむ……」

と、そこでミーアは考える。

基本的にミーアは、緊急の時のために、一人でなんでもできるようにしている。当然、ドレスに着替えるなどというのは、朝飯前なのだが……。

そして、いつもであればアンヌが疲れて寝ているのであれば、無理に起こしたりせずに、一人で着替えを済ませて、さっさと来客の応対に出てしまうところだが……。

——声をかけずに行ってしまったら、怒られてしまいそうですわね。

そう考え、アンヌの肩を揺する。

今日のところは気を利かせて、わがままを発揮することにしたミーアである。

そうして、寝ぼけ眼のアンヌに着替えを手伝ってもらったミーアは、ドアの前で待っていた人物を迎えた。

やってきたのは、ラフィーナの使いであるメイドのモニカだった。

「ラフィーナさまから、朝食会のお誘いです。もしもよろしければ……」

「あら……朝食会……」

ふと、ミーアはお腹をさする。

「ふむ……、ちょうどお腹が空いていたところですわ。でも、なんだか今朝はやけにお腹が空きますわね……」

くーっと、長き惰眠(だみん)をむさぼったミーアに抗議するように、お腹の虫が鳴き声を上げた。


朝食会の会場は、セントノエル学園の秘密の花園だった。

「あら、来たわね、ミーアさん」

「ご機嫌よう、ラフィーナさま。お招きいただき、感謝いたしますわ」

ちょこん、とスカートの裾を持ち上げて、それから、ミーアは辺りを見回した。その場に集っていたのは、ミーアを助けに来てくれた面々、アベルとシオン、ティオーナにベル。それにキースウッドとリオラである。

それを見て、わずかばかりミーアは警戒する。

――このメンバーで、朝食会ということは、必然的に話す内容は決まっておりますわね。

などと思いはしたものの……、それも、食事が出てくるまでだった。

――ふむ、まぁ……なにはともあれ、腹ごしらえですわ。しかし、なぜでしょう、すごくお腹が空いてるんですのよね……。

早速、テーブルの上に並べられたパンに手を伸ばす。

温かなパンを真っ二つに割る。パリッと心地よい音、ふわりと湯気が立ち上り、香ばしい匂いが鼻をくすぐる。食欲を刺激する香りに、ミーアは思わず唾を飲み込む。

一口サイズにちぎったパンを口の中に放り込む、と、サクサクとした表面の内側、柔らかく焼けたパン生地が口の中に溶けていき……。

――ああ、いい腕ですわ。実にいい。さすがはセントノエル。ラフィーナさまの朝食会。パン一つで、これほどわたくしの心を感動させるとは……。

丸一日、なにも食べなかったため、普段より五倍は美味しく感じるミーアである。

それから、目の前にあった濃厚ハチミツジャムをパンにたっぷり塗りたくり始めるミーア。甘い甘ぁいパンを食べ、シャクシャクと新鮮なサラダを、さらに、とろりと濃厚な野菜と燻製肉のスープを一口。しめに甘いフルーツを口に入れたところで、ラフィーナが口を開いた。

「さて……、それでは、本題に入りましょうか……。今日、みなさんに集まっていただいたのは、ほかでもない、聖夜祭の日の事件について、お話ししたかったから。モニカさん」

呼ばれて、モニカが一歩前に出る。

小さく頭を下げてから、彼女は言った。

「はじめに、リンシャさんですが、幸い、怪我は大したことなく。手当てをした翌日には普通に生活できるようになっています」

「あ、ボク、今朝お見舞いに行ってきました。元気そうでよかったです……」

ベルはにっこり笑みを浮かべて言ってから、小さくうつむいた。

「リンシャさんだけでも、無事で……よかった」

「ベル……」

そこでミーアは気が付いた。ベルの前に並べられた朝食が、一切手付かずのまま残されていることに……。

そっと自らのそばにあったハチミツの瓶を、ベルの前に差し出して、ミーアは言った。

「まだ、諦めるのは早いですわよ。リーナさんを助けられないと決まったわけではありませんわ。今は、食べて元気を出しなさい」

「ミーア、お姉さま……」

ベルは、ハッとした顔で、ミーアのほうを見てから……。

「あの、すみません……。今朝、リンシャさんのところで、お見舞いのペルージャン産フルーツをたくさんいただいてきたので、ボク、お腹が一杯で……えへへ、ペルージャンベリーというものが、とても美味しかったです」

「…………ベル」

ミーアは、目の前の孫娘との血の繋がりをはっきりと認識してしまった。

――ふむ、やっぱり、朝は甘い食べ物ですわよね。

……どうやら、二人とも食欲のほうには、なんの問題もなさそうだった。

「話を戻します。ミーア姫殿下に対し暗殺を謀った、シュトリナ・エトワ・イエロームーン、およびその従者バルバラと、狼を連れた暗殺者、その三名の足取りなのですが……、どうやら、サンクランド方面へと逃走を図ったようです。そこで、警戒に当たっていたサンクランドの騎兵隊と遭遇したとの情報が入っています」

「ほう。我が国にか……。しかし、警戒に当たっていたというのは、どういうことだ……」

怪訝そうな顔でつぶやくシオンに、モニカは小さく笑みを浮かべてみせた。

「実は、狼を連れた暗殺者についてですが、事前にルードヴィッヒ殿から連絡を受けていました」

――あら、ルードヴィッヒが？

と、そこで、ミーアは思い出す
――ああ　そう言えば、ルードヴィッヒから、報告を受けていたような……。帝国内で命を狙われたとかなんとか。

脳裏に、ルードヴィッヒの几帳面な文字が甦る。

確か、あの手紙には、狼を使う暗殺者のことも書いてあったはず……、などと今にして思うミーアである。

なにしろ、秋からのミーアは、聖夜祭の暗殺事件に気を取られていたため、細かなことにまで気を使ってはいられなかったのだ。

――ああ、失敗しましたわ。もし、敵が狼を使うと知っていたら、骨付き肉の一本も持っていきましたのに……。

ミーアの頭の中に、敵の狼を骨付き肉一つで翻弄する自身の姿が思い浮かんだ。

『ほら、いきますわよ！　ちゃんと取ってくるんですわよー！』

などと……、とても楽しい空想だった！

「さらに聖夜祭の前日、ルードヴィッヒ殿から緊急の連絡を受けたのです。その狼を連れた暗殺者が、ヴェールガ公国を経由して、サンクランド王国の辺境地帯に向かう、と」

「ふむ……、そちらに関しては聞いておりませんわね。ルードヴィッヒには、イエロームーン公爵家と混沌の蛇との関わりを探らせておりましたから、その一環での行動であれば、特にわたくしがどうこう言うことでもありませんけれど……」

「そうでしたか。恐らく、緊急性の高いものだったからでしょう。我々に届いたものは、伝書鳥を用いた極めて簡易な文書でした。逃亡ルートと、兵の配置に関するもので……」

ティアムーン帝国とヴェールガ公国とは、そこまで離れてはいない。けれど、通常、ミーアがやるような、手紙を馬で運ばせるやり取りでは、数日単位で時間が必要になる。対して、伝書鳥などを用いた連絡であれば、短時間で情報のやり取りができるのだ。

だから、ミーアのところに報告が来ていないのも無理からぬこと……。そう、モニカは言いたいのだろう。

実際のところ、ミーアは、ルードヴィッヒの行動に制限をかけたことはない。

「良きイエスマンであれ」と自らに任じているミーアにとって、ルードヴィッヒは理想的な家臣である。意見を言うなど、とんでもない！　ミーアの返事は「イエス」か「いいね！」しかないのである。

――ああ、それにしても、いつも通り、ルードヴィッヒに任せておくと間違いがありませんわね。

この安定感、さすがですわ。

ミーアは満足げな笑みを浮かべた。


——やっぱり、さすがね、ミーア姫殿下は……。

報告をしつつ、モニカは感心していた。

普通、頭のいい権力者であればあるほど、部下の行動をしっかりと把握しておきたいもの。ゆえに、部下の独断専行は嫌われるものなのだ。

にもかかわらず、ミーアの満足げな顔はどうだ。部下を信頼するのと同時に、もしも失敗があったとしても、自身が挽回できるという絶対の自信がなければできないことだ。

モニカは改めて、ミーアを見直しつつ、説明を続ける。

「ルードヴィッヒ殿からの連絡を受け、本国に連絡を取りました」

サンクランド王国の諜報機関「風鴉」は、レムノ王国での事件以来、表向きは活動していないことになっている。白鴉を切り離し、組織の再編の最中だということだが……、けれど、まぁ、それはそれ……。

必要最低限の者たちは当然動いているし、緊急の事態にも対処できるようになっていた。

モニカも、風鴉の者たちが受け取ってくれることを期待して、連絡を送ったのだが、動きは迅速だった。

詳しい事情を問うことなく、即応できる騎兵を動員してくれたのだ。

「ルードヴィッヒ殿の指示に従い待ち伏せをかけたのですが、作戦は成功。敵を罠にかけることができました」

「え？　それでは……！」

期待に満ちた目で、ベルが見つめてくる。けれど、モニカは小さく首を振った。

「残念ですが、捕縛には至っておりません。狼使いのほうは包囲網をすり抜けて、どこかに姿をくらませ、イエロームーン公爵令嬢、および下手人のバルバラを乗せた馬車は、ヴェールガ方面に転進。その後、ティアムーン帝国、イエロームーン公爵領へと向かったようです」

「実家へ帰った、と……？　だが、そんな愚かなことをするだろうか？」

不思議そうな顔をするアベルに、モニカは笑みを浮かべた。

「ルードヴィッヒ殿の指示を元に誘導いたしました。完全な包囲を敷いてしまうと、かえって危険と、あえて、帝国への脱出路の包囲を薄くしていました」

モニカの言葉に、アベルは頷いた。

「そうか。確かに、あの男を死兵にしてしまうのは、避けたいところだな」

「はい。死兵、死を覚悟した兵は、恐ろしい力を発揮するもの……。その暗殺者が実力者であるならば、不用意に追い詰めるのは危険です。もっとも、警戒に当たっていた騎兵たちでは、追い詰めるまでいかなかったようですが……」

それでも意味はあった。

狼使い一人であれば、突破できる程度の包囲。それが、今回は功を奏したのだ。

敵を分断し、その上で、取り戻したい人物……、シュトリナを手の届くところまで引き寄せることができたのだから。

そこまで考えて……、モニカは恐ろしいことに気が付いた。

――これ……、あの時と同じだ。レムノ王国の時と……。

かつて、レムノ王国において、白鴉のグレアムのもとにいたモニカは、知っている。白鴉の企みの、そのことごとくを破壊し、いつの間にやら自分に都合の良い結果をかすめ取っていった、帝国の叡智のことを……。

たとえば……、もしも、今回の暗殺未遂事件が起こらなかった場合、ルードヴィッヒの送ってきた指示は失敗だったことになる。帝国からやってきた暗殺者は、死兵になることなく、包囲網を楽々と突破して逃げたことだろう。

けれど……、そうはならなかった。ミーアは望む結果を、きちんと手にしている。

もしかして、ミーアは……、すべて計算していたのではないか……、とモニカは思わざるを得なかった。

もちろん、冷静に考えれば、そんなことあり得るはずがない。どうやれば、そんなことができるのか、モニカには見当もつかない。

けれど、目の前にある事実を繋ぎ合わせれば……そうとしか思えないのもまた事実なのだ。

ここ最近、不安げにしていたミーア。その様子から、彼女は自身に対して暗殺計画が企てられていることを察知していた。

そして、共同浴場でのこと。シュトリナに、例の煙が出る入浴剤をさりげなく見せていたことから、彼女が容疑者に目星をつけていたこともわかる。また、容疑者がわかっていたにもかかわらず、彼らの計画を止めなかったのは、シュトリナのことを思ってのこと。

シュトリナに悔い改める機会を与え、取り戻さんと欲してのこと。

そして……、事実として、ミーアは、帝国から遠くの地へと連れ去られようとしているシュトリナを帝国内の、手の届く位置にとどめた。

ミーアたちを助けるという、悔い改めの意思を確認したうえで、である。

『きっとミーアお姉さまは、リーナちゃんを助けるために行動していたに違いありません！』

自信満々に言っていたベルの言葉を、モニカは否定する気にはなれなかった。

――これが、すべて偶然と考えるのは、無理がある……。

それから、恐る恐るといった様子で、モニカはミーアのほうを見た。

「……ミーア姫殿下、いったいどこまで、計算されていたのですか？」

その問いかけに、ミーアは答えることなく、ただ、ちょっぴり困ったような笑みを浮かべるのみだった。

――あとでラフィーナさまにも、お考えを聞いてみよう……。もしかしたら、私より、ミーアさまの行動を冷静に見られているかもしれないし。

……この後、ラフィーナに話を聞いたモニカはますます、ミーアに対しての畏怖を強固なものにしてしまうのだが……。

まぁ、どうでもいい話なのである。

第三十七話　ツッコミなき世界

聖夜祭が終われば、セントノエル学園は冬休みに入る。

例年、ミーアは聖夜祭が終わって十日後に帝都へ帰還。その後、自身の生誕祭に出席するのが常となっていた。

けれど、今年は……、いつもより少しだけ早い帰還を果たすことになった。

やらなければならないことが……あったからだ。

セントノエルを出たミーア一行が向かったのは、帝都ルナティアではなく、ルドルフォン辺土伯領だった。

ヴェールガ公国の南部を通って帝国へと入るそのルートは、かつて帝国革命が起きた時に、サンクランドからの軍隊が侵攻したのと同じルートだった。そこから、隠密裏にイエロームーン公爵領を目指すのだ。

——自分が追い詰められた進軍ルートを逆に使ってやるというのは、痛快ですわね。

なにしろ、前の時間軸、ミーアたちをはめた混沌の蛇を、同じ進撃ルートを使って追い詰めてやろうというのだ。ミーアにとっては何とも気持ちのいい行軍だった。

もっとも、ミーアは軍事的なことはまるっきりわかっていないのだが……。

静海の森を迂回して一気に北上。さしたる問題もなく、馬車はイエロームーン公爵領の領都近くの村に到着した。

そこで、ルードヴィッヒ、並びに皇女専属近衛隊（プリンセスガード）と合流することになっているのだ。

村の入口には、整列した皇女専属近衛隊（プリンセスガード）と、ルードヴィッヒの姿があった。

「ミーアさま、ご無事のご帰還、心よりお喜びいたします」

馬車から降りると、ルードヴィッヒが片膝をついて出迎えてくれた。そのまま顔を上げようとしないルードヴィッヒに、ミーアは首を傾げる。

「ええ、今帰りましたけれど……、えーと、どうかなさいましたの？」

そう尋ねても、ルードヴィッヒはじっと下を向いたままだった。やがて、その口から重々しい言葉が零れる。

「此度の失態、申し開きもできません」

「はて……？　失態？」

「あの暗殺者がヴェールガを通るのを予測できておりながら、みすみすミーアさまを危険に晒すようなことに……」

肩を落とし、どこか消沈した様子のルードヴィッヒ……。それを見て、ミーアは瞳をまん丸くした。

──まぁ！　なんと！　あのルードヴィッヒが……、へこんでおりますわ！　珍しいこともあるものですわ。

思わず、マジマジと観察してしまう。

なにしろ前の時間軸で、さんざんお小言を聞かされてきたルードヴィッヒなのだ。しょんぼりしているのが、なんだか、新鮮に感じられてしまうミーアである。

──とはいえ、いつまでもこのままでいてもらっては困りますわ。これから先の大飢饉に、ルードヴィッヒの力はなくてはならないものなのですから……。

ミーアは、うむ、と一つ頷くと、ルードヴィッヒに優しく声をかけた。

「顔を上げてくださらないかしら、ルードヴィッヒ。別にあなたの責任ではございませんわ。不測の事態はいつだって起こるものですわ。こうして、わたくしはケガ一つせずに帰ってこられたのですから、問題ございませんわ」

「ですが……」

ミーアは、なお立ち上がろうとしないルードヴィッヒの腕を引いて、優しく顔を上げさせる。

「残念ですけれど、四の五の言っている時間はございませんわ。早くリーナさんを救い出さなければ。馬車に乗って状況を教えてくださらないかしら？」

ルードヴィッヒはミーアの顔を見つめてから、小さく息を吐いた。

「挽回の機会を、こうして与えていただいたこと、感謝いたします」

再び頭を下げるルードヴィッヒに、ミーアは首を振った。

「挽回など無用なこと。さあ、急ぎますわよ」

馬車に乗り込んできたルードヴィッヒは、改めて乗っている者たちの顔を見た。

シオン王子とその従者のキースウッド、それにアベル王子とは面識がある。

それにもう一人……。

「お初にお目にかかります、ルードヴィッヒ・ヒューイット殿。お噂はミーア姫殿下より聞かせていただいています」

穏やかな笑みを浮かべるメイド……、モニカ・ブエンティアだった。

「はじめまして、モニカ嬢。此度のことでは、お世話になりました」

ルードヴィッヒも小さく笑みを浮かべて答える。

ひと通り馬車の中の者たちに挨拶をしてから、ルードヴィッヒは改めて表情を引き締める。

「さて、早速ですが、公爵令嬢シュトリナと、その従者のバルバラですが、すでに公爵邸に帰っています」

その言葉を聞いて、みなの顔に緊張が走った。

「ルードヴィッヒ殿、それは、未だに邸内にとどまっているということだろうか？」

アベルの問いかけに、無言で頷き、ルードヴィッヒは続ける。

「昨日、イエロームーン邸に到着したとの報告が入っています」

「罠を張って、我々を待っているということか……」

難しい顔をして、アベルが腕組みをした。

「てっきり、やぶれかぶれで挙兵でもするのかと思っていたが……」

バルバラがシュトリナを連れてイエロームーン公爵領に戻ってきた時点で、彼らにとれる選択肢は限られている。四大公爵家の一角、イエロームーン公爵の名を用いて大規模に挙兵して、帝国を内戦に追い込むこと、あるいは、一族郎党、どこか外国に落ちのび、姿をくらませること……。

「俺はむしろ、どこぞに姿を消すものだと思っていた。いかに四大公爵家といえど、現状で帝国に反旗を翻したところで、何ができるとも思えないからな。大義名分もないのであれば、兵たちだとて納得はしないだろう。無益に兵をすり潰すよりは、身を隠し、再び謀略を練るほうが有意義ではないかと思っていたんだが……」

そこまで言って、シオンは黙り込んだ。

蛇は正体不明だからこそ、恐ろしい。どこに潜んでいるかわからないから恐ろしいわけだし、まとまっていないから、一人、二人を処理しても意味がないのも厄介なところだ。

けれど……、正体が割れてしまえば、その個人に関してはそれほどの脅威ではない。

それは、言うなれば害虫の大群のようなものだった。集団全部を駆逐することは難しいが、一匹一匹はそこまでの脅威ではないのだ。

「にもかかわらず、屋敷に引きこもって出てこないというところを見ると、いよいよ罠の可能性が高いが……」

実のところ、難しいのはミーアも同じことだった。

本来であれば、自身の命が狙われたことを父に伝え、帝国軍を動かしてもらえば、それですべて済むことではあるのだ。いかに罠を張っていようと、一軍をもって屋敷ごと攻撃を受ければひとたまりもない。けれど、その場合、主導者のイエロームーン公爵家の一族は処刑され、バルバラもまた処刑を免れないだろう。それでは困るのだ。

――それでは、リーナさんを助けられない。

後ろの馬車に乗っているベルのことを思う。

ベルのためにも、シュトリナには、ぜひ無事でいてほしかった。

――それに、仮に軍を動かすとすれば、その動きに呼応して、イエロームーン公爵も挙兵するかもしれない。

そうなれば、もちろん勝利は変わらないだろうが、ミーア的には好ましくない未来が待っている。

公爵が死んで領地に混乱が起こったり、領民が死に、国土が戦火で焼かれれば、その分、後の戦いが厳しくなる。

後の戦い……すなわち、大飢饉との戦いである。

結局のところ、ミーアにとって、今回のことは前哨戦（ぜんしょうせん）に過ぎないのだ。

大飢饉との戦いに、できるだけ有利な状況を整える、そのための一歩なのだ。

であるならば、少なくとも軍を大々的に動かすわけにはいかない。小規模な局地戦で済ませる必要があるのだ。

せいぜい、ミーアが自由に動かせるのは皇女専属近衛隊（プリンセスガード）とディオングらいのもので……。

――まぁでも、ディオンさんがいれば、一軍を動かすも同じことですしね。あの方は、なんというか、ちょっとアレですし……。

などとミーアが遠い目をしていると……。

「ご安心ください。障害はすべてこちらで取り除きますので」

ルードヴィッヒが、静かな、けれど断固たる口調で言った。

「すでに、皇女専属近衛隊（プリンセスガード）が、国内の蛇の構成員の捕縛のために動いています」

それを聞き、周囲の者たちは、みな一様に息を呑んだ。人々の間に隠れ潜む蛇をあぶり出すことがどれほど大変なことなのか……、わからぬ者は一人を除いていなかったためだ。

いったいどうやったのか？　気にならぬ者もまたいなかった……一人を除いて。

そんな、全員の興味の視線を受けて、ミーア……、

「なるほど。それは心強いですわ」

まさかのスルー！　詳しく聞かず、ただ、労いの言葉のみをかける。

けれど、それに、口をさしはさむ者はいなかった。

詳しい手法を聞かれなかったことを、ルードヴィッヒは自身への信頼ととらえた。

ミーアが、ルードヴィッヒならできる！　と信頼して、こうせよと命じ、ルードヴィッヒはその信頼に応えるために、ただそれを為したというだけのこと。

ゆえに、あえて、ルードヴィッヒは細かく説明をすることはない。

あるいは、聞いていた者の中には、すでにミーアはすべてを把握しているのだと考えた者もいた。

ルードヴィッヒには、すでにミーアからの綿密な指示が届いていた。だから、ミーアはあえて聞く必要がなかったのだ、と。

けれど、実際のところミーアは……、

――なぁんだ、案外、蛇を見つけるのは簡単みたいですわね。そう言えば、中央正教会の聖典を読み聞かせると姿を現すとか言ってましたし、ふふ、実はチョロイのかもしれませんわ。今度、わたくしもやってみようかしら？

などと、なんともナメ腐ったことを考えていたりしたのだが……。

それにツッコミを入れる者は、この場には一人もいなかった。

第三十八話　シュトリナの帰郷

時間は、少しだけ遡る。

シュトリナを連れたバルバラが、イエロームーン公爵邸へと辿り着いたのは夜も遅い時間だった。

中庭で思索にふけっていたローレンツは、突如の娘の帰還に、慌てて迎えに出た。

「いったい、何があったんだい？　これは……」

館に入ってきたのはシュトリナとバルバラ、それに三人の男たちだった。

完全武装の男たちは、みな、同じ仮面で顔を覆っていた。目の部分に特徴的な蛇の模様の描かれた仮面の男たちに、ローレンツは覚えがあった。

秩序の破壊者……混沌の蛇に心酔する者たち。そのためならば、命を懸けることさえ、いとわない者たち。

狼使いとは、また少し違った、暗く退廃的な空気をまとった男たちに、ローレンツは顔をしかめる。

そんな者たちに囲まれる娘の姿を見て……、その表情は厳しさを増した。

悄然と立ち尽くすシュトリナ。その格好は、くたびれた制服姿だった。

強行軍だったからだろう、その体はわずかに薄汚れていたが……、大きなケガはなさそうだった。

にもかかわらず、ローレンツの目には、シュトリナが今にも擦り切れてしまいそうなほどに、ボロボロに見えた。

うつむき、顔を上げようともしない、その疲れ果てた姿を見て、思わず駆け寄ろうとするローレンツだったが……、直後に鼻先に剣を突き付けられて、立ちすくむ。

「なっ、なにを……」

「この娘は、愚かにも、我ら蛇を裏切ったのですよ、お館さま」

そうして、バルバラはシュトリナの背中を押した。抵抗することなく、まるで糸の切れた操り人形のように、シュトリナはその場にへたり込む。

「ほら、お嬢さま、お館さまに謝罪なさったらいかがですか？　お嬢さまの愚劣な行いのせいで、お館さまも大変に迷惑されていますよ？　どう責任を取るというのですか？」

その言葉に、シュトリナはピクリと肩を震わせた。それから、ローレンツのほうを見上げる。

「申し訳ありません。リーナは……、くだらない友だちへの気持ちを優先してしまい、皇女ミーアを逃がすことに協力してしまいました」

ポロポロと、灰色の瞳から、涙が零れ落ちた。

「や、役立たずの娘で……申し訳ありません」

「リーナ……、立ちなさい。いったいなにが……」

っと、シュトリナの肩にぽんっと手を置いて、バルバラが言った。

「お嬢さまの気の迷いから、皇女ミーアの暗殺に失敗したのです」

「なっ、ミーア姫殿下の、暗殺っ⁉」

驚愕に目をむくローレンツに、バルバラはため息を吐いた。

「愚かなことをしたものです。皇女ミーアに弓引く以上、決して目撃者を生かしておいてはならないというのに……、そんなこともわからずに、つまらない友情に気を取られて……。ああ、なんと愚か。蛇に従い、イエロームーン家の者として、ひと時の繁栄を享受すればよかったものを……」

いたぶるように、シュトリナの髪をいじるバルバラに、ローレンツが焦り気味に言った。

「そ、そうか。しかし、失敗したものは、仕方あるまい。では、急ぎ脱出の準備を……」

「はて……？　脱出、でございますか？」

小さく首を傾げるバルバラに、ローレンツが声を荒げる。

「当然だ。まさか、帝国を相手に戦端を開くなどとは言わないだろう？」

その言葉に、バルバラは小さく首を振る。

「当たり前でございます。簡単に制圧されて終わりでしょう。勝負にもならないのでは？」

精強な私兵団を誇るレッドムーン公爵家ですら、単独で帝国軍と戦うことはできないだろう。まして、イエロームーン派は烏合の衆。消極的に徒党を組んでいる者も少なくはないのだ。

勝ち目のない戦(いくさ)に身を投じるとは、とても思えなかった。

「だったら……」

「しかし、逃げてどうします？　お館さま。あなたや、この、どうしようもないお嬢さま……」

そう言って、バルバラはシュトリナの髪を掴んだ。乱暴に髪を引っ張られ、シュトリナが痛みにうめき声を上げる。

「……あっ、ぅ」

ぎゅっと目を閉じるシュトリナに、バルバラが顔を寄せた。

「そもそも、逃げたところで、なんの役に立つとおっしゃるのです？　暗殺の技を仕込んで、もう一度、皇女ミーアの命を狙うとでもいうのですか？」

乱暴にシュトリナを放して、それからバルバラは肩をすくめた。

「残念ながら、この小娘は蛇にはなれないでしょう。友情などとくだらない感情に心を奪われた半端者にはね」

「それならば、まっ、まさか、この館で迎え撃つつもりか？」

「さて……、はたして我らが刃は届くでしょうか？　最強の駒である狼使いを退けた皇女ミーアに？　少なくとも、この者たちには無理でしょう」

バルバラは、自らが連れてきた者たちを見て首を振る。

「お館さまはお心当たりがありますか？　あの忌々しいディオン・アライアを退ける者に……」

「それは……」

「ねぇ？　望み薄でしょう？」

バルバラは、嫣然(えんぜん)と微笑む。

「小さな虫は、獅子の腹の中にいてこそ、獅子を苦しめることができる。正面から立ち向かっても踏み潰されて殺されるだけでしょう?」

　ローレンツのほうに顔を向けて、バルバラは続ける。

「あなたたちは、毒虫ではないですか。最古の忠臣イエロームーン。ならば、踏み潰されるなどと、無駄な死に方をすべきではありません。毒虫は毒虫らしく、せいぜい、派手に食い殺されましょう。そして、その毒をもち、あの叡智に汚点をつけてやればよいのです。それでこそ、蛇の役に立てようというものですよ」

　それから、バルバラは、優しい笑みを浮かべた。

「さぁ……では、準備をいたしましょう。お館さまも、お嬢さまも。かの帝国の叡智をお迎えするのです。きちんとした格好でお出迎えしなければ失礼にあたりますよ。せいぜい平和な、綺麗な格好でお迎えして、悩みを深くして差し上げましょう……あら?」

　ふと、そこで、バルバラは首を傾げる。

「ところで、お館さま、ビセットはどこに行ったのでしょうか?」

「あ、ああ、ビセットには用事に出てもらっていて……」

「おやおや、ふふふ。ついに執事にも見捨てられてしまいましたか。お可哀想なお館さま。でも、ご安心ください。このバルバラは、そして蛇は、最期まで、あなたのおそばにおりますよ」

第三十九話　恣意的断罪女帝ミーア、ここに降臨……しなかった

「到着いたしました。どうぞ、姫殿下」

ミーアたちを乗せた馬車は、ごく普通に領都《フォレジョーヌ》に入った。

領都に入る時に、番兵に止められるということはあったものの、それ以外には、なんの妨害に遭うこともなく、一行は町の中心、イエロームーン公爵邸に辿り着いた。

「てっきり、なんらかの足止めに遭うものかと思っていたが、それすらもないとは……」

「不気味だな。ますます、罠を張っていそうな雰囲気だね」

などと、警戒を怠らない二人の王子たち。

それを見て、ミーアも少々不安になる。

――ふむ……、確かに、不穏な感じはいたしますわね……。しかし、不穏な場所に必ず現れる、あの方はいないのかしら？

きょときょとと、辺りを見回していると……、

「ディオン殿には、ほかの任務を担っていただいています」

ルードヴィッヒが言った。

「まぁ、そうなんですの……。ふむ……」

正直、ディオンなしで、イエロームーン公爵のもとを訪れるのは、いささか不安が残るところでは

あったが……。

「へへへ、まぁ、ディオン隊長がいないと不安ってのはわかりますがね。きっちりと俺らで守りますんで、信用してもらっていいですぜ」

合流した皇女専属近衛隊（プリンセスガード）の隊長、バノスが、豪快な笑みを浮かべた。

「……そうでしたわね。ええ、頼りにさせていただきますわ」

ミーアは、小さく頷く。が、すぐに付け足すように言った。

「ですけれど、自分の命を粗末にしてはいけませんわよ。たとえわたくしのためであっても、軽々（けいけい）に命を投げ出すようなことは、しないでいただきたいですわ」

言いながら、ミーアが思い出すのは、赤い髪の公爵令嬢のことだ。

――この方がわたくしのために死んでしまったりしたら、ルヴィさんがものすごく怒りそうですし……、それは避けたいところですわ。

「わかってますぜ。ミーア姫殿下の兵に、無駄に命を捨てようなんてやつは、一人だっていやしませんや」

そう言って笑うバノスだったが、ミーアは若干の不安を隠しきれずにいた。

――うーん、バノスさんって、いかにもわたくしの盾になって死んでしまいそうなんですのよね。こういう時、ディオンさんがいれば、一人で大暴れして平気な顔して帰ってきてくれますのに。

ため息を吐きつつ、ミーアは公爵邸のほうに目を向ける。と、タイミングよく、人が出てくるのが見えた。

「なっ……！」

思わず、ミーアは目を疑う。現れた人物、それは……。

「ようこそおいでくださいました。ミーア姫殿下。お館さまと、シュトリナお嬢さまがお待ちです」

慇懃無礼に頭を下げたのは、イエロームーン公爵家のメイド……、バルバラだった。

二人の王子たちが一斉に剣に手をかける。

「よくもぬけぬけと出てくることができたものだな」

叩き付けられた鋭い言葉を聞いても、バルバラは、特に気にした様子もなく微笑んでいた。

「王子殿下、もしもシュトリナお嬢さまを無事に帰してほしいのでしたら、どうぞ、ここから先は節度を守って行動していただけるように、お願いいたします」

「武器を捨てろ、とでも言うつもりか？」

シオンの鋭い視線を受けても、バルバラは落ち着いた様子で首を振った。

「まさか、王族の方にそのようなことは申しません。どうぞ、帯剣したまま、お入りください。剣を持つは王者の権利。自身の思うままに、反抗する者を斬り殺す、それが王族という者ではありませんか？」

馬鹿にするように笑うバルバラをシオンが静かに見つめ返す。

「王が剣を振るうは悪に対する時のみ。お前のような、な」

「おお、左様でございますか。さすがは、正義と公正を旨とするシオン殿下。であれば、ふふふ、私も悪人らしく申し上げましょうか？　その剣、おいそれとは抜かぬことです。シュトリナお嬢さまを無傷で取り戻したくばね」

ねっとりと絡みつくような視線をシオンに向け、そのまま、アベル、キースウッドを見つめてから、バルバラは言った。

「それでは、どうぞ、お入りください。くれぐれも、我がイエロームーン公爵家のお客さまに相応しく、節度を持った態度でいらっしゃいますように」

どこまでも丁寧に、けれど、その端々に嘲笑を滲ませながら、バルバラは踵を返した。
あっさりと屋敷へと迎え入れた敵に困惑しつつも、ミーアたちはその後を追った。

屋敷の中は、大貴族の屋敷に相応しくない、質素な造りをしていた。広い廊下には誰のものかはわからない肖像画が無数に並べられている。

――なんだか、こう、地味なおじさんの絵が多いですわね……。実になんとも、パッとしない絵ですわ。

などと思っていると、ミーアの視線に気付いたのか、バルバラが口を開いた。

「歴代のイエロームーン家のご当主さまにございます。ティアムーン帝国を裏で支えた、呪われた血筋の者たちですよ」

「ほう、そうなんですのね……。なるほど」

ミーアはうむうむ、と頷きつつ、

――確かに、冷酷そうな方が多いですわ！

そんなことを思った。

……影響されやすいタイプなのである。

やがて、廊下を抜けた先に見えてきたのは、広い中庭だった。

豊かに植物が茂った庭園、その奥にいたのは……、

「あっ……あれは」

仮面を付けた三人の男たち、その前に膝をつき、首筋に刃を当てられた身なりのいい壮年の男……、

それにもう一人、その隣に座り込んでいる少女は……。

「リーナちゃんっ！」

ベルが声を上げる。

っと、うつむいていた少女、シュトリナはゆっくりと顔を上げた。

ベルのほうに顔を向け、可憐な笑みを浮かべる、と思われた瞬間、くしゃり、とその笑みが崩れる。

「……ベル、ちゃん」

今にも泣き出しそうな顔をするシュトリナ。そんな少女のもとに、ゆっくりと歩み寄ってから、バルバラは振り向いて言った。

「さて……、それでは始めましょうか。イエロームーン公爵家の断罪の時間を……」

「断罪？　なにを言っておりますの？　そのお二人を、どうなさるおつもりですの？」

ミーアの問いかけに、バルバラは楽しそうに笑みを浮かべた。

「どうもいたしませんよ、ええ。私は」

「断罪とはね。盗っ人猛々（たけだけ）しいとはこのことだな」

睨むアベルに、バルバラは小さく肩をすくめた。

「ええ、これが終わればご自由に、あなた方の裁きでもなんでも受けましょう。アベル王子。けれど、この場所は生憎と、この私めの裁きの場ではございません」

そう言って、バルバラは、シュトリナの後ろに立つと、ぽんとその肩に手を置いた。

「今、この場で裁かれるのは、この、呪われしイエロームーン家の者たちです」

「呪われし、イエロームーン家……」

ミーアは先ほど目の当たりにした歴代の当主たちのことを思い出していた。

「すでにミーア姫殿下におかれましては、ご存知のことでしょうが、かのイエロームーン公爵家の者たちは、帝国内にて暗躍、無数の要人の暗殺を為し、数多の貴族の家を根絶やしにしてきたのです」

「それは……っ！　くっ……」

なにかを言おうとしたローレンツの首筋に、背後に立っていた男の刃が食い込む。その発言を封じ込めようとしたようだったが……、その言葉を引き継ぐように、代わりに口を開いたのは、ルードヴィッヒだった。

「それは、ティアムーン帝国の邪魔になる者たちを葬っただけのこと。国が国として成長していく過程では権力闘争を避けることはできない。であれば、イエロームーン公爵家のしてきたことは、褒められたことではないにしろ、裁かれることでもないのではないか？」

メガネの位置を直しつつ、ルードヴィッヒが指摘する。

――そう言えば、ルードヴィッヒからの手紙に、そんな疑惑が書いてありましたっけ……。

などと、ミーアが思っている間に、バルバラは困ったように微笑んだ。

「なるほど、国を建て上げるためであれば、その罪は許容されうるものかもしれませんが……、この父娘は蛇。混沌の蛇の意を受けて、いくつかの暗殺を行っておりますよ」

頬に手を当てて、バルバラは言った。

「例えばそう、広大な農地を持つ辺土貴族の当主を特製の毒で殺害、一家を離散させ、その土地をイエロームーン家のものとしたり……、あるいは、我ら蛇の狙いに気付いた貴族を毒で血祭りにあげたこともありました。ああ……」

と、そこで、バルバラは手を叩いた。

「そう言えば、お嬢さまが、お友だちを手にかけること、今回がはじめてのことではありませんでしたね」

それを聞き、シュトリナは灰色の瞳を見開いた。

「や、やめて、バルバラ」

立ち上がりかけたシュトリナを、けれど、近くにいた男が押さえつける。

それでも、それを振り払い、

「やめて、ベルちゃんには、言わないで」

悲痛な声を上げるシュトリナ。それを見たバルバラは、嗜虐的な笑みを浮かべて言った。

「人好きのするその笑顔で仲良くなって、その家族に取り入って、毒で殺したこともありました……。お友だち本人のお飲み物に入れたこともございましたっけ？」

「あっ……」

シュトリナは、へなへな、とその場に座り込み、両手で耳を塞いだ。

もう聞きたくない、というように、頭を小さく振る。

「ふふ、ご存知ですか？　イエロームーン公爵家は、たくさんの毒の知識をお持ちで。私めでは、とても太刀打ちできぬほどの毒の知識を、お館さまはお持ちなのですよ」

それから、バルバラは改めて、ミーアたちに向き直る。

「さぁ、公正で、正義を重んじる王侯貴族のみなさま方、ご覧ください。ここに裁かれるべき悪がおります。そして帝国の叡智、ミーア姫殿下……、さぁ、どうぞ、この悪をお裁きください」

「それは……」

「それとも、ミーア姫殿下、まさかと思いますが、この父娘を赦されるおつもりですか？」

こぼれんばかりの笑みを浮かべて、バルバラは言った。

「まぁ、それもいいでしょう。王族だとか帝室だとか、人の上に立たれる方には力がありますから。正しい訴えを握り潰すことも簡単でしょう。けれど、いいのですか？　それで……ねぇ、シオン殿下？」

バルバラは、ミーアの後ろに立つシオンに目を向けた。

「王は公正たれ。サンクランド王家の家訓ではありませんか？　権力を持った者は、清く正しくなければならない。それなのに、ただ、皇女と親しかったから赦免（しゃめん）されるなどという事態、あなたは見過ごすのですか？」

その物言いに、シオンはムッとした顔をする。構わず、バルバラは言った。

「聖女ラフィーナはどう思うでしょう？　かつて友を殺したこの娘を、友の家を潰すことに加担したこの娘を、友の親を殺すことに協力したこの娘を、無罪放免にすることを、かの聖女がよしとするでしょうか？」

それこそが、毒蛇、バルバラの猛毒だった。

シュトリナとローレンツを〝ミーア自身の手によって断罪させる〟こと。

あるいは、〝断罪しないという判断をさせる〟こと。

もし仮に、ミーアが二人に罪を問うた場合……、それは正義の行いといえるだろう。

けれど……、あれほど仲良くしていたシュトリナを殺すようなことがあっては、ベルとの関係は悪化するだろうし、他の生徒会のメンバーも、ミーアに対して複雑な想いを抱くことだろう。

それはミーアの心に、必ずや傷を穿ち、仲間たちとの絆に亀裂を生じさせるはずだった。

では、イエロームーン家を許した場合はどうか？

正義と公正を重んじるシオンや、神の教えを説くラフィーナは……、このようなイエロームーン家を、裁かないことを潔しとはしない。ゆえに、裁かないという判断を下したミーアとの間に不和を生じるだろう。

あるいは、それは小さな傷かもしれない。取るに足りない些細なひずみにすぎないかもしれない。

けれど……、それは、やはり明確な傷でひずみなのだ。

そして……蛇はその隙を見逃さない。

仮にバルバラがここで捕まったとしても、他の混沌の蛇の者がその傷を突き、えぐり、ミーアの仲間たちの絆を破壊するだろう。

それは、聖夜祭の毒殺テロによって、聖女ラフィーナを責め苛(さいな)み、秩序を破壊する司教帝として、蛇の手先に仕立て上げたのと同じ流れを持った思考だ。殺して排除できないのであれば、その心を責めて、歪めてしまえばいい。秩序の破壊者として、自分たちの手先として利用できるかもしれない。

それは、気付かぬうちに体を蝕(むしば)み、歪め、ついにはその者を死に至らしめる毒。

そんな狡猾(こうかつ)な、一匹の老蛇を前にして、ミーアは……、

——先ほどから、リーナさんに対して、少し無礼が過ぎるのではないかしら？

ちょっぴり腹を立てていた……。

シュトリナをいじめるバルバラに対して……。

そうなのだ、ミーアは……、目の前に倒れている者がいたら、放ってはおけないタチなのだ。

バルバラがなんと言おうと、ミーアの目に映るシュトリナの姿は、恐ろしい暗殺者ではなかった。

弱々しく膝をつく、哀れな子どもだった。

ゆえに、ミーアは思う。

――たぶん、あのご様子ですと、リーナさんも好き好んで悪事を働いていたのではないはずですわ……。

なんと言っても、シュトリナとは同じキノコを採りに行った仲間。共に馬の出産に立ち会った仲。

いわば、茸馬(たけうま)の友なのである。

――リーナさん自身は、きっとそこまで悪い方ではないはず。バルバラさんに脅されてやったに違いありませんわ。これならば、目の前でいじめられていた子を助けただけ、とラフィーナさまを納得させることだってできるのではないかしら？

それは理屈としては、かなりの力業だったが……構うこたぁなかった。

なにしろ、今のミーアは完全無欠の部外者である。

若干、判断ミスしたとしても、一番悪いのはバルバラだし、いざとなればイエロームーン公爵もいる。責任なんかいくらでも押し付けられるのだ。なにせ、完全に部外者だからっ！

ふんすっ、と鼻息を荒くするミーアである。そう！　今のミーアは、恣意的断罪女帝(セルフィッシュジャッジメント)ミーアなのである！　他人事だから、好き勝手言えてしまうのである。

――ふふん、なにか言ってるみたいですけど、このわたくしが、蹴り飛ばしてやりますわ！

強気な断罪皇女ミーアが、今まさに、ここに降臨しかけた……その時！

「お待ちいただきたい。ミーア姫殿下」

不意にローレンツ・エトワ・イエロームーンが口を開いた。

……そして、流れが、変わった！

「おや、余計な口を挟まないでいただけますか？　お館さま」

そう言ってバルバラは、ローレンツの首筋に刃を突きつける。

「せっかく無傷でミーア姫殿下に裁きをいただこうというのに、邪魔をしないでいただきたいものです」

だからこそ、無駄な戦いをせずに、ここまでミーアたちを招き入れたのだ。

下手に乱戦になり、彼女の部下たちにローレンツが暗殺でもされたら意味がない。重傷を負った者にとどめを刺して楽にしてやるという形でも駄目だ。

無傷の、健康な状態にある彼らを、なにもなければこの先、何十年も普通に生き続けるであろう者たちを、ミーアの手で処罰させる。そのことに意味があるのだ。

「でも、まぁ、仕方ありませんか。しばし黙っていていただくためには、少々、血の気が多いようですので、抜いておいたほうがよいかもしれません」

そうして、バルバラは刃を振り下ろす。

「お父さまっ！」

シュトリナの悲鳴が響く中、凶刃は、ローレンツの肩に向かっていき……、途中で止まった。

「なっ⁉」

驚愕に眼を見開くバルバラ。その傍らには、一人の初老の男が立っていた。黒い執事服をまとい、綺麗に整えられた口ひげが特徴の男、それは……。

「いけませんね、バルバラ。ローレンツさまに、無礼を働くなどと……」

「あらあら、ビセット。てっきり逃げたと思ってましたが、どこに行っていたんですか？」

バルバラは、自らの腕を掴む初老の執事に、皮肉げな笑みを浮かべる。

「ビセット……？」

そのやり取りを眺めていたシオンが、つぶやくのが聞こえた。

「その名前……どこかで」

断罪の大鎌を振り上げていたミーアは……、おずおずと鎌を下す。

なんとなく、流れが変わったことを察したのだ。ミーアは空気が読める、できる女なのである。

「ローレンツさまのお言葉を遮るなど、礼を失することこの上ない。黙るのは、あなたのほうですよ、バルバラ」

バルバラの手から刃を奪い取ると、ビセットは静かに頭を下げる。

「遅くなり、申し訳ありません。ローレンツさま。害虫の駆除に、少々手間取っておりました」

それから彼は、自らの主を守るようにバルバラを、そして、三人の男たちを睨みつける。

その様子を見たバルバラは、小さくため息を吐いた。

「ふふん……まぁ、いいでしょう。ここで荒事を起こしても仕方のないこと。今さら言うべきことがあるとも思いませんが……、どうぞ、せいぜい見苦しい自己弁護をなさるがよろしいでしょう」

そう言って、一歩後ろへと下がる。

それを見て、ローレンツは、ホッと安堵の息を吐いた。

「そう。なら、遠慮なく言わせてもらおうか……。ミーア姫殿下……」

ローレンツは、ミーアのほうを見つめた。

対してミーアは、急に話題が飛んできて、ワタワタした。

しかし、それはそれ。さすがにミーアも慣れたもので、すぐさま、なにが来てもいいように、心を整える。

「なにかしら、イエロームーン公爵」

ローレンツは、ミーアの目を真っ直ぐに見つめたまま……、とんでもない劇薬を投入する。

「先ほど、バルバラが言ったことはすべて誤りでございます。私も、そして、我が娘シュトリナも、ただの一人の人間にも手をかけたことはございません」

「…………はぇ？」

驚愕のカミングアウトに、その場の一同が静まり返る。そんな刹那の静寂を破ったのは、バルバラの嘲笑だった。

「なにを言い出すかと思えば……くだらない戯言を。いくらなんでも、その言い訳は無理筋ではありませんか？」

呆れた様子で言うバルバラ。これにはミーアも同意だった。

――それは、さすがに無理があるんじゃないかしら……？

と、思ったミーアは……けれど、そこで気付く！

彼女の忠臣ルードヴィッヒが……黙っている。

あの、前時間軸において、誰よりも鋭くミーアにツッコミを入れ、えぐりにえぐってきたあのクソメガネが……、黙っているのだ。

否、なんの疑問も抱いていないような穏やかな顔で、成り行きを見守ってさえいる！

――これは……、ふむ……。

ミーアは、開きかけた口を閉じて腕組みをする。様子見の構えを取りつつ、やってくる波に備える。

そんなミーアに一瞬だけ目をやったローレンツは、小さく息を吐き……、

「ご存知のように、我がイエロームーン公爵家は、ティアムーン帝国建国以来、この帝国の発展を邪魔する者たちを、陰で葬ることを務めとしてまいりました。初代皇帝陛下との盟約に従って……。けれど、この数十年、帝国は安定の時期を迎えておりました。そのうえ、今代の皇帝陛下もまた、温和なお人柄。暗殺の依頼はただの一度もされてはおりませぬ……」

「ふむ……」

ミーアは小さく頷いた。

なるほど、ローレンツの言うことは、納得できた。

——温和かどうかは微妙なところですが、お父さまは、わたくしの好感度にしか興味がないような方。それに、確かにわたくしが知る限り、ここしばらくの帝国は戦乱とは無縁でしたわ。

その分、裏では貴族同士の権力闘争はあったのだろうが……。四大公爵家の一家が直々に動かざるを得ないような、国家の敵と呼べる者は存在しなかった。

「ふふふ、なお悪いではないですか。暇そうにしておりましたから、その分、蛇としてしっかり働いてもらいましたよ」

ローレンツの言葉を受けて、バルバラは勝ち誇ったように笑った。

「帝国を崩し、この地を呪われた地とするために、知恵ある者を葬り、蛇に背く者を葬っていった。帝国の剣として暗殺を担ったならば、その罪もあるいは赦されましょう。けれど、蛇の手先として働いた件は……」

「私は……小心者なのだよ。バルバラ。ミーア姫殿下とは違い……、勇気がないのさ。暗殺など、とてもとても、恐ろしくてね。ゆえに……騙したのさ、君たちをね」

「馬鹿馬鹿しい。愚劣な自己弁護もここに極まれりですね。そのようなことをしてなんの意味があります？」

首を振りながら、バルバラは言った。

「お館さまが臆病者（おくびょうもの）というのは、私も否定はいたしません。だからこそ、蛇を裏切るような真似をするとは思えません。あるいは、今日のように、蛇に対抗する者たちがいるのであれば、蛇の言いなりにならぬ理由にはなりましょう。けれど今日の事態は、すべて帝国の叡智、皇女ミーアがいたからこそ生まれた状況。このような状況になることを予想して、暗殺の対象者を生かしておくなど、非合理なこと」

「らしくもない言いようだ。バルバラ、少し考えればわかることだろう。蛇に暗殺を命じられたということは、蛇にとって邪魔な存在であるということ」

ローレンツは強い口調で言い切る。

「それは裏を返すならば……、蛇と戦うのに有益な者たちと言えるだろう？　我が仲間として、共に蛇に反旗を翻してくれるかもしれない。将来のために、生かしておく意味は十分にあるだろう」

バルバラはローレンツを小馬鹿にしたように、笑った。

「それでもあり得ぬこと。あなたの周りの臣下はみな、我々の息のかかった者ばかり。近年、イエロームーンと協力関係にあった風鴉、いえ、白鴉の者たちも、ジェムに掌握されていた。お前が私たちに隠れて行動することなど不可能。たった一人で、そのような大仰なことをしたと？　標的を死んだように見せて、どこか安全な場所に逃がしたと？　無能者で半端者のあなたが、どうやって？」

鋭い揶揄に、ローレンツは力なく、肩をすくめた。

「ああその通りだ。生憎と私には、力はないよ。君たちに逆らう力もなければ、娘を悲しませずにいることもできなかった。悔しいよ……」

そこで言葉を切って、それから、ローレンツは、穏やかな顔でバルバラを見つめた。

「しかし、君は見過ごしたね。彼……、ビセットのことを」

その時だった。ふと、思い出した、といった口調で、ルードヴィッヒが口を開いた。

「そう言えばシオン殿下……、お尋ねの件をお伝えするのをすっかり忘れておりました」

「ん？　尋ねたこと、というと……」

「以前、ミーアさまを通してお聞きいただいた件です。イアソン、ルーカス、マックス、タナシス……そして、ビセット」

その名前の羅列を聞いた時、シオンはかすかに瞳を見開いた。

「……まさか」

驚いた様子のシオンに、近くにいたモニカが頷いて見せる。

「そう……。あの方、ビセット殿は、かつて風鴉に属していた者……。帝国内に、サンクランドの諜報網を築いた伝説の人です」

その言葉に、ビセットは、少々困り顔で首を振った。

「誇張が過ぎる評価です。それに、ずいぶんと昔の話ですね」

名前のない男、顔のない男、灰色の男……今、ビセットと名乗っている初老の執事。

彼との出会いはローレンツの、そして、イエロームーン家の運命を大きく変えるものだった。

幸運も味方した。

それまで幾度かあった蛇からの暗殺の指令……、そのことごとくをローレンツは、のらりくらりと躱していた。

彼は知っていた。

蛇は……人の心の隙を突く。弱みを突く。傷を突く。

人の心を操るは、蛇の得意とするところ。

そして、彼の父は、祖父は、殺しに手を染めたことを、いつでも利用され続けた。

他のことはともかくとして、殺人だけは、どうやっても取り返しようがない。

一度でも、手を染めてしまえば簡単に蛇に搦め捕られて、身動きが取れなくなる。

そのような連鎖に巻き込まれたくはなかったし、それ以前に、ローレンツは人を殺したくなかったのだ。

彼は痛いのも苦しいのも嫌な、小心(リトルハート)の持ち主だったのだ。

最初の一度をやってしまうと、もう後戻りはできない。

それを洞察していたローレンツは、言葉巧みに回避し続けた。

けれど、いよいよそれも難しくなった時……、蛇から下された命令こそが、ビセットの殺害だった。

その当時、混沌の蛇は、サンクランドの諜報部隊、風鴉の内部に、自分たちの手の者を潜り込ませることに成功していた。

そう、ジェムである。

そんな彼らにとって、実力者であるビセットは邪魔だったのだ。

仲間の裏切りにより窮地に陥っていたビセットを、ローレンツは、殺したと偽って助けたのだった。

以来、ビセットはずっと、執事としてローレンツに仕えている。

もともとが、凄腕の諜報員である。蛇とはいっても、しょせんは素人であるバルバラたちを欺くのは、容易いことだった。

そうして……、ローレンツは手に入れたのだ。

要人を秘密裏に国外へと逃がすルートと、有力な協力者を……。

「諜報において、現地の協力者は宝も同じ。ゆえに、その情報は仲間にだとて明かしてはならない……。それが、あの方の教えです。そして、事実、ビセットさんは、誰にも、帝国内での協力者の情報を明かしませんでした」

ミーアの後ろに控えた二人のメイド、そのうちの一人が補足する。

――あれが、元風鴉のモニカ嬢か……。

ローレンツは、自らの持つ情報と、その場にいる人間とを一致させつつ、頷いた。

「私一人でできることではなかった。暗殺の対象者を安全な国に運ぶことも、崖から馬車ごと落としたように見せかけることも、私には不可能だった。すべては、彼の力だよ」

「あり得ない……、あり得ないことです」

混乱した様子で、バルバラは首を振る。けれど、否定はできないだろう。

死体が出てこなければ、生きていたってわからない。

海外に人相書きを送ったりも、恐らくはしていないはずだ。なぜなら、その必要がなかったから。

自分たちが騙されるだなんて……思ってもみなかったから。

「ふふふ、騙されるものですか……。そう、私は死体を実際に見ておりますよ。お館さま……、あなたの特製の毒で息絶えた者の死体を……」

「私の特製の毒か……。そういうこともあったな。なにしろ、私は毒に詳しいからね……。バルバラ……、君が、太刀打ちできないほどに」

「あ……あ」

そこで、なにかに気が付いたのか、バルバラが目を見開いた。

そう……、それは、少し考えれば、わかることだった。

イエロームーン公爵は、植物に詳しい。薬に詳しく、毒にも詳しい。

それは、周知の事実だった。

けれど……、もしも殺すだけならば……、その知識はどこまで必要だろうか？

ありとあらゆる毒に通じることが……、暗殺者に必要なことなのだろうか？

……そう、答えは否なのだ。もしも、殺すだけでいいならば、いくつもの種類を知っておく必要はない。例えば、火蜥蜴茸（サラマンドレイク）のように、一発で相手を死に至らしめる毒を、数種類知っておけばいいだけではないか。

では……、なぜ、一瞬で死に至らしめる強力な毒を知りながら、弱い毒、いろいろな効果のある毒まで知識として知っておかなければならなかったのか？

それは、助けるため……。

毒を飲んだ者にどのような解毒剤を与えれば良いか知っておくため。あるいは、死んだように見せかけるための毒を……知っておくため。

「なぜ、毒が好きなのか、教えよう。君の知らない毒を使い、死んだように見せかけることができるからだ。ほかの殺し方と違って、毒は、君たちを騙すのにとても都合がよかったのさ」

詐欺師は……会心の笑みを浮かべた。

もちろん、彼の努力は無駄なことで終わる可能性もあった。

バルバラの言う通り、イエロームーン派だけでは戦えなかった。

狡猾な蛇のこと、皇帝になにか囁いて軍を動かすこともできただろうし、秘密裏にローレンツたちを暗殺することだってできただろう。

だから、このカードは切ることができず、手の中で無駄に溶けていく可能性だって十分にあったのだ。けれど……、無駄にはならなかった。

――ミーア姫殿下がいる……。

先ほど、ローレンツは、じっとミーアのことを観察していた。

彼女が、噂通り信頼に足る人物なのか……。

そんな彼の目の前で、彼女は、怒っていた。

シュトリナを虐げるバルバラを、明確な怒りのこもった瞳で、じっと睨んでいたのだ。

積極的にしろ、消極的にしろ、自身の暗殺に関わった人間が、虐げられていたからと言って、怒る人間がどれほどいるだろうか？

いい気味だ、と笑うのが人というものではないか？

にもかかわらず、彼女は、しっかりと、シュトリナのために怒ってくれた。

――ミーア姫殿下は、シュトリナのことを信じると言ってくれたと聞いた。あるいは、あれで、すでに十分だったのかもしれない。ミーア姫殿下に全幅の信頼を置くには……。

そう判断したローレンツは、ようやく、自らの切り札をすべて明かすことにしたのだ。

それから、ローレンツはミーアに目を向けた。

「ミーア姫殿下……以上が私があなたにお伝えしたかったことです。どうか、ご裁定をお願いしたい」

事態の急変を前に、ミーアは……、

「…………はぇ？」

ぽかーんと口を開けるのみだった。

第四十話　画竜点睛、黄金の審判皇女ミーア、降臨す

「はぇ……？　んっ、んん、ふむふむ、なるほ、ど……？」

事態の急変を前にミーアは、なんとか表情を取り繕いつつも……、

――ひぃいいいいいっ！

内心では悲鳴を上げていた。

それは、思わぬ方向から飛んできた流れ矢だった。

ローレンツの暴露、それがもたらすパラダイムシフトをミーアの嗅覚は正確に嗅ぎ取っていた。

そうなのだ、今やこの場所は、ローレンツたちに対する裁きの場から、変容しつつあったのだ。

問われているのは、ローレンツ、あるいはシュトリナの個人的な罪ではない。なぜなら、彼らは、

直接、誰をも殺してはおらず、むしろ、蛇の手から要人を守ったのだ。

称賛されこそすれ、そこに処罰されるべき罪はない。

では、今、問われている罪はなにか……？　ローレンツが問うていることはなにか？

それは……、親の罪を子が負うべきなのか？　という問い。

言い換えるならば、彼が問題としているのは、彼らの親の罪、先祖の罪、呪われたイエロームーン公爵家という「一族」の罪である。

その咎を、子孫であるローレンツやシュトリナが負うべきかどうか？

ローレンツは、ミーアに問うているのだ。

そして……、もし仮に先祖の罪に話が及んでしまうと、困ったことになる人物がいる。

そう……、もちろんミーアである！

なにしろ、他でもないミーアのご先祖さまこそが、イエロームーンに罪を犯させた者であり、混沌の蛇に従うよう、段取りをつけた人間だからだ。

イエロームーンが従犯ならば、初代皇帝は主犯である。

ローレンツやシュトリナが従犯の子孫ならば、ミーアは主犯の子孫なわけで……。

もはや、ミーアは無関係な第三者ではいられない。バリバリの関係者なのである。

断罪女帝とか、ルンルンで遊んでいる余裕はもうないのだ。

――かっ、関係ないところから高見の見物しているつもりが、なぜこんなことに？　ぐぬぬぅっ、それもこれも、すべてアホのご先祖さまのせいですわ！

初代皇帝にひとしきり文句をつぶやきつつも、ミーアは考える。考えざるを得なくなったのだ。

これでミーアは、意地でも彼らに重罪を科すことはできなくなった。なぜなら、ミーア自身もその責を負わされることになるからだ。

……というか、たぶんそんな迂闊なことをしたら、蛇が寄ってくる。

イエロームーンに下した罰をミーア自身も受けるべきではないか？　などと言って揺さぶりをかけてくるに違いない。厄介なことである。

となれば、彼らに厳罰を科すことはできない。まぁ、もともとそうするつもりもなかったので、それはいいのだが……。

むしろ、問題なのは逆の場合。すなわち、無罪放免とも言いづらい状況になってしまったことだ。

ぶっちゃけた話、ミーア自身は先祖の罪なんか「知るか！」という感じである。

親の罪とか言われても知ったこっちゃないと思っているし、シュトリナたちにもそう言ってやりたいところだが……、それを、そのまま言うわけにはいかなくなった。

なにせ、今となってはミーア自身も関係者。

無関係の相手に言うならばいざ知らず、自身の責任にも関係してくるこの状況において、簡単に無罪とは言えないのだ。なぜなら、「ミーアは、自分が助かりたいから、そう言った」ととられかねないからだ。

……そして、たぶん、そんな迂闊なことをしたら、蛇が寄ってくる。

――そうに違いありませんわ！

先ほどのバルバラの意地悪そうな笑顔を思い出しながらミーアは確信していた。

さらに……ミーアは気付いていた。自身の後ろにいるシオンやキースウッド、モニカらは、熱心にミーアに視線を注いでいることに。

ここで、ミーアが安易に答えを出してしまったら、きっと文句が飛んでくるに違いない。

ゆえに迂闊なことは言えない。ミーアは〝誰が聞いても納得する妥当な落としどころ〟を、頭をひねって考え出さなければならないのだ。

——う、うぐぐ……。これは難問ですわ。難問ですわよ？

それでも、ミーアは考える。

シュトリナたちを助けるため……、それ以上に、なにより自分に累が及ばないために。

そうして、知恵熱で頭がクラクラし始めたところで……、ミーアはようやく口を開いた。

裁きの大鎌を持った断罪皇女ミーアの、再びの降臨である！

「ローレンツ・エトワ・イエロームーン公爵……、話はわかりましたわ」

そうして、ミーアは裁きの大鎌を振り上げる。振り上げた、その巨大な刃で……、

「なるほど、リーナさんも、イエロームーン公も、どちらもご自分の手を汚されたことはない、と……」

ちまちまと、ナニカを削り始める。

完成形である、みなが納得する妥協点を探りながら……、ちまちま、ちまちまと慎重に話を進める。

その様は、さながら繊細な彫刻家のごとく。

「そのような戯言を、まさか本気で信じるおつもりですか？　ミーア姫殿下」

バルバラがガヤを入れてくるが、とりあえずスルーしておくミーア。

ここで、ローレンツが嘘を言う意味はあまりない。

一時、ミーアの目を誤魔化したところで、破滅を先延ばしにするのみ。なんだったら、みなの心証を悪くして事態を悪化させるものでさえあるのだ。

ゆえに……、

「ルードヴィッヒ、念のためにビセットさんから情報をもらって、その国外に逃がした者たちに連絡を取ってみてくださいまし」

「はい、すでに使者が向かっております」

「そう。さすがに準備がよろしいですわね」

とりあえず、事の真偽は保留である。なので、そのことはとりあえず置いておくとして。

「もしも、手を汚していないというのであれば、リーナさん、そして、ローレンツ殿には、なんの罪もないと、わたくしは考えますわ」

そこに疑問を差しはさむ余地はない。問題はそこから先……すなわち、

「けれど、イエロームーン公には……、そしてイエロームーン家には、罪なしとは言えないのでしょう」

現に、かの家の工作により、没落した者たちがいるのだ。

被害を受けた者たちがいるのであれば、無罪放免とは言えない。だから……。

「ローレンツ殿には、イエロームーン公爵として、当主として償う責任があると考えますわ。ゆえに……」

ミーアは一度、そこで言葉を区切る。

そっと瞳を閉じて、自身のこれから言うべき言葉を吟味する。

それはさながら、完成間近の彫刻作品を見て出来栄えを確認する、彫刻家のようだった。

それから、改めてミーアは断罪の鎌を手に取った。

そうして、みなが納得する形を目指して、ちまちま、ちょこちょこ、彫りを再開する。

「あなたはその持てる力のすべてをもって、混沌の蛇の害を受けた者たちを救い、このイエロームーン家が被害を与えてしまった者たちに償うべきですわ」

したり顔で言うミーア……。

それはちょっと聞いた感じ、なにやら立派なことを言っているように聞こえる言葉だったが……。実のところ、ミーアが言ったのは「努力目標」に過ぎなかった。

そう、努力目標……。すなわち、ミーアは残したのだ。

「努力したけど、ここまでしか力が及びませんでした……」と言い訳する余地を。

これならば、初代皇帝のポカを責められても問題ない。できる限りのことはやったけど、力及ばずです！　と言い逃れることができる。

自身に飛び火した際に、できる限り被害を少なくする、ミーアの妙手である。

それに加えて……、

「そして、その償いは……しっかりとあなたの時代で終えなさい。娘であるリーナさんにまで、その咎を残すようなことがあってはいけませんわ。ええ、決して！」

きちんと、付け足しておく！　強調しておく！

万に一つも自分にまで累が及ばないように……。もしも、初代皇帝の罪が子孫にまで及ぶものであったとしても、それは親の代まででとどめておくべきである、と。

娘にまで、その責任を負わせるなよ、と……。

ちまちま、ちまちまと、裁きの鎌で削り上げたミーアの自己保身的妥協点は、今や、黄金のミーア像として、みなの前に、燦然とそびえ立っていた！

裁きの天秤を右の手に、知恵の象徴たるスイーツを左手に持ったミーア像に、ミーアは最後の仕上げをする。

画竜点睛、その瞳に、渾身の一削りを入れるべく、ミーアは口を開いた。

「今まで初代皇帝が……いいえ、わたくしのご先祖さまが、ご苦労をおかけしてしまいましたわ……。けれど、もはや古い盟約に縛られる時代ではございませんわ」

そうして、ミーアは、高々と宣言する。

「あなた方、イエロームーン公爵と結んでいた呪われた盟約は、わたくし、ミーア・ルーナ・ティアムーンが破棄いたしますわ！」

堂々たる宣言！　それから、ミーアはやり切った顔で息を吐いた。

これにより、今後、もしイエロームーン家が無茶なことをやったとしても、ミーアには何の関係もない。なにか暗殺に関わったりしても、ミーアの知ったこっちゃないことである。

——ふぅ、これで一安心ですわ……。

そうして、安堵のため息を吐くミーアをローレンツは……、瞳を感動で潤ませながら見つめていた！

第四十一話　かくて、古き盟約は砕かれん

「バカな……馬鹿な、馬鹿な、馬鹿な……。ありえないことです、こんなこと、絶対にあり得ない。このような結末、あり得ていいはずがない……」

憎悪に歪んだ顔で、バルバラがつぶやく。地の底から響くような、おぞましい声で……。

それから、彼女は憎しみのこもった眼でミーアを見つめ、次に、ローレンツとシュトリナのほうを睨みつけた。

「忌々しき帝国の叡智ミーア姫……、ふふふ、なるほど、見事な沙汰(さた)。後ろの王子たちにも不満はないようで……。ですけれど……」

不意に、その顔がくしゃっと笑みを浮かべた。

「そうそう思惑通りに事は運びませんよ。こうなれば、薄汚い裏切り者のイエロームーンの首を刎(は)ねて、一矢でも報いて差し上げましょう」

バルバラの言葉に反応して、三人の男たちが動き出した。

位置的にミーアたちでは、どれだけ急いでも助けには入れない距離。唯一そばにいるのは、執事のビセットのみという状況。

荒事の気配が濃厚に匂い立つ。

……けれど、ミーアは心配していなかった。すでに、勝負は決しているからだ。すなわち……。

――ああ、やっぱり、不穏な空気にひかれて出てきましたわね……。悔しいですけれど、やはり、あの方がいると安心できますわね。

ミーアの瞳は、バルバラたちの後方より、こっそりと忍び寄る男の姿を捉えていた。

現れた男、帝国最強の騎士、ディオン・アライアは、にっこにこと、まるで悪戯を企む少年のような笑顔を浮かべつつ、三人の男たちを瞬時に殴り倒した。

それから、未だ気付いていないバルバラの背後に歩み寄ると、その肩口に、とん、と刃を置いた。

その光景を見たミーア、思い出す。

――ああ、あれ、怖いんですのよね。いつ首を落とされるかって……。

剣での肩ポンも、ギロチンの首ドンも、すでに経験済みのミーアである。

ちょっぴりバルバラに同情すら覚えてしまう。まぁ、だからと言って、ディオンを止めたりはしないが……。

「……え？」

突然のことに、理解が間に合わないバルバラに、ディオンは笑顔で言った。

「あはは、ちょっと諦めが悪いな。この僕と戦うという選択肢を捨てたんだから、最後まで貫徹しておけば、彼らも痛い目に遭わずに済んだのに」

慌てた様子で、辺りを見回したバルバラは、すでに昏倒している仲間たちを見て、ギリッと歯を噛み締める。

「くっ、愚かな……。忌々しい……。ディオン・アライア、帝国の犬め」

「あはは、帝国最強の犬か。その二つ名も悪くないな。犬に首筋を噛み砕かれて死ぬといい」

などと言い出したので、ミーア、慌ててストップをかける。

「殺さないようにお願いいたしますわね。なにか、有益な情報を引き出せるかもしれませんし、ラフィーナさまに引き渡したいですわ」

「相変わらず甘いなぁ、我らが姫さんは」

などと肩をすくめつつ、ディオンはバルバラの腕を拘束する。

それを尻目に、ミーアの横を駆けていく者がいた。それは……、

「リーナちゃんっ！」

すべてが片付いたと見たか、ベルが一目散にシュトリナのもとに走り寄る。

ベルはそのままシュトリナに飛びつくと、思い切り抱きしめた。

「リーナちゃん！　リーナちゃんっ！」

ぎゅうぎゅうと、ベルに力いっぱい抱きしめられたシュトリナは、ポカンと虚空を眺めていた。

事態の急変についていけていないのか、まるでお人形さんのように、一切の表情もなく、ただただ呆然としていたシュトリナだったが……。

「……ベル、ちゃん？」

やがて、その灰色の瞳に、薄く涙の膜が現れて……。見る間に量を増していく涙は、宝石のような粒となり、やがて、ぽろぽろ、ぽろぽろと、その幼い頬を伝い落ちた。

「ベル……ちゃん……」

唇をぱくぱくと開閉させつつも、震える声が紡ぐのは、ただその名前のみ。

大切な親友の名前のみで……。

やがて、その言葉さえも形をなくし、後に残るのは、言葉にならない少女の嗚咽のみ。

「リーナちゃん……、大丈夫。ボクは、ここにいますから……、ずっといますから」

その友の背を、ベルは優しくさすってやるのだった。

「ああ………終わった……というのか？」

泣き崩れる娘の姿を見ても、ローレンツは立ち上がることができなかった。

自身の命を狙っていた刃もすでになく、その行動を阻害する者はなにもないというのに……、地面にへたり込み、立てなくなっていた。

実際のところ、本当の意味で、初代皇帝との盟約を断ち切ることができるのは現皇帝のみである。

ローレンツは、そのことをしっかりと理解していたし、恐らくミーアもわかっているのだろう。

しかし、そのうえで彼女が、そう口に出したことに意味があるのだ。

――ミーア姫殿下のあのお言葉があれば、仮に暗殺の指令が来たとしても、突っぱねることができる。それに、皇帝陛下のミーア姫殿下への寵愛（ちょうあい）は厚い。だから、ミーア姫殿下が言ったことであれば、きっと耳を傾けていただけるはずだ。

それでも……、彼は、未だに安心できずにいた。

なにしろ、建国以来、ずっと彼らを縛り続けてきた鎖だ。

自身が生まれた瞬間から、背負うように義務付けられていた呪いなのだ。

それが、こうもあっさりと……、ただの一滴の血も流されずに終わったことが、とてもではないが信じられなくて……。

ただただローレンツは、現実味のない光景を眺めていることしかできなかった。

「呪われよ、イエロームーン。いつの日にか、お前たちの首元に、蛇が噛みつく日が来るでしょう」

不意に耳に届いた声……。バルバラの、負け惜しみのような呪いの文句を聞いた瞬間に……、ようやく、ローレンツの胸に実感が湧いてきた。

そうだ、自分たちは、ついに……、ついに。

「ああ……バルバラ……、混沌の蛇を体現する者よ。今、私は、万感の思いを込めて言うことができるよ」

それは……バルバラに向けて言っているようで、けれど、きっと彼女に放たれたものではなかった。

それは、彼ら一族をずっと縛り続けた混沌の蛇に対して……、あるいは、彼らに苦境を強いた初代皇帝に向けて……。

晴れやかな顔で、ローレンツは言った。

「ざまぁみろ、混沌の蛇」

高々と、朗らかに……。

「ざまぁみろ、くそったれの初代皇帝！」

放たれるは、イエロームーンの叫び。


かくて……、彼らを縛っていた古き盟約はここに打ち砕かれた。

帝国の叡智、ミーア・ルーナ・ティアムーン。

初代皇帝の血を引く、若き皇女の手によって。


なだれ込むようにして入ってきた皇女専属近衛隊（プリンセスガード）の者たちによって、イエロームーン公爵邸は制圧された。

といっても、内部にいた蛇の息のかかった者たちはディオンの手によって昏倒。人数自体もさほどおらず、恐らくは、玉砕を決めていたバルバラが、大部分を先に逃がしていたのだろう。

「蛇には蛇の論理がある……、そういうことかしら」

てっきり捨て駒にしてでも逃げると思っていたのだが、少し意外に感じるミーアである。

そうして混乱も収まった頃、ミーアはローレンツの部屋に招かれた。

「蛇に関連することとはいえ、帝国の内政に深く関わることだ。我々はとりあえず遠慮しておこう」

シオンの言葉に、アベルも頷く。

「そうだね。シュトリナ嬢とベルくんのところにも、誰かがついていたほうがいいだろうから、ボクたちは、そちらに行っているよ」

そうしてミーアは、シオンとアベル、キースウッド、それにモニカと別れる。

「ふむ……、では、一緒に行くのはアンヌとルードヴィッヒ、ディオンさんですわね」

頭脳担当のルードヴィッヒはともかく、ディオンに後ろに立たれるのはいささか不安なミーアである。かといって、護衛を連れていかないわけにもいかず……。

ミーアとしては、せめてアンヌに精神的安定を委ねたいところであった。

と、ミーアの視線を受けたアンヌは……、

「お任せください、ミーアさま。私がついています」

ドンッと胸を叩くアンヌ。

どうやら、ミーアに連れていってもらうことが嬉しくて、張り切ってしまっているらしい。

それを見て、ミーアは苦笑しつつ、

「ええ、頼りにしておりますわ。ルードヴィッヒにディオンさんも……、お願いしますわね。アンヌが無茶をしそうになったら、きちんと止めてくださいませね」

「なっ！　ミーアさま、ひどい」

などと、アンヌとキャッキャしつつ、ミーアはローレンツの部屋に入った。

「ほう……」

入って早々に、ミーアは鼻をひくひくさせた。

鼻先をくすぐるのは、甘くて、香ばしい匂い。それは……。

――紅茶と、それに……焼き菓子……。あのテーブルの上のものがそうですわね……。わたくしの目に狂いがなければ、あれは間違いなくペルージャン産のアップルを使ったタルトですわ……。

ミーアは、静かにローレンツの顔を見てつぶやく。

「……ふむ……この男……、できる！」

瞬間的にミーアは相手の力を見抜いたのだ！　そう、相手の……スイーツ力を……。

どうでもいい能力であった。

「お呼び立てしてしまい、申し訳ありません。ミーア姫殿下……。ですが、此度のことについて……、どうしても、お話ししなければと……」

立ち上がり、頭を深々と下げるローレンツに、ミーアは首を振る。

「形式ばった挨拶は不要。わたくしも聞きたいことがありましたし、好都合でしたわ」

そう言いつつ、ミーアの瞳に映るのは、まだ、かすかに湯気の立つ焼き立てのタルトだ。

――あれは、焼き立てが美味しいんですのよね……。ああ、早く、食べたい。

ごくり、と喉を鳴らすミーア。

なにかに追い立てられるようにさっさと椅子に座り、それから笑みを浮かべて、ミーアは言った。

「ああ、それと、先に言っておきますけれど、リーナさんが、わたくしを罠にはめようとした件、それも不問と致しますわ。お父さまに知られると後々で面倒なことになるでしょうから、あなたも余計なことを言わないように。いいですわね？」

自身が命の危機に晒された、などと知られたらどんなことになるか……。容易に想像できてしまうミーアである。

それはそれは、面倒臭いことになるだろう。であれば早めに可能性を潰しておくに越したことはない。それよりなにより今は、タルトだ。タルトを体が欲している。

今日のミーアはただのキノコプリンセスではない。スイーツプリンセスキノコミーア……スイーツプリキノアなのだ！

あっさりと言い放ったミーアに、感動のまなざしを向けたローレンツは……、

「ありがたき幸せに、ございます……」

わずかに声を震わせながら言った。

さて、改めて、ローレンツとミーアは、テーブルを挟んで対面に座る。その目の前で、ビセットがタルトを切り分ける。

サクッと音を立てて、生地が切り分けられていく。

甘いバターの香り、そこに、アップルの鮮烈な匂いが加わり、湯気に乗って、ミーアの鼻先をくすぐる。

口の中にたまってきた唾を、ごっくんと飲み込み……、ミーアはタルトが切り分けられていくのをジッと凝視していた。

それはもう、目力だけで穴が開いてしまいそうなほどに熱心に熱心に……見つめる。

甘いものへの渇望から、その手は小さく震えていた。

それを見て、ミーアは苦笑する。

――思えば、急いでヴェールガから戻ってきたから、甘いものなんか全然食べておりませんでしたわね……。

しかも、先ほどは、予期せぬ頭脳労働を強いられたのである。

ミーアの中の甘いもの成分は今、枯渇の危機にあるのだ！　大変なことである。

ことり、と……、目の前にタルトの乗ったお皿が置かれる。それをミーアは、急いでパクリと頬張った。

サクッサクという歯ごたえを楽しみながら、口の中でモグモグする。と、舌の上に広がるのは、思わず頬がほころびそうになる、ふわふわした甘みだ。下手をすると少ししつこくなりそうな、その濃密な甘みを、最後に、アップルの酸味が洗い流していく。

一口食べただけで、至福の時を迎えたミーアは、

「んーっ！　やはり、ペルージャンの果物は最高ですわね！」

思わず、満面の笑みで口走った。

そんなミーアを見て、執事のビセットが驚いた顔をした。

「……あの、よろしかったのですか？　毒見もなさらずに、食べてしまって……。私が言うのもどうかと思いますが、ここは、つい先ほどまで敵地であったのでは？」

その問いに、ミーアはきょとん、と首を傾げた。

「はて？　なにを言っておりますの？　毒を入れるなどと……、そのようなことをして、どんな意味が？　こんなに美味しいタルトを潰してまで、することのようにも思えませんわね……」

そんなもったいないことをするはずがない、と断言するミーアである。

……今のミーアは……、甘いもの欠乏症によって、いささか冷静さを欠いていた。

ぶっちゃけた話、ケーキ一個で城を売り払ってしまっても構わない気分なのである。

ケーキは城よりも重し、なのだ。重症である。

「しかし、驚きましたわ。あなたが、元風鴉の方だったなんて……。先ほどの、蛇を欺いた手腕、なかなかでしたわ」

美味しいタルトを食べられたことで、上機嫌なミーアである。

そんなミーアの称賛に、ビセットは穏やかな笑みを浮かべた。

「恐縮にございます。ミーア姫殿下……」

と、そこで、ルードヴィッヒが話しかけてきた。

「申し訳ありません。ミーア姫殿下。本来であれば、イエロームーン公爵から連絡を受けた時点で、お知らせするべきでした。しかし……」

「いえ、ルードヴィッヒ殿は、なにも悪くはありません。ミーア姫殿下。私がお願いしたのです。ミーア姫殿下のお人柄を見るために……。我が、イエロームーン家にとっては死活問題でしたから……。試すような真似をしてしまい、申し訳ありません」

深々と頭を下げるローレンツ。それに合わせるようにルードヴィッヒも頭を下げる。

「イエロームーン公はミーアさまの素のお人柄が見たいと、そのように願っておられました。自分たちの企みを知らないままに、ミーア姫殿下が味方をしてくれるかどうか、ということを知りたかったのです。ですから、イエロームーン公の信頼を得るために迂闊なことは言えなかったのです。なにしろ、ミーアさまは、一を聞いて十の情報を得、百の未来を読まれる方ですから」

「ふむ……まぁ、そういうことであれば仕方ありませんわ」

偉そうに頷くミーアである。褒められるのは嫌いではないのだ。

実際には、一を聞いて、〇・五ぐらいの情報を得て、甘いものが欲しくなるミーアであるから……、ぶっちゃけ聞かされてもなぁ……、というところでもあるのだが。

ともあれ……、

「しかし、もはや隠し立てする必要もなくなったはずですわ。改めて、ローレンツ・エトワ・イエロームーン公爵、話していただこうかしら……」

聞きたいことは無数にある。

蛇のこと、イエロームーン公爵家のこと。帝国の裏で、今までいったいなにが起こってきたのか……。

「そうですね……。なにからお話ししましょうか……」

ローレンツは少しばかり考え込んでから、深々と頷いた。

「……では、我々、イエロームーン公爵家と初代皇帝陛下との盟約の話から……」

ローレンツは、改めてミーアの行動に驚愕を禁じえなかった。

――毒が入れられている可能性を……一切考慮に入れないのか……。

タルトをあっさりと口に入れ、満面の笑みで、美味しいというミーア。

確かに、この時点で、自分たちがミーアを害する可能性は限りなく低い。

この時点での、皇女ミーアとの敵対は、イエロームーン家の破滅を意味する。ローレンツだけでなく、シュトリナとて無事では済まない。

合理的に考えれば、それは自明の理であって……、だからこそ彼女はなんの疑いもなく食べたのだろうが……。

——いや、違うな……。

ローレンツの目は、見逃さなかった。

ミーアの手が、小さく震えていたことを。

それに、ずいぶんと熱心に、ビセットの手元を眺めていたことも。

——そうだ。頭の良い者であれば、毒を混入される可能性を考慮しないわけがない。確かに、可能性としては低いかもしれないが、それでも疑いを完全に捨て去ることなどできない。それができるのは能天気な愚か者だけだ……。

ミーアは、毒殺の可能性をきちんと頭に入れていた。そのうえで、毒が入っているかもしれないのに、あえて自分から先にタルトを食べたのだ。

恐怖を飲み込み、必要のために食べたのだ。

ローレンツを信頼しているということを、しっかりと表明するために。

——決して、蛮勇ではない。毒を食べるリスクと、我々イエロームーンの信頼を勝ち得ることとを天秤にかけて……、選んだのだ。しかも、その前には、あっさりと、シュトリナの大罪を水に流すと言ってくださっている……。ああ、この方は、なんという……。

ローレンツは、短く瞑目（めいもく）する。

まぶたの裏に、ふと、少年時代の恩師の顔が思い浮かんだ。

『なにかを為したいのなら知識を持ちなさい。たとえ、今は自分がなにを為したいのかわからなくとも、知識を身につけることをやめてはいけません。なにかを為したいと思える日が来た時のために、弛まず知識を身につけ、そして、流れが来るのを待つの。いいわね』

目を開ける。と、目の前の、幼い皇女殿下に、その面影を見たような気がして……、ローレンツの中に、懐かしい気持ちがこみ上げてきた。

小さく息を吐き、それから彼は口を開いた。

「では、初代皇帝陛下と我らイエロームーン公爵家の盟約についての話から……」

そうして彼は語りだした。

長きにわたり、イエロームーン公爵家を縛り続けてきた呪いの話を。

「初代皇帝陛下と、我がイエロームーン公爵家の祖先は、もともと血縁関係にあったようです。そして二人は……、この世界に絶望していた。だから、世界を壊してしまおうと思った」

そのための反農思想。そのためのティアムーン帝国。

それは、世界を巻き込んだ巨大な復讐劇。

「その中でイエロームーン公爵家に与えられた役割は二つありました。一つは、すでに姫殿下もご存知かと思いますが、帝国並びに蛇に仇なす者を秘密裏に排除すること。そして……、もう一つは……、次の皇帝となること」

「次の皇帝……？　それはどういう……」

首を傾げるミーアに、ローレンツは肩をすくめた。

「文字通りの意味です。つまり、飢饉と革命によって、現帝室が倒れた際には、次なる王朝を継ぐように、と。そのように裏で工作し立ち回ること……。そして、次の皇帝あるいは国王となり、再び反農思想の浸透に努めるのが、イエロームーン公爵家に与えられた役目。再び革命が起こり、倒されるその日まで国を率いていくのが、我らの役目であり、褒美なのです」

　三日月（ティアムーン）を涙で染め上げる帝国というシステムは、自壊することを前提とした仕組みだ。

　反農思想によって農地を潰し、飢餓によって革命を呼び込み、泥沼の内戦、殺戮（さつりく）によって大地全体を呪う。しかも、ただ一度それを行うわけではない。それを何度も繰り返すための仕組みだ。

　だからこそ帝室の次に国を率いる者が賢明な王であってはならなかった。革命を起こす者はあくまでも単なる秩序の破壊者でなければならず、〝次に来る新しい秩序のために、古い秩序を破壊する者〟ではいけなかったのだ。

　ゆえに……、

「ティアムーン帝室が斃れた後に、イエロームーンの王朝が……、その王朝が倒れた後には、さらに別の、秩序の破壊者が支配者として君臨する。そうして、幾度も血を流し、死を積み上げ、大地を穢（けが）していくのが、初代皇帝の作った仕組みです」

「ふむ……、しかし、いったいなぜ、そのようなことに関与し続けたんですの？」

　ミーアが不思議そうな顔で言った。

「帝室が、未だに初代皇帝の志を継いでいるのであればともかく、わたくしは、そのような話を聞いたことはございませんでしたわ。お父さま……、皇帝陛下もご存知ないのではないかしら？」

「はい。帝室ではすでに、幾世代か前の時点で、初代皇帝陛下の遺志は忘れ去られておりました。けれど我らイエロームーン公爵家は、最初の盟約を希望として暗躍を続けたのです」

それは、初代皇帝がかけた呪いだった。

次なる皇帝を担う者は、四大公爵家の中で最も弱く、蔑まれるものでなければならない。その支配体制から恩恵をもらう者であれば、革命を起こし、その体制を破壊しようなどとは思わないから。

そうして、イエロームーン公爵家は、四大公爵家の中で、取るに足りないものとして扱われていき……、世代を経て、その扱いに対する憎悪は、屈辱は……やがて自分たちが支配者となる未来への強い渇望に変わっていった。

『弱く蔑まれる境遇は、いずれ来る繁栄のため。この帝国が滅びた時、自分たちの時代が来る！』

その思いにすがればすがるだけ、蛇への協力の姿勢は強固なものとなったのだ。

『自分たちの父も母も、祖父母も、先祖も……また、この境遇に耐えてきた。それは後に来る繁栄のため。次の皇帝になるため。今までの先祖の屈辱を無為にすることはできない』

それはまた、損切りができなかった、ということでもあった。

一族がここまで耐え忍んできたことを、自分の代で潰して良いものだろうか？

親から、教え込まれ、託された願いを……希望を……、自分の代で潰えさせることはできるものだろうか？

「それでも……、私のように荒事を好まない当主もいなかったわけではないと思います。けれど、そのような者たちも、蛇に搦め捕られていった。一度でも、手を血に染めてしまえば、蛇はそれを脅迫に使う。ただ一度の暗殺が自らを縛る枷となり、脅しの材料となる。そうして抗うことに疲れた者たちは〝やがて来るひと時の繁栄のみ〟を望みとして、蛇の傀儡となったのです」

だからこそ……、ローレンツは、暗殺に関与したくなかったのだ。

「なるほど……、そういうことでしたか……」

ミーアの隣で、ルードヴィッヒが頷いた。

「しかし、よく暗殺に関わらずにいられたものですね。私などでは、早々に心が折れてしまいそうです」

肩をすくめるルードヴィッヒにローレンツは穏やかに微笑んだ。

「ある方に励ましていただいたのだ。ルードヴィッヒ殿。その方は私に言ったのだ。もしも、なにかを為したいならば知識を持て、と。弛まずに、諦めずに知識をつけ、そして、流れが来るのを待て、と」

少年時代にかけられた言葉……。それを胸に、ローレンツは知識の研鑽を進めた。

そして……、流れは来たのだ。

「まぁ、そのような方がいたんですのね」

感心した様子で言うミーアに、ローレンツはそっと微笑む。

「はい。先代の皇妃さま……。あなたの、お祖母君にございます。ミーア姫殿下」

「まぁ、わたくしのお祖母さま……？　わたくしは、お会いしたことがありませんけれど……」

「面影が少しおありですよ。あの方も……、聡明な方でしたから」

「ほう……、わたくしのように聡明……」

ミーアは、ふむ、と頷いてから、神妙な顔で言った。

「それは、ぜひお会いしてみたかったですわね……」

……一切、聡明の否定はしない、ちょっぴりおこがましいミーアであった。

「さて……、少し話が逸れました。まだ、ご質問があるのではないですか？」

「……ああ、そうでしたわね」

ローレンツの様子に、ミーアは少しばかり姿勢を正した。

「混沌の蛇について……、あなたの知っていることを、すべて教えていただきたいですわ。蛇とは、どのような組織なのかとか……」

「組織……、ですか」

小さくつぶやき……、ローレンツは、わずかに考え込んだ。

「あら？　なにかおかしなことを言ったかしら？」

「そう、ですね……。混沌の蛇を組織と呼んでよいものか……、私には、判断いたしかねるところです……」

「ふむ、ということは、組織ではないということですの？」

首を傾げるミーアに、ローレンツは悩ましげに言った。

「そうですね……それは定義次第だとは思うのですが……。少なくとも既存の邪教集団のように、まとまってはいないものだ、ということは、同意いただけるかと思います。各々が、各々の計画に従い、行動をしていく。時に協力することはあれど、そこに序列はなく、優劣もなく。ただ、それぞれが一つの方向性を持って動く……」

それから、ローレンツは一つ息を吐き、

「ですから、私は、混沌の蛇を一つの塊ではなく、一つの流れであると……、理解しています」

「流れ……？」

「はい。歴史の中に生まれた一つの流れ……、秩序を破壊し、世界を混沌に陥れる流れ……」

ミーアは、頭の中に川をイメージする。川を構成する水をいくら掬い取っても、流れを止めることはできない。もしも、バルバラやジェムが、水の一滴に過ぎないのだとすれば……、それは徒労に過ぎないのかもしれない。

「話が抽象的になりましたな。具体的な話をいたしますが……、混沌の蛇を構成する人々は主に四つの者たちに分類することができるでしょう」

そう言って、ローレンツは、大皿の上に、自らのそばに置かれていた焼き菓子を置く。上に小さな果実が乗った円いクッキーだ。

――まぁ、あんなのありましたかしら？　タルトに夢中で気付きませんでしたわ。うう、美味しそう……。

真面目な話の連続に、早くも少し前に食べたタルトの糖分を使い果たしてしまったミーアである……って、んなわきゃあない！

それはさておき……、

「まず、私のように、脅されるなどして協力することになった、消極的協力者。次に、混沌の蛇を利用し、利を得ようとする者……、積極的協力者。例えば、初代皇帝陛下は私の見るところ、蛇の教義に共感したわけではない。蛇の教義を利用し、自らの目的を達しようとした、あるいは、蛇と自らの目的とが一致したから協力したか……。いずれにせよ、蛇に積極的に協力しようとする者がおります」

そうして、ローレンツは二つ目のクッキーを置いた。

「ふむ……」

腕組みしつつ、ミーアは頷いた。その視線の先にあったのは、ローレンツが置いたクッキーだ。

今度のものは、糸を編んで作ったメダルのような形をしたクッキーだった。

――なかなか、いい仕事してますわ……。イエロームーン公の家の菓子職人が作ったのかしら？

……ミーアの脳みそが甘いものを欲しているから、仕方のないことなのだ。そう、ミーアの脳みそが悪いのだ！

「さらに、蛇の教義に共感して主体的に行動する、いわゆる信者と呼ばれる者たちがおります。バルバラが連れてきた男たちは、恐らく信者たちでしょう」

ローレンツは三つ目のクッキーを置いた。今度のものは、全体に白い粉がかかった、まるで雪でデコレーションが施されたかのようなものだった。

見たことのないクッキーに、ミーアは興味津々だ！

――ああ、いけませんわ。話に集中しなければ……。えーっと、信者、そう、蛇の信者の話でしたわね？

「そして……」

と、ローレンツは、一度言葉を切り、最後のクッキーを手に取った。

それは、葉っぱの形をした、大きめのクッキーだった。

――まぁ……あのクッキー……、素晴らしいできですわ。見た目で楽しませ、舌をも楽しませるなんて、職人の鑑（かがみ）ですわね……。あ、そうですわ。馬型のクッキーとか、もしかして作れたりするのかしら？　あるいはキノコ型の……、ああ、そうですわ。キノコの下の部分はクッキーで作って、上の傘の部分はジャムかなにかでデコレーションをしたら……。

なにか、ロングヒットしてしまいそうな新しいお菓子のアイデアが生まれそうになったところで、ミーアはぶんぶん、っと首を振った。

――今は、混沌の蛇の話ですわ！　集中、集中……えーっと、蛇型のクッキーがどうなったんでしたっけ？

内心で、甘いものの誘惑との闘いを繰り広げるミーアをよそに、ローレンツは言った。

「蛇の教義、すなわち『地を這うモノの書』を教え広める者、蛇導士(じゃどうし)と呼ばれる者たちがおります」

ローレンツは、その葉っぱの形のクッキーをお皿に置いた。お皿の上に置かれた美味しそうな四個のクッキーにミーアが目を奪われていると……その目の前で……、ローレンツはクッキーをむんずっと掴み、ひょいひょいひょい、っと自分の口に入れてしまった。

むぐむぐっとクッキーを頬張り、美味しそうに笑みを浮かべるローレンツ。

じっくりと味わって食べてから、

「ふふふ、やはりクッキーは、チマチマ食べていてはいけません。こうして、一度に頬張ると、とても幸せな気持ちになれるのですよ」

満足げに言った。さすがは、ベテランＦＮＹリストである。

「……あぁっ」

悲しげな声を上げて、ミーアはしょんぼり肩を落として、黙り込んだ。

――うぅ、あれ、食べてみたかったですわ……。

「蛇導士……。それが、蛇の本体と考えてもよろしいのですか？」

ミーアが思索にふけっていると見たのか、隣からルードヴィッヒが言った。

「いや、そうではないな。ルードヴィッヒ殿。本体はあくまでも、人々の底に流れるもの、その人々を結び付けているものであると、私は考えている」

「それは……？」

「それこそが……、蛇の聖典……、地を這うモノの書だ」


コトリ……。

ふいに、茫然自失状態のミーアの耳が、一つの音をとらえる。

それは、机の上にお皿が置かれる音。そちらに目を向けると……。

「あっ……」

先ほど、ローレンツが食べていたクッキーが山盛りになっていた！

どうやら、ビセットがタルトを食べ終えたミーアのお皿を下げ、代わりにクッキーを持ってきてくれたらしい。

――ふむ……、さすがは、敏腕執事！　できる男ですわ！

早速、クッキーに手を伸ばそうとしたミーアであったが……、ふと、ルードヴィッヒ、そして、ローレンツの視線が集まっていることを知覚する。ついでに、後ろからは、ディオンがニコニコしながら、ミーアに視線を注いでいる……。ニコニコしているはず……なのに、その目は……全然笑ってない！

――い、いけませんわ。ここは、ふざけて良い場面ではなさそうですわ。

ミーアは、ふぅ、っとため息を吐き、クッキーから視線を外した。

――そう……、クッキーは逃げませんわ。タイミングを見計らって食べればいいだけの話……。今は、その時ではありませんわ。

それからミーアは改めて、ローレンツとの会話を思い出す。サクサク……。

「……地を這うモノの書」

その名前には、聞き覚えがあった。

「ラフィーナさまが言ってましたわね。確かジェムという男が、写本を持ってたやつですわ……」

ミーア自身は実際に読んでいないものの、なんだか恐ろしげな本なのだなぁ、などと感じたことを、ミーアは思い出した。サクサク……。

「はい、確かに写本ですが、あの者はそれを持っておりました」

「しかし……、それはいったいどんな書物なんですの？」

ミーアの問いかけに、けれど、ローレンツは首を振った。

「残念ながら、私も直接見たことはないのです。以前、ジェムが持っていた写本『国崩し』を唯一見ただけで……」

それから、ローレンツは苦笑いを浮かべた。

「どうも、バルバラは私のことをあまり信用していなかったようで。まぁ、実際、こうして裏切りを企んでいたわけなので、彼女の見立てに間違いはなかったわけですが……」

「そうなんですの……。それは残念ですわ……。しかし、人々を結び付けるとか、操るとか、まるで……魔法のようですわね。もしや、地を這うモノの書とは魔法の書なのかしら？」

そう言えばエリスの原稿に、そんなようなものが出てきたような……などと思い出すミーアである。サクサク……。

「魔法……でございますか……」

ローレンツは、きょとん、と首を傾げてから小さく笑った。

「あら、どうかなさいまして？」

「いえ、姫殿下の口から、魔法という言葉を聞くのは、いささか意外でしたので……」

それから、彼は表情を引き締めてから言った。

「しかし、なるほど、確かに魔法というのは言い得て妙かもしれません。それは魔法のように人々の心を変えてしまうもの。秩序を破壊する存在へと、その者の人生を変容させていく。その力は魔法と呼んでも差し支えないかもしれません。ああ、そんな顔をしないでくれ、ルードヴィッヒ殿」

と、そこで、ローレンツは、ルードヴィッヒのほうを見て苦笑した。

「別に、私は魔法などという不可思議な力があると思ってはいないのだ。そんなものがなくとも、人の心を操ることは可能だと思うしね」

「まぁ、そのようなことができるというんですの？」

半信半疑といった様子で首を傾げるミーア姫殿下に、ローレンツは笑った。

「そうですね……。例えば……、ミーア姫殿下は、本などは読まれるのでしょうか？」

「はて……？　本ですの？　まぁまぁ読むほうだと思いますけれど……」

ミーアは、ここ最近の読書遍歴を思い出した。サクサク……。

「最近ですと、友人が持っていた恋愛小説を楽しく読ませていただいておりますわ」

突如、自らの得意分野の話になったため、ミーアは少しばかり饒舌（じょうぜつ）になる。

「特に、騎士と姫の恋愛が実に、こう……。湖のシーンがですわね、素晴らしくて……」

「ふふふ、なるほど。それでは……、その本を読んで、恋をしたいと思われましたか？」

「はて……恋ですの？　そうですわね……。確かに、ああいうものは素敵だと思いますけれど……」

ミーアは、妄想する。

アベルとともに湖の湖畔に行き……、夜、月が浮かぶ星空を見上げながら……。

イチャイチャと愛を語らいあう、ラブラブ空間を妄想して……。

――いい、いいですわ！　実にいい！

ミーアは、本に、大いに影響を受けていた！

「では、仮にの話ですが……、もしも、読んだ者にことごとく恋をしたいと思わせる……、そのような本があるとするならば、それは他者の心を動かす『魔法の書』ということになりはしませんか？」

「それは……」

ミーアは思わず考え込んでしまう。なるほど……、確かに、心を動かすだけであればそれは……普通の小説であっても問題ないのかもしれない。サクサク……。

そう、恋愛に限らず、ミーアは知っているのだ。

あの絶望の地下牢において……、自分の心を少しだけ明るくしてくれた物語のことを。

エリスの書いた物語は、確かにミーアの心に影響を及ぼし、ただ絶望に暮れるだけだった日々を、ほんの少し変化させたのだ。

「しかしそれは、実際に現実を変える力などではないでしょう。魔法というのは、いささか、誇張のように思えますが……」

そんなルードヴィッヒの言葉に、ローレンツは穏やかな笑みを浮かべて、首を振った。

「ルードヴィッヒ殿、君は少し誤解しているな。いや、君だけではない。多くの知者は誤解しているのだ。我々の心と、現で起きる出来事は、君たち知者が考えるよりも遥かに関係が深いのだ」

そうして、ローレンツは瞳を閉じる。

「そも、世界を作るものとはなにか？　それは人だ。人が町を築き、国を築き、文化を築き、学問を築く……。では、人を支配するものは何か？　それは心だ。あるいは、その者の持つ価値観だし、世界観だし、信仰なのだ」

「つまり……、蛇の教典『地を這うモノの書』は、読む者の心に『秩序を破壊する欲求』を植え付ける……、そのような本だと、あなたはおっしゃるのか……」

ふと、そこで、ルードヴィッヒは首を傾げた。

「いや、しかし……、あのジェムという男が持っていた写本には、確か、国を滅ぼすための方法論が書かれていたのでは？」

ラフィーナの手によって回収された、教典の写本はいかに国を滅ぼすのか、という実践の書だった。

読者の心を洗脳する類の内容ではなかったのではないか？　と……、そんなルードヴィッヒの問いかけに、ローレンツは、深く首肯する。

「そう。あれに書かれていたのは実際的に、どのような行動をとれば国という秩序を破壊できるのか……、その具体的な方法だった。だがね、ルードヴィッヒ殿、剣を差し出して憎き者を殺せと唆すのと、何も持たずに殺せと言うこと、どちらが誘惑として有効だろうか？」

ただ曖昧に国を滅ぼせと言われるのと、具体的な方法を提示して、このように国を滅ぼせと言われるのと、どちらが誘惑として有効だろうか。そんなものは……、考えるまでもない。

「そのようなものが……、あるのですのね。それで、それはいったいどこに？」

「蛇の教えを伝える者、蛇導士たちは、写本を常に持ち歩いていると聞きますが、それは、地を這うモノの書の一部でしかありません。また、高位の蛇導士たちは、その内容を一字一句記憶しているとも聞きますが……、その原本のありかははっきりとしたことが分かってはおりません」

その答えに、落胆するミーアであったが……。ローレンツは、重々しい口調で続ける。

「ただ、中央正教会に聖女ラフィーナさまがいるように、蛇たちにも、巫女姫と呼ばれる、蛇導士を取りまとめる者がいる、と聞いたことがあります」

「蛇の、巫女姫……？」

「ええ、そして恐らくは……、その人物が地を這うモノの書の本体を持っているのではないかと……」

ごくり……、と生唾を飲み込みながら、ミーアは……そっと近くのお皿に手を伸ばした。

今がタイミングだ！　と思ったのではない。我慢できなかったのだ。

そろそろ一枚ぐらい食べてもいいタイミングなはず……。

けれど……、その手はスカッと空振りする。

──あ、あら？　変ですわね、先ほどの美味しそうなクッキーは……？

と、視線を向けると……、

「ミーアさま……食べすぎです」

眉をひそめた顔のアンヌが、じっと見つめていた。

「タルトとクッキーを五枚……、お話ししながら、サクサク食べられていました」

「……はぇ？」

そんな馬鹿な……、と、ミーアは自らの口元を触った。

口の端に…………クッキーの欠片がついていた！

──なっ、そっ、そんな、いつの間に……？

「これ以上、お食べになっては、太ってしまいます」

「でっ、でも……でも……」

無意識に食べてしまったせいで、まったく味わえなかったミーアである。

その顔が、ちょっぴり悲しそうな色を帯びる。っと、その目の前に、一枚のクッキーが差し出される。

「もう、ミーアさま……。最後の一枚ですよ」

困ったような笑みを浮かべるアンヌに、ミーアは満面の笑みを向ける。

「ああ、やっぱり、あなたは最高の腹心ですわ。アンヌ！」


……実にいつもの風景なのであった。


かくて、古き盟約を破棄したミーアは、イエロームーン邸を後にした。

古き鎖から解き放たれたミーアがどこへ流されていくのか、今はまだ誰も知らない。

第三部　月と星々の新たなる盟約Ⅱ　完　第三部もう少しだけつづきます。

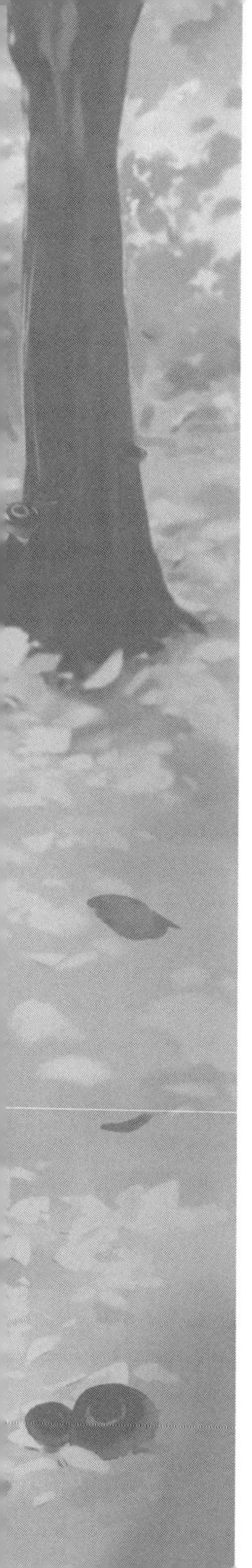

見知らぬ土地にて芽吹いた種

The Seed Sprouted in Unknown Ground

大飢饉の時代……。それは地獄の時代。人々の良心が死に絶え、他人への信用が嘲笑われる悪徳の時代だ。

これは、そんな時代の帝国の、どの場所にでもあった数多の悲劇の一つ。

「はぁ、はぁ……」

荒く息を吐くたび、口の中に血の匂いが満ちる。

切り裂かれた革鎧は赤黒く染まり、その持ち主の命が長くはないことを主張しているかのようだった。

背後に馬車をかばいつつ、年若き兵、エルンストは、心の中で嘆く。

どうしてこんなことになったのか……。どこで間違えたのか、と。

「まったく、頑固だな、お前。さっさとこんな国に対する忠誠なんぞ捨ててしまえばいいものを」

つい先ほどまで、共に馬車を守っていた男が言う。

「その馬車の食糧を山分けすりゃあ、腹いっぱい飯が食える。もしも全部売り払えば、遊んで暮らすことだってできるんだぜ？　なのに、律義に護衛だなんて、馬鹿馬鹿しいと思わないのか？」

そうして、エルンストを嘲笑う。

「まったく、クソまじめな頑固者だな」

「黙れ……。下劣な、卑怯者（ひきょうもの）め」

口から出るのは、鋭い批難。されど、言葉とは裏腹に、彼の中の怒りは小さい。

彼自身もそう思っていたからだ。

こんな沈みかけた国に忠誠をささげても意味がない。ここで命を張ったところで、なんの報いもないと。

だけど……。

彼は手の平の血をズボンで拭い、槍を握りなおす。戦う意志を、折れぬ闘志を、裏切り者たちに、見せつけるように。

……仕方がないではないか。そういう性分なのだから。

この食糧を待っている者たちがいると思ってしまうし、与えられた役目を果たさなければ、どうしても気持ちが落ち着かないのだ。

自分がつまらない人間であるという自覚はある。

酒はあまり嗜まないし、賭け事もしない。女遊びに興じたこともない。

家族持ちの、身持ちが固い男なのかといえば、そんなこともなく。彼には妻も子もなく、親もすでにない。言ってしまえば身軽な身の上の男だ。馬車を盗んで、売り払い、遊んで暮らすのが賢いやり方なのかもしれない。

ではなぜ、こんなにも頑なに、命懸けで職務を全うしようとしているかというと、それはもう、性分であるからというほかない。

彼は、そういう生真面目な性分なのだ。

だが……、それで何が悪い、と彼は思う。

どのような時代であっても、美徳は美徳。変わらない。

たとえつまらない男だと、嘲笑われることになろうとも、自身に与えられた任務を全うしようという、そんな生真面目な矜持が、彼の中には確かにあった。

その矜持を胸に、彼は槍を構える。

「この馬車は、飢饉が起きている村に届けるためのものだ。腹を空かせた子どもだっているだろう。みすみす盗人の手になど……あっ」

けれど……、その生真面目さに、正当に報いるには、この時代は残酷すぎた。彼の忠義に応えたのは、裏切り者たちの無慈悲な攻撃だった。

降り注ぐ痛み、切りつけられるごとに腕からは力が抜け、ついに彼は地面に倒れる。

多勢に無勢。ただの一人の賊を葬ることもなく、彼の命は燃え尽きる。

されど、その頑なさは決して無駄ではなかった。

その堅牢なる意志は、幾人かの商人に逃げる時間を与え、その命を救うことになった。

そして、その商人たちの口を通じてエルンストの名は、皇女ミーアのもとに届けられることになった。


「ゆ、輸送部隊が……全滅？」

その知らせを聞いた時、ミーアは愕然とした。そのまま、フラフラーッとベッドのほうへ向かい、倒れこんでしまう。

「ご、護衛の兵たちはどうしておりましたの？」

「ほとんどが盗賊に寝返ったとのことです。もっとも、彼らにも満足に給金を払うことができておりませんでしたから、それも無理からぬことではあると思いますが……」

ルードヴィッヒの表情も暗い。

それも当然のこと……。他国と掛け合い、なんとか手配した、なけなしの食糧だったのだ。それさえあれば、いくつかの村は当面救うことができる……、そんな大切な物資だったのだ。

「ぐっ、て、帝国を裏切るだなんて……。許しがたいことですわ！　その場には、帝国に忠誠を誓う、忠勤の士はいなかったというんですの？」

「報告によれば、エルンストという若い兵士が、一人、律義にも任務をこなそうとしたということですが……」

それを聞いて、ちょっぴり機嫌を直すミーア。

「まぁ！　感心な方ですわ。すぐに、その方に褒美を取らせてちょうだい！　勲章でも、昇進でも……」

などと、実に調子のよいことを言うが……、ルードヴィッヒは暗い顔のまま首を振った。

「残念ながら、戦いの中で命を落としました」

ルードヴィッヒの言葉に、ミーアは少しだけ沈んだ顔をした。

「そう……。では、せめて、その方のご家族に……」

「残念ながら、その者は天涯孤独の身の上。親も子も、妻もないとのことです」

「そう……なんですのね」

そうして、ミーアは唇を噛みしめた。

それは、過酷な時代にはありふれた風景だった。

若き兵士、エルンスト……。それはミーアが、忠義に報いることができなかった者たちの一人だった。

そうして、時は流転して……。

「ああ、久しぶりに見ましたわね、あの頃の夢は……」

ベッドの上、ぼんやりと目を開けたミーアは、小さくつぶやく。

ふと見ると、ベッド脇の机には、書きかけの手紙が置いてあった。それは、皇女専属近衛隊（プリンセスガード）を取り仕切っている、バノスへの手紙だった。

ルヴィを皇女専属近衛隊（プリンセスガード）に送る、という旨を書いたものなのだが……。

「この手紙、が原因でしょうね」

あの大飢饉の時代……。幾度となく、食糧の輸送は阻害された。時に盗賊に、時に暴徒と化した民衆に、そして、時に賊へと転じた護衛兵によって。

そうして、幾度も煮え湯を飲まされてきたミーアは、絶対的に信用が置ける部隊の必要を覚えたのだ。

「信用が置けるのは、やはり、近衛部隊ですけれど……。あの当時は、帝都の警護で手一杯でしたものね」

だが、今は違う。

ミーアは自らの手足となって動く、皇女専属近衛隊（プリンセスガード）を持っている。信用という点においても、おそらく問題ないだろう。あの最恐の騎士、ディオン・アライアがミーアの味方をしている以上、かつての部下たちが裏切るとも思えない。

「けれど、それでもやはり手数は足りないでしょうね。レッドムーン公爵家から、うまいこと兵士を引き抜いてこられればよいのですけど……」

などという手紙を書いている途中で寝てしまったために、あの当時の夢を見てしまったのだ。

「いずれにせよ、ルヴィさんと共同で、綿密な運用計画と、そのための訓練が必要ですわね……」

そうつぶやいてから、ミーアは小さく首を振った。

「それにしても……、我ながら迂闊でしたわ。あの忠義の兵の存在を、今の今まで忘れていただなんて……」

直接の面識がなかったのが災いしたのだろう。ミーアはその存在を完全に忘れていたのだ。

「ともあれ、あの時代に裏切らなかった方ですもの。絶対に信用できますわ。えーっと、それで名前は……、あの忠義の兵の名前は……、なんだったかしら？」

首を傾げつつ、ぶつぶつ……。

「えーっと、あ、い、う、え、え……え？　えが怪しいですわね。え、なんだったかしら？　えあ、えい、えう、ええ……」

そうして、妙な時間に脳を活性化させたため、眠れない夜を経験してしまうミーアなのであった。


ところ変わって、レッドムーン公爵領。

実家の屋敷にて、ルヴィは父と対面していた。

「ルヴィが、皇女専属近衛隊（プリンセスガード）に!?」

「ええ、そうです。父上。てっきり喜んでいただけるものと思っていましたが」

顔をしかめる父に、ルヴィは首を傾げて見せた。

近衛隊はエリートだ。皇女専属となれば、皇帝直属の者よりはやや格が落ちるのだろうが……、それでも十分に名誉なもののはず……なのだが。

「いや、それは、そうなのだが……しかしな。皇女専属近衛隊（プリンセスガード）といえば、つい先日も前線の百人隊を編入したと聞いたし、柄の悪い人間が集まっていると聞いているが……」

「おや、父上らしくもない。勇猛さは、素人の目には時に野蛮に映るもの。仮にもミーア姫殿下の近衛ですよ？　まさか、蛮族のような者たちがなれるわけもなし。よしんば、ミーア姫殿下が、品位より兵の実力を重視して部隊を編成したのだとすれば、私はむしろ嬉しいぐらいですが……」

そうして、涼しげな笑みを浮かべる娘に、レッドムーン公爵は、思わず苦笑した。

「なるほど。確かに、強兵漁りのレッドムーンの者が、品位だの、柄だのを気にするのも妙な話か。よし、あいわかった。それならば、すぐにでも我が精兵を準備しよう。我がレッドムーン家より遣わされた者として、恥ずかしくない働きができるものを派遣することとしよう」

そうして、レッドムーン公爵は、ほどなくして、ルヴィのそば仕えとして、二十人の女性兵士を選び出した。

みな、レッドムーンに仕えるに相応しい精兵揃いである。

基本的に帝国には女性兵士は少ない。ルールー族のように、技術に特化した者たちは少数存在しているものの、ほとんどが屈強な男ばかり。にもかかわらず、こんなにも早く、実力ある女性兵士を用意できたのは、レッドムーン家の力を証明するものであっただろう。

そんな女性兵士たちを統括するのは、ルヴィと昔からの付き合いのある女騎士だった。名を、セリスという。

並みの騎士には劣らぬ長身と、しなやかに引き締まった体躯を持つ、剽悍な女性だ。

ルヴィが手ほどきを受けただけあって、その戦闘技術はかなりの高みにある。

「しかし、まさかルヴィお嬢さまが、近衛隊に入られるとは思っていませんでした」

「あはは、私もさ。セリス。人生なんてわからないものだよね。まさか、レッドムーン家の公爵令嬢たる者が、他の者の下風に立たされるとは」

肩をすくめるルヴィに、セリスは眉をひそめる。

「もしや、ルヴィお嬢さま、今回の近衛隊入りはお気が進みませんか？　でしたら、この私がミーアさまに掛け合ってでも」

「絶対にやめて。というか、相変わらず、冗談が効かないな。セリスは」

やれやれ、と首を振るルヴィに、セリスはむぅ、っと唸り声を上げる。

「お嬢さまの冗談はよくわかりません」

「駄目だよ、そんなのじゃ。君は、誰か恋仲の男性はいないのかい？」

ルヴィの問いかけに、セリスは苦笑した。

「はい。生憎と自分のようなお堅い女に声をかけてくる物好きは、そうそういないようで。お嬢さまのような恋愛経験には、恵まれませんね」

セリスの中では、ルヴィは、セントノエルで華やかな生活を送っていることになっている。

「……ま、まぁ、ね……。多ければいいというものでもないよ、恋愛というのは」

微妙に気まずそうな顔をするルヴィ。ちなみに、幼い頃の初恋を、大切に大切に胸の中で温めているルヴィには、恋愛経験は……ない！

「うん、やっぱり、出会いが大事だね。皇女専属近衛隊（プリンセスガード）にもいろいろな殿方がいるだろうから、きっと良い出会いもあると思うけど……。そういう時には、やっぱり柔軟にいかないとね？」

などと、かしましい話をしつつ、ルヴィ一行は、皇女専属近衛隊（プリンセスガード）の本部が置かれている、帝都の一角にやってきた。

その建物が見えてきた、まさにその時……、

「んっ？　あれは……」

唐突に、ルヴィが足を止めた。

その視線の先、建物の中に入っていく、巨躯の男の姿があった。分厚い筋肉の鎧、そして、それ以上に、その身にまとう鋭い気配に、セリスは背筋を、ピンと伸ばした。

――あの男……強そうだ。

歴戦の兵のみがまとう、独特の気配。ある種の強者の気配に、彼女はかすかに喉を鳴らした。

皇女専属近衛隊（プリンセスガード）には、腕利きの百人隊が合流したと聞くけれど、きっとその兵ね……。私なんか、一瞬で斬り殺されてしまいそう……。

それを感じたからこそ、ルヴィも足を止めたに違いない……、などと思っていたのだが……。

「バノスさま……」

緊張に強張ったルヴィの声。されど、セリスはその声に首を傾げる。

その緊張は、相手の強さによって生まれたものではなかった。ルヴィの声は、どこか浮わついていて、普段の凛々しさなど全く感じられなかった。それは、そう……紛れもなく、恋する乙女の口調。

セリスは、少しだけ驚いた顔をしてルヴィを見つめる。

――お嬢さまが……珍しいな。

それから、思わず苦笑しつつ、セリスは言った。

「では、私はこちらでお待ちしておりますので……」

「え？　いや、しかし……」

「皇女専属近衛隊(プリンセスガード)の本部で、なにが起きるとも思えませんし。私は他の者が来るまで、こちらで待たせていただきます」

「そっ、そう？　それなら……」

っと、ルヴィは小さく首を傾げて、髪を軽くいじってから……、

「えっと、へ、変なところはないかな？」

実になんとも、恋する乙女だった！

「そうですね……」

それを私に聞きますか？　などと思わないでもなかったが、それでも律儀にルヴィの身だしなみをチェックして……、

「はい。大丈夫じゃないでしょうか？」

若干、自信なさげにそう言った。

「そう……。ありがとう、それじゃ、行ってくる」

いそいそと踵を返すと、スキップと見まごうばかりに、ウキウキ弾みながら、ルヴィは巨漢を追いかけていった。

その後姿を見送ってから、セリスは小さく首を振った。

「意外だ……あのお嬢様が……。ああいう殿方がタイプだったのか……まぁ、でも、昔から大きな殿方のことがお好きな方だったからな」

などと独りごちていると……、

「あの、すみません。あなたも、皇女専属近衛隊(プリンセスガード)の方ですか？」

突如、後ろから話しかけられる。だが、慌てたりはしない。すでに足音から、近づいてくるのはわかっていた。

「……その予定ですが、あなたは？」

振り返りつつも、そこに立っていた人物を観察する。

中肉中背の、自分と同じ、もしくは少しばかり年下の青年がそこに立っていた。先ほど見た男とは違い、歴戦の兵、という感じではない。というか……、

――新兵だろうか……。あまり強そうではないな……。

などと、いささか失礼な評価を下していると……。

「ああ、失礼。俺はエルンスト。今日から、こちらの皇女専属近衛隊（プリンセスガード）に配属されることになりまして……。えーっと、どうして呼ばれたのかは、全然わからないんですけど……」

後の世に名高い、帝国の叡智の直属部隊、皇女専属近衛隊（プリンセスガード）は、帝国軍には珍しい、男女混合の部隊だ。

そんな隊にはある華やかな噂があった。曰く、隊員同士に芽生えた恋は、必ず成就する、と。

その噂の由来は諸説あった。

一つは隊を率いていた巨躯の隊長にまつわる大恋愛がもとになってできたとする説。もう一つは、ある生真面目な兵の恋愛がもとになり、できたとする説である。

それは、ミーアが知らない物語。ミーアの蒔いた種が思わぬところに落ち、芽吹き、花開いた、そんな物語であった。

ミーアの飽食日記

（くなき）　（の）

Meer's Insatiable Appetite Diary

Tearmoon Empire Story

十一の月　十二日

今日のランチは、カレニッツェという貝のクリーム煮だった。

夏の舟遊び以来、すっかり魚介類にはまる。特に貝は素晴らしい。ノエリージュ湖は、湖底がサラサラした砂で、その分、貝が泥臭くないらしい。

口の中に入れると、トロッととろける貝と、濃厚なクリームの甘味が絶妙。

さすが、セントノエルのシェフは腕がいい。残ったソースまでパンに絡めて完食。お見事！

おススメ☆五つ

十一の月　十五日

今日のディナーは、濃厚チーズグラタンだった。

チーズが変わっていて、ヴェールガ茸を細かくしたものが入っているチーズだった。

ヴェールガ茸の豊潤な香りとチーズの酸味のある香り、それをじっくり焼いて香ばしくしたグラタンは、香りの三重奏。濃厚なお味と相まって、まさに絶品。ヴェールガ料理の神髄を味わったような気持ちになる。

おススメ☆三つ　チーズに入っているキノコがもっと大きければ満点だった。惜しい！

いつも通り、読み直してみると、またしても、グルメレポートみたいな日記になっておりますわ……。これは、やはり、呪いでもかかっているのかも……。でも、別にグルメレポートでも構いませんわ。聖夜祭の日に死んでしまうかもしれないのですもの。

むしろ、これからは、聖夜祭まで、美味しいものを食べて、食べて、日記帳をグルメレポートで埋め尽くしてやりますわ！

刹那の快楽を味わい尽くしてやりますわ！　期限までに、セントノエル島にある料理を、食べ尽くしてやるんですの！

どうせ、死んでしまうかもしれませんし、この際、多少もったいないことだってやってやりますわ。うふふ、美味しいものを一口だけ食べて残す。これこそが最高の贅沢ですわ。

やってやりますわよ！

十一の月　十七日

今日は、街に出てお気に入りのスイーツ屋さんへ行く。

ここのパティシエが開発した、クレープなるお菓子は最高のスイーツだと思っている。

メニューを見ると、新商品が。なんと、レムノパンプキンのプリンらしい。パンプキンはお野菜だと思っていたので驚き。

料理長の野菜スイーツの波が、こんなところにも来ているのだろうか。

口に入れると濃厚な甘味とともに、トロリと溶けて、絶品だった。

おススメ☆四つ。美味しすぎて、一口だけ食べて残すとかできなかった。減点。

十一の月　二十二日

今日は、シェフのおススメ料理に、五種のキノコ盛りなるものを発見。予定を変更して、注文。

半分ぐらい残して、予定通りのものを頼もうとするも、途中で断念。

それぞれに違う歯ごたえを活かした素晴らしい料理だった。残すなんて無理。

心持ち、一口分だけ残したけど、ほかのものを頼むこともできず。

それと、調理場のスタッフの人から、食後にケーキのサービスをもらう。

こちらも美味。

おススメ☆五つ。キノコ好きにこそ食べてもらいたい一品。素晴らしい出来！

十一の月　二十五日

今日は、ベル、リーナさんを呼んで、パンパーティーをやった。

アンヌのパン焼きスキルが上がっている気がする。あと、リンシャさんが、きちんと料理ができた。意外……。

おなかいっぱいパンを食べた。パンだけでお腹いっぱいになるのは、もったいないかと思ったけれど、楽しかったからよし。

残ったパンは、調理場に持ち込んで、スープにしてもらった。卵とチーズの入ったスープで、大変美味だった。

一日、別のことに使ってしまったけれど、セントノエルの料理を食べ尽くすことができるか、少し不安が残った。


聖夜祭がどんどん迫ってまいりますわね。

生徒会でやるキノコ鍋パーティーは楽しみですけれど、はたして、なにが起きるのやら……。

あとがき

あけましておめでとうございます、餅月です。

ティアムーン帝国物語、第六巻をお手に取っていただき、ありがとうございます。

そして、申し訳ありません。前の巻の帯で、六巻で第三部完結！　と謳(うた)っておりましたが、終わりませんでした！（泣）

ミーアがキノコ狩りでハッスルしすぎて、キリの良いところまでいきませんでした！　ということで、次の巻で第三部完結します！　引き続き、お付き合いいただけますと幸いです。

本当、うちのミーアがすみません。

ミーア「……なんだか、全部、わたくしのせいにすればいいと思っていないかしら？」

餅：いえいえ、そんなことはありませんよ。まったく。それより、次の七巻ですが、はからずも、グルメな巻になりそうですね。

ミーア「露骨に話を変えてきますわね。しかし……はて、グルメな巻……？」

餅：まぁ、実質、今回のお話もキノコ鍋がメインの話だったので、グルメの話といえばそうなんですが……、というか、知ってますか？　実は、このお話、一部では「読んでいるとお腹が減る」と話題みたいですよ。

ミーア「……あら？　そうなんですのね。ん？　それは、もしや、いつもわたくしが美味しいものを食べてる、ということなのかしら？」
餅：……いえいえ、そんなことはないと思いますよ。それより次の、グルメな巻ですが、ほら、冬のお祭りとか、夏前のお祭りとか、そのあたりが次の巻になるのではないかと……。
ミーア「ああ、ありましたわね。確か、氷菓子の巨大雪像を食べたり、森の中にあるケーキのお城を食べたり……、とっても楽しいお話だったんじゃなかったかしら？　ああ、それは楽しみですわね。とっても！」

ということで、食べて、食べて、踊って、食べて、ミーアがＦＮＹる第七巻。楽しみにお待ちいただけますと幸いです。
注：ちなみに、この次巻予告は、九分九厘（くぶくりん）フィクションです。でも、ちょっとだけ本当です。

ここからは謝辞です。

Ｇｉｌｓｅさま、今回も素敵なイラストをありがとうございます。楽しそうな年少組がとても可愛いです！

編集のＦさま、もろもろお世話になっております。

家族へ、いつも応援ありがとうございます。

そして、ミーアとともに旅を続けてくださっている、みなさま、ありがとうございます。

では、また七巻にてお会いできれば嬉しいです。

ミーア茸

キノコって
いろんな種類が
あるんですねぇ〜！
ふふん
そうですわ
素人が手を出したら
危険なんですから
ベルは
気をつける
ですわよ？

それに
まだだれも
見たことのない
伝説のキノコだって
あるはずですわ
その名も
ミーア茸
と見つけたら
名付けることに
いたしましょう
は
ミーア茸……！

ミーア茸……
きっと
それはもう
とろける
美味しさに
違いありませんわ
ミーア
お祖母さまの
ような
キノコ……
もわん

ボクぜひ
見てみたいです
ミーア茸！
いい返事
ですわ
ベル
見つけますわよ
ミーア茸！
キャッ
キャッ
？

ティアムーン
帝国物語
6巻
お買い上げ
ありがとうございます！
もの
みず

巻末おまけ

コミカライズ 第十一話後半試し読み

Comics trial reading

Tearmoon

Empire Story

原作——餅月 望
漫画——杜乃ミズ
キャラクター原案——Gilse

奇遇ですわね
もしかして馬術クラブに入られたんですの？
うん？
ああ　そうなんだ
一応　ボクもレムノ王国の王子
ぐ、
最低限　馬術と剣術ぐらいは鍛えておこうと思ってね

てっきり今回も自堕落な学生生活を送るものと思っておりましたが……
キラ
キラ
キラ
それでキミのほうは何を？
あ
ええ……わたくしは見学ですわ馬術に興味がありまして
う～ん
とても健康的に見えますわね
なぜかしら？
ミーア姫が馬術に？それは少し意外だな……
おうアベルお前このお嬢ちゃんの知り合いか？
馬龍先輩
ええ先日新入生歓迎パーティーでパートナーになっていただきまして
ほうそいつはちょうどいい
せっかく見学に来たんだ

ポン

お前
馬に乗せてやれ

……は？

せっかく馬に
興味を持って
もらえるというなら
むげにも
扱えないだろう

いや
しかし……

あら
まあ……

もしかしてアベル王子照れてますの？

馬にふたり乗りするというのはたしかにロマンチックな雰囲気ですものね
そのせいでアベル王子が緊張しているとしてもおかしくはないですわ

うふふ
アベル王子案外ウブなんですのね！

ミーアは上から目線にアベルを見た

なにせ わたくし 前は20歳まで 生きた いわば大人の 女性ですもの
中等部の 男子の心理を 把握することなんて 簡単ですわっ！
ただし 恋愛経験は ない
ひょこっ
アベル王子
わたくしからも エスコートを お願いしたいですわ
！
せっかく パーティーで ご縁ができた わけですし……
む？
ミーア姫が そう言うので あれば……
あは 嬉しいですわ
ここは 大人のお姉さんである わたくしが きっちりリードして 差し上げますわっ！
――ミーアが 大人の余裕を かまして いられたのは ここまでだった

ひいっ！
たたたた
高い高い高いですわ！
様になってるぞふたりとも！
ガクブルブルブル
ガクブル
それではミーア姫行こうか
しっかりとボクに……
ギュ
ビク
っ
ううう
うわぁ！

みっ……みっ
ミーア姫
かあああぁ
そ
そんなに
つかまらなくても
大丈夫……
わ
わわ
わかって
ますわ
ぎゅ
ここ
こんなの
余裕……
余裕
ですわ！
うう
……あ
ここらの国じゃ
乗り慣れて
ないほうを
前に乗せるん
だったか？
うっかり
騎馬王国でのカップル定番の
夫婦乗り
させちまったな
ま
なんも
起きないだろ
やー
フラグ
だろうか

ほら
ミーア姫
目を開けて
みたまえ
馬の上から
見る景色は
なかなか味の
あるものだよ？
そ……
そうです
わね……
では……
サァ

まぁ……
怖くないだろう？
……あ
本当ですわ……
ええ
心地よくて……
なんだか眠くなってきてしまいそうですわ……
ぴと
おっおわ
ひ姫
何を……
かぁぁぁぁ

あ ほ ほら！ 見たまえ
君の従者のレディも来ているぞ
あら 本当ですわ
ぱっ
アンヌ〜〜！
!!
こら……姫っ 手を放しては……っ!?
あら？

ひゃあああっ！
ドザザッ

ん……
あ……　あら？
痛くない……？
いたた……
はっ!!
大丈夫かい　ミーア姫

あっ
アベル王子!?
これは
……っ!?
はっ
わたくしを
助け……
あっ
わっ
うえっ!?
ゃばぁっ
?
ドッ
ドッ
ドッ
ドッ
ドッ
ドッ
なっ……
なっ
何をあわてて
おりますの
べつにアベル王子に
抱きしめられようと
騒ぐ必要は
ないではないですか
ダンスの時に
そんなのは
経験済みで……
続きはコロナEXにてお楽しみ下さい!

小説
第14巻
2023年
9月9日
発売！
シリーズ累計
140万部
突破！
（紙＋電子）
TVアニメ放送開始！
ティアムーン帝国物語
餅月望 ― 著
Gilse ― イラスト
式HPへ！
原作HP
TVアニメHP

ティアムーン帝国物語
Comics
コミックス
第7巻
2023年
10月14日
発売!
漫画：杜乃ミズ
2023年10月より
MBS・TOKYO MX・BS11にて
ティアムーン
断頭台から始まる、
姫の転生逆転ストーリー
詳しくは公

（第6巻）
ティアムーン帝国物語Ⅵ
～断頭台から始まる、姫の転生逆転ストーリー～

2021年2月1日　第1刷発行
2023年8月1日　第3刷発行

著　者　餅月 望

発行者　本田武市

発行所　TOブックス
〒150-0002
東京都渋谷区渋谷三丁目1番1号　PMO渋谷Ⅱ　11階
TEL 0120-933-772（営業フリーダイヤル）
FAX 050-3156-0508

印刷・製本　中央精版印刷株式会社

ISBN978-4-86699-096-5

Printed in Japan